三千世界，
坐叹曼陀沙华

明镜尘埃，
原本皆无一物

萍萍

千劫眉
Qian Jie Mei
狐妖公子

大鱼

有爱的青春陪伴者

千劫眉

狐妖公子

Qian Jie Mei

藤萍 / 著

江苏凤凰文艺出版社

图书在版编目（CIP）数据

千劫眉：狐妖公子 / 藤萍著. -- 南京：江苏凤凰文艺出版社, 2024.7
ISBN 978-7-5594-8549-6

Ⅰ.①千… Ⅱ.①藤… Ⅲ.①长篇小说－中国－当代 Ⅳ.①I247.5

中国国家版本馆CIP数据核字(2024)第063873号

千劫眉：狐妖公子

藤萍 著

责任编辑	王昕宁
特约编辑	廖 妍 文佳慧
出版发行	江苏凤凰文艺出版社
	南京市中央路165号，邮编：210009
网 址	http://www.jswenyi.com
印 刷	长沙鸿发印务实业有限公司
开 本	880mm×1230mm 1/32
印 张	9
字 数	212千字
版 次	2024年7月第1版
印 次	2024年7月第1次印刷
书 号	ISBN 978-7-5594-8549-6
定 价	49.80元

江苏凤凰文艺版图书凡印刷、装订错误，可向出版社调换，联系电话025-83280257

序

我好像给《千劫眉》写过很多版序，又好像没有。

这是一部很久很久以前的书了。我看到很多人说看了很久也没看下去，也有很多人说看了但不知道在说什么。其实，作为作者，我是很理解的。

写这个故事的时候，网络文学还没有正式兴起。我们这批早期的作者，并没有学习和模仿的对象。我们的前辈是"梁金古温"的经典武侠，我们的同辈是中国台湾小言情。所以，作为早期的码字爱好者，究竟什么样的文风结构、人物和情节的设定是武侠或者古风言情前进的方向呢？我们早期的作者，可能都在各自摸索自己的路。

而我当年认为，新一代的武侠，首先你要是个武侠；其次，你要和前辈不一样——而经典武侠是什么样子的呢？那就是和"梁金古温"差不多，你要有一个具象化的、非常宏大的江湖来为人物提供背景；第三，你要非常能打；第四，要有江湖气和侠情。

这几点对女作者来说是不容易的，至少对我来说是不容易的。我并不是一个特别擅长构建磅礴世界观的人，可能天生差一口气，却又好高骛远。我总是觉得你要先写得像，然后再谈有没有希望接近那个武侠的巅峰，但要写得像就已经非常困难。毕竟，写一个具象化的江湖，我当年认为必须能写成百上千的人物，必须能写江南漠北，能懂历史地理，会一点经络药理，要读点诗词歌赋，要看点佛学经典……然后再数下去，就发现自己啥也不会，所有的根基都缺乏，属于严重没有文化，所以单单是写得像武侠这方面，可能就已经捉襟见肘。

再谈"你要和前辈不一样"这点，"梁金古温"的经典武侠带着非常强烈的儒家思想或个人英雄主义的气质，而每个人的思想、对世界的理解是不一样的。我认为在如此广大的江湖中，总有一些人的想法，他或者她要和这些不一样。就像"大家都这样思考和生活"，但为什么不能不这样思考和生活呢？这是我想写的主角，他们总是一些非主流，而非主流就不好或者不美吗？我认为是可以讨论的，而讨论本身，就是这些人物存在的意义所在。

以上，是我尝试写《千劫眉》的部分初衷。这个故事的文风其实受到了多方面的影响，受到了经典武侠的影响，也受到了当代武侠的影响。我在写这个故事的时候，看了很多当代武侠，因为大家都在寻觅新武侠的出路，所以是很能彼此了解对方试图在什么地方找突破。孙晓《英雄志》的文风和审美和我本人自然相去甚远，但是我很喜欢他为构筑他自己的武侠世界所做的努力。他写了成百上千的人物，还有耐心描绘好多小人物的部分细节，所以他展示的故事基础非常宏大，这是需要耐心和毅力的。我喜欢这点，所以我也尝试了一下，然后发现我写不来。

这种初期的迷茫和尝试，导致它的确是不容易看得下去的一篇非正统武侠。这么多年以后，还看经典武侠的人已经不多了，所以更加难以理解当年写这篇文章的初衷。我很感激愿意为了解唐俪辞而拿起这本书的人，也对这本书入题极慢、节奏散乱而给大家带来的精神折磨感到万分抱歉。

藤
2024 年 4 月 4 日星期四

◆ 目 录 ◆

一 ◆ 剧毒之物 ◆

三年多前我说你非池中之物，你自非池中之物，
三年多前我说这毛病好不了，它便是好不了。 /001

二 ◆ 江湖名宿 ◆

"我之平生，最讨厌一件事。"唐俪辞微微一笑。
古溪潭问道："什么？"
唐俪辞道："最讨厌有人和我斗心机。" /025

三 ◆ 邪魔外道 ◆

老子是邪魔外道，姓唐的狐狸是妖魔鬼怪，
姓沈的你也不是什么好东西，咱老大别说老二，
全是一丘之貉。 /047

四 ◆ 剑庄雪郎 ◆

"我想问一个人：如果我死了，你会不会为我掉眼泪？"
唐俪辞柔声道，随即幽幽叹了口气。 /060

五 ◆ 一尸两命 ◆

我不过是想要救人而已，就算上天注定他非死不可，
但我不准……我若不准，神也无能，鬼也无能……
我什么事都做得出来。 /088

◆ 目 录 ◆

六 ◆ 借力东风 ◆

"你牺牲的不是你自己,你是转手牺牲他人,
难道要我赞你英明盖世吗?"
"你又怎知牺牲他人,我心中便无动于衷?" /137

七 ◆ 巅峰之处 ◆

因为你说过,要活得快乐,要心安理得,要不做噩梦,
要享受生活,一定要做个好人。只有人心平静、坦然、
无愧疚无哀伤,人生才不会充满后悔与不得已,
才会不痛苦。我……痛苦过,所以我懂,而你呢? /178

八 ◆ 无间之路 ◆

第一次见唐俪辞的时候,她觉得他光彩照人,温雅风流;
而如今时隔数月,唐俪辞依然光彩照人,依然温雅从容,
甚至已是江湖中名声显赫、地位超然的人物,
她却觉得他眉宇之间……除了原有的复杂,更多了抑郁。 /206

九 ◆ 蓝色冰棺 ◆

有时候看见他养的花,会想到他永远也看不到它开;
有时候……解开他打的结,
会想到解开了就再也不可能重来……过了很久以后,
我开始后悔,后悔的不是我要他练往生谱练换功大法,
而是直到他临死的那一刻,
我从来……都没有好好和他说过话…… /241

一 ◆ 剧毒之物 ◆

> 三年多前我说你非池中之物,你自非池中之物,三年多前我说这毛病好不了,它便是好不了。

春波如醉,杨柳堤上,一位双髻少女低头牵马前行。身侧水光潋滟,湖面甚广,淡淡的阳光自东而来,她的影子长长地映在地上,身段窈窕,十分美好。她姓钟,双名春髻,是江湖名宿雪线子的徒弟。雪线子在江湖上地位极高,徒因师贵,虽然行走江湖不足两年,江湖中人人皆知雪线子这位容貌娇美的女徒弟行侠仗义,不负师名。

然而虽然年纪轻轻已扬名于江湖,春光无限好,她却似乎并不高兴,牵着她名满江湖的"梅花儿",在小燕湖的堤坝上慢慢行走。小燕湖景色宜人,湖畔杨柳如烟,于她就如过眼云烟,一切都看不入眼中、心中,她始终挂念着:他……他……唉……

钟春髻心中想的"他",是碧落宫宫主宛郁月旦。雪线子行踪不定,连她一年也难得见上几次,所住的雪茶山庄位于猫芽峰下,人迹罕至。她从小在雪茶山庄长大,十分孤独。前些年江湖神秘之宫碧落宫搬到猫芽峰上,与她做了邻居。就此她和宛郁月旦相识,其人温雅如玉,谈吐令人如沐春风，她自十五岁起便倾心于他，只是落花有意，流水无情，听说他早已有了夫人，她却从来没有见过那位宛郁夫人。行走江湖近两年，她只盼自己能忘了他，然而一人独行，越走越是孤独，便越是想他。

而他，定是半分也不会想念自己的吧？钟春髻淡淡地苦笑，抬起头来，只见波光如梦，一艘渔船在湖中捕鱼，景色安详，他人的生活，很是美满。

她牵着马继续前行，往前走了约莫十来丈远，突见地上另有一排马蹄之印，并有车辕，却是不久之前有一辆马车从此经过。

钟春髻秀眉微蹙，小燕湖地处偏僻，道路崎岖，并不合适马车行走，是谁有偌大本事，把马车驱赶到这里来？

她是名师之徒，略一查看，便知车内坐的是武林中人。她好奇心起，上马沿着马车的印记缓缓行去。

马车之痕沿着湖畔缓缓而去，蹄印有些零乱，她越走越是疑惑，这车内人难道没有驭马，任凭马匹沿着湖畔随意行走？

未过多时，只见一辆马车停在小燕湖边悬崖之下，她下马以马鞭挑起门帘，蓦地吓了一跳——车内人倒在座上，一柄飞刀插入胸口直没至柄，那飞刀雪刃银环，正是"一环渡月"！

钟春髻四下张望，心里不免有几分奇怪。这"一环渡月"乃是"天上云"池云的成名兵器，听说其人脾气古怪，独来独往，虽然是黑道中人，却名声颇好，不知为何池云要杀这马车主人？莫非这人是贪官污吏？或是身上带着从哪里劫来的奇珍异宝，又被池云劫了去？但池云劫财劫货从不杀人，为何对此人出手如此之重？

她以马鞭柄轻轻托起了那尸体的脸，只见那尸体满脸红色斑点，极是可怖，然而五官端正，年纪甚轻，依稀有些眼熟。

"施庭鹤？"钟春髻大吃一惊，这死人竟是两年前一举击败"剑王"余泣凤的江湖少侠施庭鹤！

她和施庭鹤有过一面之交，这人自从击败余泣凤后，名满天下，杀祭血会余孽，闯入秉烛寺杀五蝶王，做了不少惊天动地的事，隐然有取代江南丰成为新武林盟主之势，怎会突然死在这里？

施庭鹤死于池云刀下，这断然是件令江湖震动的大事，却为何……为何池云要杀施庭鹤，他的武功难道比施庭鹤更高？

她放下施庭鹤的尸体，伸手往他颈边探去，不知他尚有无体温？若是尸身未冷，池云可能还在附近……

正在她伸手之际，忽地头顶有人冷冷地道："你摸他一下，明日便和他一模一样。"

钟春髻大吃一惊，蓦地倒跃，抬头只见一人白衣如雪，跷着二郎腿坐在施庭鹤马车之上，正斜眼鄙夷地看着她："丫头配的匕首'小桃红'，必定是雪线子的徒儿了。雪线子没有教你，他人之物，眼看勿动吗？"

这人年纪也不大，约莫二十七八岁，身材颀长，甚是倜傥潇洒，却对她口称"小姑娘"。

她也不生气，指着施庭鹤的尸体："难道这死人是你的不成？"

看此人这种脾性打扮，应是"天上云"池云无疑。

"这人是老子杀的，自然是老子的。"池云冷冷地道，"你若在山里杀了野鸡野鸭，那野鸡野鸭难道不算你的？"

钟春髻道："施庭鹤堂堂少侠，你为何杀了他？又在他身上下了什么古怪毒物？江湖传说池云是个身在黑道却光明磊落的汉子，我看未必。"

池云凉凉地道:"老子是光明磊落还是卑鄙无耻,轮不到你这黄毛丫头来评说。施庭鹤服用禁药,毒得自己人不像人,鬼不像鬼,老子杀了他那是迫于无奈,否则他走到哪里,那毒就传到哪里,谁受得了他?"

钟春髻诧异道:"服用禁药?什么禁药?"

池云道:"九心丸,谅你这丫头也不知是什么玩意儿。"

钟春髻道:"我确实不知。施少侠偌大名声,何必服用什么禁药?"

池云冷冷地道:"他若不服用禁药,怎打得过余泣凤?"

钟春髻一怔,便不再说,只听池云继续道:"服用九心丸后,练武之人功力增强一倍有余,只不过那毒性发作起来,让你满脸开花,既丑且痒,而且功力减退,痛不欲生,如不再服一些这种禁药,大罗金仙也活不下去。嘿嘿,可怕的是毒发之时,中毒之人浑身是毒,旁人要是沾上一点,便和他一模一样。九心丸可是贵得很,就算是江湖俊彦之首、后起之秀施庭鹤要服用这毒药,也不免烧杀抢掠,做些作奸犯科的事……"

钟春髻道:"那倒未必……"

池云凉凉地说道:"你当他杀祭血会余孽,又闯进秉烛寺是为了什么?"

钟春髻道:"自然是为江湖除害。"

池云"呸"了一声:"这少侠从祭血会和秉烛寺抢走珠宝财物合计白银十万两,花了个精光,今日跑到燕镇陈员外那里劫财,被我撞见,于是跟踪下来一刀把他杀了。"

钟春髻秀眉微蹙:"全凭你一面之词,我怎能信你?你杀了施庭鹤，中原剑会必定不能与你善罢甘休。"

池云翻了个白眼："老子若是怕了，方才就杀了你灭口。"他自车上一跃而下，"小丫头让开了。"

钟春髻退开一步。

池云衣袖一扬，点着的火褶子落上马车顶，引燃油布，"呼"一下烧了起来。她心里暗暗吃惊，池云行动何等之快，在她一怔之间，他已纵身而起，只见一点白影在山崖上闪了几闪，随即不见。

好快的身手！她站在火焰之旁看着施庭鹤的尸身起火，忽地从身边拾了些枯木、杂草掷入火中，增强火势，渐渐那尸身化为灰烬。

她轻轻一叹，就算真的有毒，此刻也无妨了吧？只是池云所说九心丸一事是真是假？若是真有此事，人人都妄图凭此捷径获得绝世武功，岂非可怖之极……

她牵马缓步往回走，心中想若是他……他在此地，又会如何？月旦那么聪明的人，却为何自闭于猫芽峰上，老死不入武林？他还那么年轻。

骑马走过方才景色如画的小燕湖，湖上的渔船已消失不见，她加上一鞭，吆喝一声快马奔向山外。

小燕湖旁树丛之中，两位衣裳华丽的年轻人正在烤鱼，见钟春髻的梅花儿奔过，穿青衣的那人笑道："雪线子忒难对付，他养的女娃不去招惹也罢。"

紫衣的那人淡淡地道："花无言一贯怜香惜玉。"

那被称为"花无言"的青衣人道："啊？我怜香惜玉，你又为何不杀？我知道草无芳不是池云的对手，哈哈哈！"

紫衣人草无芳道："你既然知道，何必说出口？有损我的尊严。"

花无言道:"是是是。不过今日让钟春髻看见了施庭鹤中毒的死状,要是没杀了她,回去在尊主那里,只怕不好交代。"

草无芳吃了一口烤鱼,淡淡地道:"那不简单?等她离开此地,池云不在的时候,我一刀将她杀了便是。"

花无言笑道:"一刀杀了我可舍不得,不如我以'梦中醉'将她毒死,保证绝无痛楚。"

草无芳闭上眼睛:"你毒死也好,淹死也罢,只要今夜三更她还不死,我就一刀杀了她。"

钟春髻快马出了燕山,时候近午,瞧见不远处路边有一处茶铺,当即下马。

"掌柜的,可有馒头?"

那茶铺只有一位中年汉子正在抹桌子,见了这般水灵的一个年轻女子牵马而来,却是吓了一跳,心忖莫非乃狐仙?青天白日,荒山野岭,哪里来的仙姑?

"我……我……"那掌柜的口吃道,"本店不卖馒头,只有粉汤。"

钟春髻微微一笑:"那就给我来一碗粉汤吧。"

她寻了一张凳子坐了下来,这茶铺开在村口,再过去不远就是个村落,春暖花开,村内人来人往,十分安详。她在心中轻轻叹了口气,寻常百姓不会武功,一生安安静静就在这山中耕田织布,却是比武林中人少了许多忧愁。

掌柜的给她盛了一碗粉汤,她端起喝了一口,突觉有些异样,放下一看:"掌柜的,这汤里混着米糊啊,怎么回事?"

掌柜的"啊"了一声:"我马上换一碗。锅里刚刚熬过米汤,大概是我那婆娘洗得不彻底,真是对不起姑娘了。"

钟春髻微微一笑,她尝出汤中无毒,也不计较这区区一碗粉汤:"掌柜的尚有婴孩在家,难怪准备不足。"

掌柜的尴尬地道:"不是不是,我和婆娘都已四五十岁的人了,那是客栈里唐公子请我家婆娘帮忙熬的。"

钟春髻有些诧异:"唐公子?"

掌柜的道:"从京城来的唐公子,带着一个四五个月大的孩子。和我们这些粗人不同,人家是读书人,呵呵,看起来和姑娘你倒也相配。"

他和钟春髻说了几句话,便觉和她熟了,乡下人也没什么忌讳,想到什么顺口便说了出来。

钟春髻知他无意冒犯,也只是微微一笑,吃了那碗粉汤,付了茶钱饭钱,问道:"村里客栈路在何方?"

"村里只有一条路。"掌柜的笑道,"你走过去就看见了。"

钟春髻拍了拍自己的马,牵着梅花儿,果然走不过二十来丈就看见村中唯一的客栈,叫作"仙客来"。

如此破旧不堪的一间小客栈,也有如此风雅的名字。她走进门内,客栈里只有一位年约四旬的中年女子。

"店家,我要住店。"

那中年女子只蹲在地上洗菜,头也不抬。

钟春髻眉头微蹙:"店家?"

"她是个傻的,难道你也是傻的?"房内忽地有熟悉的声音道,"怎么走到哪里都遇见你这小丫头?"

钟春鬐蓦地倒退几步，只见房内门帘一撩，大步走出来一个人，白衣偶儴，赫然正是池云。

"你……"她实在是吃了一惊，脸色有些白，"你怎会在此？"难道池云走得比她骑马还快？

"老子爱在何处便在何处。"池云瞪了她一眼，"你又为何在这里？"

钟春鬐定了定神："我和江城有约，在小燕湖相候。"

池云道："他不会来了。"

"'信雁'江城从来言而有信，绝不会无故失约。"她定下神来，上下打量池云，暗暗猜测他为何会在此处。但见他身上斑斑点点，却是些米汤的痕迹，心里好笑：莫非他就是茶铺掌柜说的"唐公子"？

"'信雁'江城自然不会无故失约，他早就被施庭鹤砍成四段，踢进小燕湖去了。"池云凉凉地道，"江城和你相约，定是有事要向雪线子那老不死求助，此事如果和施庭鹤有关，施庭鹤自然要杀人灭口，有甚稀奇？"

钟春鬐又是大吃一惊，失声道："什么？江城死了？"

池云不耐地道："死得不能再死了，尸身都已喂鱼了。"

钟春鬐变色道："他说有要事要见我师父，我……我还不知究竟是何等大事。"

池云冷笑一声："多半也是关于九心丸的事。反正我已替他杀了施庭鹤，他也不必介意了。"

钟春鬐怒道："你怎么能这么说话？看你行事也不是无知之辈，空落得偌大名声，说话怎么如此凉薄？"

池云两眼一翻："小姑娘说话没大没小，老子不和你一般见识。"

他袖子一拂就要回房，钟春髻追上前去："且慢，你可是看见施庭鹤杀江城了……"一句话没说完，她忽地瞧见房内情形，一下怔住。

这简陋破旧的客房之中，只有一床一椅，有人坐在床上，床边尚睡着一名婴儿。那半坐在床上的是个少年公子，年不过二十一二，肤色白皙，生得秀雅温和，若非左眉有一道淡淡的疤痕，可算翩翩佳公子，可惜刀痕断眉，不免有福薄之相。只见他闭着眼睛，双手叠放在被上，眉头微蹙，似乎身上有何处不适。床榻上睡着一名婴儿，不过四五个月大，倒是生得白白胖胖，玲珑可爱，睡得十分满足的模样。

房内的情形，一是病人，一是婴孩，她情不自禁地噤声，退了一步，这病人是谁？婴孩又是谁？

房中那微有病容的少年公子缓缓睁开眼睛："来者是客，池云看茶。"

池云怒道："你怎可叫我给这小丫头倒茶？"

那少年公子心平气和地道："来者是客。"

池云五指紧握成拳，咬牙切齿，憋了半日，硬生生哼了一声，转身到厨房里倒茶去。

钟春髻又是吃惊，又是好笑，这池云猖狂成性，世上竟然有人将他差来唤去，当作奴仆一般，真是天生一物降一物，却不知这人究竟是谁？

"我姓唐。"床上那病人微笑道，"池云说话一贯妄自尊大，刻薄恶毒，想必是让姑娘恼了。"

钟春髻忍不住问："不知唐公子是池云的……"

那唐公子微微一笑："家中书童，让姑娘见笑了。"

钟春髻大吃一惊，又听说他姓唐，略一思索，便猜他是京城唐家的公子。池云这等高手，居然曾是唐家书童，这唐家公子说不定就是那人了。

京城唐家大大有名，乃是当朝国丈府。国丈唐为谦，官居户部，位列三公，其女唐妘，受封妘妃。既然这位公子姓唐，自然是唐为谦三年多前收的义子唐俪辞唐国舅了。虽然此时池云早已在江湖上扬名立万，独来独往，但遇见他这旧日少爷，却仍是书童身份，无怪唐俪辞会遣他上茶，不过……不过池云这等身份脾气，绝世武功，为何又要听唐俪辞指使？

她心里奇怪，只是不便乱猜，但见唐俪辞虽然微笑，眉宇之间总带些微痛楚之色，不禁问道："公子何处不适？"

唐俪辞复又闭上眼睛，池云已端茶回来，一壶凉水泡茶梗"咚"的一声掷在钟春髻面前。池云冷冷地道："喝！"

她为之愕然，唐俪辞微笑道："池云沏茶之术，天下无双，姑娘不妨一试，茶能解忧，就算池云给姑娘赔不是了。"

池云两眼望天，冷笑不语。

钟春髻骑虎难下，只得勉强喝了一口，苦笑道："唐公子说得是。我尚有要事，这就告辞，打搅二位了。"

喝下凉水茶梗，满口怪味，她匆匆走入另一间客房，关起了门。

"你倒是会做好人。"池云冷冷地道。

唐俪辞闭目微笑："毕竟人家姑娘喝了你泡的好茶，难道还不消气？"

池云"嘿"了一声："分明是你惹火老子。"顿了一顿，他又道，"施庭鹤杀了江城，如果江城前来小燕湖是为了和小丫头接上线，要找雪线子那老不死，那么九心丸之事，至少雁门知道。"

"要查九心丸之事，与其追去雁门，不如跟着钟春髻。"唐俪辞眉间微蹙，"只不过……只不过……"他双手放在被上，原是按着腰腹之间，此刻双手微微用力抓紧被褥，"嗯……"

池云大步走过去："三年多来，你这腹痛的毛病还是没见好，京城的大夫可谓狗屁不通。"

唐俪辞微微一笑："三年多前我说你非池中之物，你自非池中之物；三年多前我说这毛病好不了，它便是好不了。"

池云冷笑："你说这话的意思，是说你自己言出必中，绝不会错？"

唐俪辞道："当然。"

池云为之气结："要不是老子看你病倒在床上爬不起来，早就去了雁门，怎会在这里受你的气！"

唐俪辞仍是微微一笑："你决定了要去雁门？"

"老子一个失算，施庭鹤把江城砍成了四段。"池云冷冷地道，"九心丸好玩得很，不陪它玩到底，岂非剥了老子的面子？"

唐俪辞道："你要去尽管去，我尚有我的事。"

池云怀疑地看着他："老子实在怀疑，你是故意装病恶整老子。"

唐俪辞轻咳一声："这个，我若说不是，你也不会相信了。"

池云再度气结："老子今生今世都不要再在道上撞见你这头白毛狐狸精！伺候你半年，没被你气死，那是老子命大！"

一道白影弹身而出，拂袖而去。

唐俪辞微微一笑，闭上眼睛，双手搭在被上，神色安然。他身边的婴孩早已被池云的大喊大叫吵醒，然而一双眼睛乌溜滚圆，双手牢牢抓着唐俪辞的长发，不住拉扯，玩得专心致志，并不哭闹。

窗外阳光淡淡，春意盎然，房内光线黯淡，仅有几丝微光透入，隐约照出，唐俪辞乃是一头光滑柔顺的银发。

钟春鬐奔入隔壁客房，心头之气却已消了。池云这厮虽然言语恶毒，却也并无恶意，何况其人和自己萍水相逢，也不必将他的可恶之处太放在心上。

关上房门，她自茶壶倒了一杯凉茶，浅呷了一口，说不出的心烦意乱。江城被施庭鹤所杀，施庭鹤被池云所杀，一连串的杀孽，似乎都与施庭鹤服食的那禁药有关，只是……她明知这是江湖大祸将起的征兆，心中却无法全神在意，隐隐约约在想，若是他入得江湖，也许……也许形势又会不同。

喝了几口凉水，她轻轻呼出一口气，突听隔壁有婴孩咯咯笑声，微微一怔。那唐俪辞贵为国丈义子，为何会携带一名婴儿江湖漫行？这世上不合常理之事，实是数不胜数。

"仙客来"客栈之外，两名穿着草鞋布衣的汉子走进客栈，拍了拍那有些痴呆的中年女子，住进了客栈中剩余的最后一间客房。

其中一人道："草无芳，池云那厮已经去远了，和你我猜的一样，他放弃姓钟的丫头，奔赴雁门。"

另一人道："哈哈，既然如此，你就下毒毒死那丫头，你我好带着她的人头，回去复命。"

说话之间，门外那中年女子已无声无息地歪倒在一旁，宛若睡着一般。

钟春鬐定下神来，摊开纸笔细细给雪线子写了一封信。只是雪线子的脾气行径比池云更加古怪，就算她这徒弟，也很难说这封信能顺利传到雪线子手上。她在信中写明池云所说九心丸之事，请师父出手相助，如师父见信应允，请一月之后到雁门相会。

写是如此写，但雪线子看是不看、理是不理，她却没有半点把握。笔下写的虽是请师父出山，不知不觉，总是把"他"当成了师父，若能请得月旦出山，那就好了，心底明知是落花流水一场空，却忍不住幻想。

窗外有人走了过来，轻轻敲了敲她的窗户，说："姑娘，小生有事请教。"

钟春髻闻声抬头，只见窗外一位褐色衣裳的年轻人面带微笑，轻轻推开了她的窗棂。

她惊觉不对，按手拔剑，手中剑堪堪拔出一半，鼻中嗅到一阵淡雅馥郁的花香，她脑袋一晕，左手抓起桌上的砚台朝窗外掷了出去。

"啪"的一声，砚台落地，墨汁溅了一地，花无言负手悠悠踏进钟春髻的房内，手背在她娇若春花的脸颊上蹭了蹭："可惜啊可惜，一朵鲜花……"

窗外另一人淡淡地道："你若下不了手，换我来。"

花无言自怀里取出一个小小的玉瓶，对草无芳道："屏息。"

窗外，草无芳一闪而去。花无言拔开瓶塞，那瓶中涌起一层极淡极淡的绿色烟雾，顿时房内花草枯死，桌椅发出"吱"的一声轻响，焦黑了一大片。钟春髻雪白的脸上瞬间青紫，随着绿色烟雾弥漫，窗外的花木也渐渐发黄。

"哇——"忽地，隔壁响起一声响亮的婴啼之声，有孩子放声大哭。

花无言"哎"了一声，收回瓶子，只听门外草无芳"喝"了一声，然后"哗"的一声一片水雾蓦地破窗而入,屋内弥漫的绿色烟雾顿时淡去,那水雾堪堪落地,便成一种古怪的绿水,流到何处,何处便成焦黑。

花无言脸上变色,能使清水冲破窗棂而入,那是什么样的功力?何况是谁一眼看破他这"梦中醉"虽不能以清水解之,却能以清水溶去?

屋外草无芳只见一人自隔壁房中走出,来人布衣布鞋,长发未梳,就似刚刚起床——他只瞧到这里,至于此人究竟是如何拾起园中蓄水的水缸,如何泼水,又如何欺到自己身边拍了自己一下,他全然没有瞧见。他身上着了来人一拍,半身麻痹,因而无法出手攻敌,也无法避开,甚至口舌麻痹,连一句话都说不出来。

房内花无言一声轻笑:"解药给你,手下留人。"

只见一个白色小瓶自房内掷了出来,那灰衣人一手接住,微微一笑:"好聪明。"

草无芳只觉身侧人影一晃,花无言已带着他连纵三尺,翻越屋瓦而去。

"我说与其追去雁门,不如留在此地,可惜有人听而不闻。"灰衣人摇了摇头,手持解药踏入房中,打开瓶塞,敲了些许粉末下来,地上绿水变为黑水。他扶起钟春髻的头,将粉末灌了些进去。

等钟春髻醒来的时候,眼前一双乌溜溜圆的大眼睛目不转睛地看着她。她吃了一惊,只见和自己并肩躺着的是一个不满周岁的婴孩,正凑得极近地看自己。

自己不是中了极厉害的毒?怎会在这里?钟春髻蓦地起身,脑袋微微一晕,幸好及时撑住床板才没有摔下。身边有人温言道:"姑娘剧毒方解,还需休息,请不要起身。"

她转过头来,眼前人满头银发,绾了发髻,她看了一会儿,才认出是唐俪辞。

"唐公子救了我?"她问道,心里却犹自糊涂——以唐俪辞如此年纪,贵为国舅,方才她御敌不住,他又如何救得了她?何况他不是抱病在身吗?

唐俪辞换了一身衣裳,方才那件乃是睡袍,穿之不雅,如今他换了件藕色儒衫,尤显得眉目如画。

她微微蹙眉,唐俪辞右腕戴着一只银镯,其质虽非绝佳,然而其上花纹繁复,竟能将四季花鸟及绣花女纺等十数位人物刻于其上,那必是价值连城之物,此人实在神秘莫测。

只听他道:"你看见施庭鹤之死,风流店自然是要杀人灭口的,毕竟九心丸之事不足为外人道。"

钟春髻问道:"风流店?"

唐俪辞颔首:"出售九心丸的便是风流店,除了施庭鹤,'西风剑侠'风传香、'铁笔'文瑞奇也死在其下。"

钟春髻"哎呀"一声:"风传香已经死了?"她颇为震惊,"西风剑侠"风传香为人清白、武功不弱,怎会服用毒丸?

唐俪辞自桌上端起一杯茶,递给她:"风传香妻室肖蛾眉为'浮流鬼影'万裕所杀,风传香为求报仇,服用禁药。杀万裕之后,风传香身上毒发,传染给挚友'铁笔'文瑞奇,两人双双自杀。"

钟春髻睁着一双明目,骇然非常:"这是什么时候的事?"

唐俪辞手端清茶,微微一笑:"半月之前。姑娘请用茶。"

钟春髻接过唐俪辞递来的茶,心情兀自震荡,低头一看,只见手中茶杯薄胎细瓷，通体透亮，其上淡绘云海，清雅绝俗，又是一件瓷中珍品。

"唐公子又是如何知晓风传香之死？"

唐俪辞端坐在床边椅上："消息自雁门而来。"

钟春髻奇道："雁门？'信雁'江城？"

唐俪辞颔首："施庭鹤跟踪江城，螳螂捕蝉，黄雀在后，池云跟在施庭鹤身后，听到两人在小燕湖上谈话。风传香所服用的禁药是施庭鹤所赠，服用之时，并不知道此药乃是毒药。杀万裕之后，风传香毒发，施庭鹤向他勒索钱财用以购买九心丸，结果风传香断然拒绝，逃走之后被文瑞奇收留，毒性传染至文瑞奇身上，两人发现毒不可解，双双自断经脉而亡，可谓义烈。"

钟春髻道："风传香本是君子。"

唐俪辞道："江城和风传香也是挚友，他一心追查风传香之死，查到施庭鹤身上。我猜他本想通过你，将此事告知尊师雪线子，又或者想通过雪线子找到'明月金医'水多婆解毒，可惜尚未见你，已死在施庭鹤剑下。池云没有料到施庭鹤会拔剑杀人，救援不及恼羞成怒，现在已奔赴雁门去了。"

钟春髻低头默然半晌："但在此之前，池云早就知道九心丸之事。"

唐俪辞微微一笑："不错，在此之前，池云就知道九心丸之事。那是我告诉他的。"

钟春髻蓦地坐了起来："你？"

"呜——咕咕——咿唔……"背后忽地有一双软软的小手抓住她的衣袖，她坐起来的动作太大，那婴孩突然眉开眼笑，"咯咯"笑了起来，抓住她的衣袖手舞足蹈。

唐俪辞道:"凤凤。"

那婴孩把嘴里刚要发出的笑声极其委屈地吞了下去,怯怯地把手收了回来,慢慢爬进被子里躲了起来。

钟春髻看着那把头埋进被子里的婴孩,好生可笑:"这是你儿子?好可爱的孩子。"

唐俪辞道:"朋友的孩子,尚算是十分乖巧。"

他微微一顿,道:"九心丸之事,年前已有征兆,其中内情,尚不足为外人道。"

钟春髻越发奇怪,目不转睛地看着唐俪辞,此人面貌秀丽,左眉一道刀痕虽是极淡,却深入发髻,依稀可辨当年伤势十分凶险。她道:"唐公子身为皇亲,为何离开京城远走江湖,难道不怕家中亲人挂念?"

唐俪辞道:"此事便更不足为外人道了。"

钟春髻低头喝了口茶,甚觉尴尬,世上怎有人如此说话?口口声声称她是"外人",虽然她确是个"外人",但也未免无礼。她是雪线子高徒,人人给她三分面子,倒是从来没有见过有人对她态度如此生疏冷淡。

"姑娘毒伤未愈,我在此地的房钱留到八日之后,姑娘若是不弃,就请留此休息。"唐俪辞抱起床上的凤凤,"我尚有事,就此告辞。"

钟春髻道:"但门外那老板娘……"门外那老板娘不是已经被杀,她如何能留到八日之后?

唐俪辞微微一笑:"她为迷药所伤,只要睡上一日即可。姑娘休息,若是见了尊师雪线子,跟他说一句唐俪辞向故友问好。"

钟春髻大奇,挣扎下床:"你认得我师父?"他若是雪线子的"故友"，岂非她的师叔一辈？这怎生可以？

唐俪辞不置可否，一笑而去。

莺燕飞舞，花草茂盛，江南花木深处，是一处深宅大院。

一位蓝衣少年在朱红大门之前仰首望天，剑眉紧锁，似有愁容。

"古少侠。"门内有黑髯老者叹息道，"今日那池云想必不会再来，你也不必苦守门口，这些日子，少侠辛苦了。"

蓝衣少年摇头："此人武功绝高，行事神出鬼没，不知他潜入雁门究竟是何居心，我始终不能放心。"

正说着，一阵马蹄之声传来。蓝衣少年回头一看，只见一匹梅花点儿的白马遥遥奔来，其上一位淡紫衣裳的少女策马疾驰，衣袂飞飘，透着一股淡雅秀逸之气，却是不显蛮横泼辣，正是钟春髻。

瞧见蓝衣少年负手站在门口，她一声轻笑，蓦地勒马，梅花儿长嘶站立。钟春髻纵身而起，如一朵风中梅花，轻飘飘地落在蓝衣少年面前，含笑道："古大哥别来无恙？"

蓝衣少年微微一笑，拱手为礼："钟妹别来无恙，溪潭一贯很好。"他介绍身边那位黑髯老者，"这位是雁门门主江飞羽，'信雁'江城的父亲。"

钟春髻心中一震，神色黯然："江伯伯。"

江飞羽捋须道："姑娘名门之徒，风采出众。说起我那犬子，和姑娘相约之后已有两月不见，不知姑娘可知他的下落？"

钟春髻道："这个……江大哥……江大哥已经在小燕湖……小燕湖……"她咬了咬牙，"已经在小燕湖死在施庭鹤手下。"

江飞羽浑身大震，失声道："难道那池云所说竟是……不假？"

钟春髻道："那池云已经到了雁门？"

蓝衣少年道："他不但到了雁门，还未经允许擅闯雁门养高阁，把门内众人的寝室都翻了个遍，将私人书信悉数盗走，口口声声，说施庭鹤害死江大哥，说雁门中必有人和施庭鹤勾结，给施庭鹤消息，施庭鹤方能在小燕湖追上江大哥，杀人灭口……难道他所说竟是实情？"他踏前一步，"钟妹，施庭鹤侠名满天下，我怎能相信那池云一面之词？"

"虽然他是黑道中人，但我想他所说的并不有假。"钟春髻黯然道，"我在小燕湖并没有见到江大哥，只见到了施庭鹤的尸体。"

蓝衣少年奇道："施庭鹤的尸体？施庭鹤武功奇高，能击败余泣凤之人，怎能被人所杀？"

钟春髻道："我见到他之时，他浑身长满红色斑点，中了剧毒。根据池云所说，施庭鹤服食增强功力的毒药，所以能击败余泣凤。他死在池云刀下，是因为剧毒发作，无力还手之故。"

江飞羽变色道："施庭鹤中了剧毒，究竟是他自己服食，还是池云所下？"

蓝衣少年摇头道："不曾听说池云会用毒之法，他若会使毒，昨日和我动手就该施展出来，他却不愿与我拼命而退去。"

钟春髻低头望着自己的衣角："池云虽然脾气古怪，不过我信他所言不假，何况我亦为其所救……他若是下毒杀了施庭鹤，大可再杀了我，世上便无人知晓，他却从别人手中救了我。"她心中想那二人各有其怪，唐俪辞之事少提为妙，反正那二人主仆一体，也算是池云救了她。

蓝衣少年讶然道："他救了你？他却为何不说？"

钟春鬐暗道他也不知"他"救了我,突然觉得有些好笑,嘴角微翘:"他……"

"老子几时救了你?小姑娘满嘴胡说八道,莫把其他什么白毛狐狸的小恩小惠算在老子头上!"头上忽地有人冷冷地道。

钟春鬐大惊,顿时飞霞扑面,平生难得一次说谎,却被人当面捉住。她跺了跺脚,不知该如何解释。

蓝衣少年和江飞羽双双抬头,朱红大门之上,一位白衣人跷着二郎腿坐起来,鄙夷地看着门下几人:"老子要杀你雁门满门不费吹灰之力,若老子真下毒毒死施庭鹤,费得着这几日和你们这群王八折腾这许久?早就一刀一个统统了结。"

江飞羽哑声道:"江城真的已死?"

池云道:"死得不能再死了。老子虽然知道你难过,但也不能说他没死。"

江飞羽大恸,蓝衣少年将江飞羽扶住,表情复杂,要他立即相信池云之言,一时之间,显然难以做到。

池云在门上看着他的表情,凉凉地道:"中原白道,一群王八,既然你不信老子所说,那老子给你们引荐一人。老子说话难听,他说的话,想必你们都爱听得很。"

"谁?"雁门之内已经有数人闻声而出,带头一人青衣佩剑,皱眉看着门上的池云,"阁下既然是友非敌,可否从门上下来,言语客气一些?"

池云两眼望天:"老子就是不下来,你当如何?"

那人拔剑怒道:"那你当我雁门是任你欺辱,来去自如的地方吗?"

池云道:"难道不是?"

那人气得浑身发抖:"你……你……"

钟春髻又是难堪,又是生气,又是好笑,池云口舌之利她早已试过,难怪这雁门之中最刚正不阿的"铁雁"朴中渠会被他气得如此厉害。

只听池云又道:"一大把年纪没有涵养就少出来多嘴,我看你浑身发抖,下盘功夫太差,和人动手,多半被人一钩就倒。"

那人一怔,他手上功夫了得,一身武功的确弱在下盘。他紧握手中长剑,对着门上的池云,杀上去也不是,不杀上去也不是,满脸愤愤之色。

"你要在门上坐到什么时候?"门外有人语调平和地道,"面对江湖前辈,怎能这般说话?"

雁门中人本来情绪激动,忽地听见这两句,顿时觉得那是世上最好听的声音,这人说的二十几字,字字都是至理名言,都是方才自己想说但没说出来的正理!

门上池云"哼"了一声:"那要如何说话?"

门外人微笑道:"自然应该面带笑容,恭谦温顺。如你这般,难怪雁门要将你逐出门外,不请你进门喝茶了。"

江飞羽犹在伤心爱子之死,蓝衣少年放开江飞羽,大步向前,打开大门,只见门外站着一位布衣少年,怀抱婴儿,眉目秀丽,面带微笑。蓝衣少年自认阅历甚广,却认不出眼前少年是什么来历。

只见他微微一笑道:"池云?"

蓝衣少年背后微风轻起,池云已经飘然落地,拍了拍身上的尘土,悻悻道:"算我怕了你。"他对来人一指,冷冷地道,"这人姓唐,叫唐俪辞。"

021

蓝衣少年瞠目不知如何应对，钟春髻忙道："这位唐公子，乃是当朝国丈的义子。"

江飞羽听闻此人乃是皇亲，心下烦忧，道："公子身份尊贵，怎会来到此地？"

唐俪辞抱着凤凤踏入门中，钟春髻给他引见："这位是'清溪君子'古溪潭古少侠，这位是雁门门主江飞羽江伯伯，这位是'铁雁'朴中渠朴伯伯。"

唐俪辞微笑道："无法给各位前辈行礼，还请前辈谅解。"

朴中渠见他怀抱婴儿，暗想此人不伦不类，就算真是当朝皇亲，那又如何？江湖中人，还是少和这等人物打交道，于是"哼"了一声，并不回答。

古溪潭问道："唐公子身份尊贵，亲临雁门，不知有何要事？"

唐俪辞道："不敢。我离开京城，另有要事，只不过有件事必须与雁门说清。"他看了池云一眼，微微一笑，"我本也不打算冒昧造访，只不过想到单让某人前来，必定闹得鸡飞狗跳、不得安宁，放心不下，还是过来打搅一二。"

池云怒目瞪了唐俪辞一眼，唐俪辞只作不见，如沐春风。

朴中渠冷冷道："雁门这种小地方，容不下公子这尊大佛，不知是什么事情？"

唐俪辞道："江城查出风传香之死和施庭鹤有关，他前往小燕湖和钟姑娘相见，雁门之中，还有谁知情？"

朴中渠冷冷道："我和门主都知情，难道你想说我们二人和什么毒物有关？"

唐俪辞微微一笑："既然江城因此事而死，两位不觉兹事体大？此事既然和施庭鹤、池云、钟姑娘相关，他们一是白道少侠，一是黑道至尊，还有一人代表江湖高人雪线子，说明其中牵涉之事，内容甚广。雁门如能为此事提供线索，便是江湖之福。"

这番话说出来，朴中渠一怔，江飞羽为之一凛："唐公子说得是。"他抬起头来，"江城为挚友之死而涉入其中，但不知池少……阁下如何涉入此事？"

池云微微一震，看了唐俪辞一眼。唐俪辞微微一叹："前辈可知白家'明月天衣'白姑娘离家出走之事？"

江飞羽沉吟道："曾经听说，但……"

唐俪辞道："白素车是池云未过门的妻子，池云对白家有恩，白府白玉明白先生于两年前答允将白素车嫁与池云，以报答救命之恩。但两人尚未见得几次面，白素车便无故离家出走，至今已有年余。池云追查此事，白素车之离家，只怕也与那毒物相关。"

江飞羽动容道："如此，今日我便清点门徒，逐一盘问究竟是谁泄露出去，城儿要在小燕湖约见钟春髻，若不是奸细告密，城儿决计不会死在施庭鹤手上！"

唐俪辞点了点头，江飞羽请他入屋而坐，又叫仆人上茶。

钟春髻犹自想着刚才她撒谎隐瞒为唐俪辞所救之事，忽地又想起方才唐俪辞说"自然应该面带笑容，恭谦温顺。如你这般，难怪雁门要将你逐出门外，不请你进门喝茶了"暗暗好笑，这人果然言语恭谦温顺，面带笑容，果然雁门便请他喝茶了。她偷眼看池云，只见池云满脸不屑，跟在唐俪辞身后，伸手帮他抱起了凤凤，身后雁门中人一派瞠目结舌。

几日过去，武当清和道长赶到雁门，说起施庭鹤之死，十分唏嘘，又道江湖之中已有几处门派发现门徒服用奇异毒物，传染不治疫病，十分棘手。

江飞羽问及武林盟主江南丰可知此事，清和道长道，江南山庄自从被韦悲吟所毁，江南丰携子归隐，自此失去音信，两人安危堪忧，而"天眼"聿修、"白发"容隐、神医岐阳几人，在白南珠死后，也都行踪不定，传闻寻访失踪多时的圣香少爷而去，只怕短期之内不能为此事出力。

众人听闻消息，各自叹息，都觉前些年战李陵宴，以及围杀上玄、白南珠之事，如梦如幻，如今侠侣各散东西，恐怕是再不能现当年风光。

武林名宿纷纷聚集雁门，讨论施庭鹤之死，却迟迟不见雪线子踪迹。

钟春髻暗自叹息，她那位师父恐怕是把她辛苦寄出的信当作儿戏，根本不理睬此事。池云和唐俪辞在雁门客房小住，也不去理睬各位江湖前辈对施庭鹤之事的议论和看法。

二 ◆ 江湖名宿 ◆

"我之平生,最讨厌一件事。"唐俪辞微微一笑。
古溪潭问道:"什么?"
唐俪辞道:"最讨厌有人和我斗心机。"

雁门前庭各派中人议论不休,后院客房之中,唐俪辞负手在院中散步。

此时正是春暖,雁门后院中栽种了不少桃花,桃花盛开,其中又夹杂梨花、杏花,粉红雪白,景色雅致美丽。

池云在房里喂了凤凤半碗米汤,再也没有耐心,心里大怒这位爷胡乱收养别人的儿子,却又不养,一切全都丢给自己,但若不喂,只怕这小娃娃便要饿死。

他抬头看着窗外,天蓝云白,微风徐来,若非有诸多杂事,实在是出门打劫的好天气。

唐俪辞站于一株梨树之下,远眺着庭院深处的另一株梨树,右手按在腰腹之间,不言不动。天色清明,他的脸色姝好,只是眼神之中,实是充满了各种各样复杂之极的情绪,说不上是喜是悲。

"春很好，花很香，人——看起来心情很坏。"有人闲闲地道，声音自庭院门外而来，"如你这般人也会发愁，那世上其他人跳崖的跳崖，跳海的跳海，上吊的上吊，刎颈的刎颈，该干什么干什么去，死了便是。"

"风很好。"唐俪辞微微一笑，"吹来了你这尊神。"

池云对来人看了一眼，他并不认得此人。

来人也是一身白衣。和池云一袭白绸不同，来人之白衣上绣满文字，绣的是"人爱晓妆鲜，我爱妆残。翠钗扶住欲欹鬟，印了夜香无事也，月上凉天"。其人头发雪白，明珠玉带束发，容貌俊逸潇洒，翩翩出尘，看不出多大年纪，若是看面貌，不过二十岁出头。

"你为什么心情不好？"白衣人笑问。

"在想你欠我的银子，什么时候才还？"唐俪辞轻叹一声，"雪线子，我实在想不出施庭鹤被杀之事，竟能引动你出来见我。"

此言一出，池云吓了一跳，眼前这位容貌俊逸的白发人，竟然就是名传江湖数十年的江湖逸客"雪线子"？他究竟是多大年纪了？

只见雪线子笑吟吟地走近，说："我也想不到那施庭鹤之死，竟然引得动你这只白毛狐狸出头露面，实在不符合你一贯的风格。"

"哦？你以为我的风格是什么？"唐俪辞含笑。

雪线子背手在他身后慢慢转了一圈："你的风格，非常简单，就是'奸诈'二字。"

唐俪辞道："嗯？"

雪线子道："就凭你这'嗯'了一声，便可见你之奸诈了。"

唐俪辞道："过奖了。"

微微一顿，他又道："雪线子，施庭鹤之死，你最关注的一点，是什么?"

雪线子抬手摘下树上的一朵梨花,颇有兴味地嗅了一嗅:"那自然是钱。"

唐俪辞微微一笑,甚是赞赏。

雪线子摇了摇头:"施庭鹤死不死无关紧要,要紧的是有人贩卖毒丸,从中牟利,这钱聚敛得如此之多,非常可怕啊。"

唐俪辞道:"不错,若大部分钱财都流往不事产作的一处,用于平日耕种纺织、酿酒冶金的钱就会减少,长此以往,必有动荡,其余各业势必萧条。"

雪线子道:"所以啊……引得动你出来。"

唐俪辞道:"我?我是为了江湖正义、苍生太平。"微微一顿,他又道,"话说回来,雪线子,你欠我的钱什么时候还?"

池云在房内"扑哧"一笑。

雪线子轻轻摩挲头上的玉带:"这个,如此春花秀美,谈钱岂非庸俗?待下次有气氛再谈吧。"

唐俪辞道:"你若替我做件事,欠我那三千两白银可以不还。"

雪线子轻轻地"哦"了一声,负手抬起头来:"太难的事、麻烦的事和美女子无关的事不干,其余的,说来听听。"

唐俪辞微微一笑:"不难,你替我找一个人。"

"什么人?"雪线子眼眸微动,"美貌少女?"

唐俪辞道:"不错。我以白银三千两,请你找白府白玉明之女'明月天衣'白素车,人很年轻,身材很好,相貌很美哦。"

"好!"雪线子道,"如果人不够美,我要收六千两黄金。"

唐俪辞挥了挥手，微笑道："不成问题。"

雪线子道："还有找人的理由呢？"

"因为找不到。"唐俪辞道。

雪线子"嗯"了一声："世上也有你找不到的人，奇了。我走了。"

他跃上墙头，面对四面八方笑了一笑，只听四下里一阵惊呼"雪线子"之声，方才拂身而去。

此人仍是如此风骚。

唐俪辞摇了摇头。

池云自屋里窜了出来："老子的婆娘，为何要请这老色胚找寻？一大把年纪，看来还好色得很啊。"

唐俪辞道："因为你找不到。"

池云勃然大怒，却又说不出什么话来辩解一番，气得满脸通红，只听唐俪辞又道："莫气、莫气，你的脾气不好，练武之人，养心为上，不能克制自己的脾气，武功便不能更上一层。"

池云听后只有越发气结，恨不能将唐俪辞生生掐死。

便在此时，门外有人轻呼一声："师父？"

推门而入，正是钟春髻。

"你师父已经走了。"唐俪辞微笑。

钟春髻低下头来："我料他也不在了，师父便是这样。"

池云斜眼看她。雪线子当年想必是看中了他这女徒的美貌，可惜这小丫头空自长了一张俏脸蛋，却和外头的白道中人一路，是个王八，不知雪线子是怎生教出这等无聊又无趣的女娃，真真十分古怪。

只听她道："唐公子，江伯伯及清和道长已经查出雁门之中谁是奸细,但那人毒性已发,神智失常,浑身红斑,江伯伯把他关了起来,正在设法盘问。"

"是吗?"唐俪辞道,"可怜啊可怜。"他口中说"可怜",然而面带微笑,实在看不出究竟有几分真心实意。

池云"嘿"了一声,冷冷道:"虚情假意。"

正在议论之间,门外蓝影一闪,古溪潭叫道:"钟妹,余泣凤来访!"

余泣凤?在中原剑会上被施庭鹤击败的"剑王"余泣凤?

池云"嘿"了一声:"难道他也关心施庭鹤之死?对余泣凤而言,施庭鹤死得妙不可言,再好不过了。"

古溪潭抱拳道:"请几位一同去前堂见客。"

几人走到前堂,只见客厅之中满是人头,众宾客及雁门门下弟子争相列队,只盼瞧上一眼那"剑王"。

就在众人充满艳羡的目光之中,一人背剑,大步走了进来。

只见此人身材极高,肌肉结实,仿佛肩膀生得都比旁人宽阔了两三分,皮肤黝黑,穿着一身褐红衣裳,果然与众不同。

江飞羽迎向前去:"'剑王'光临敝门,蓬荜生辉,请上座。"

余泣凤的目光在堂内众人身上打了个转,每个被他看见之人都是心头一跳,凛然生畏。果然余泣凤不怒自威,气度过人。

"江门主客气。"余泣凤淡淡地道,他的视线从众人脸上掠过,停在唐俪辞的脸上,"我听闻雁门捉拿了奸细,和施庭鹤之死有关,特来查看。却不知江门主偌大本事,竟然请得万窍斋主人在此坐镇。"

"万窍斋主人?"

余泣凤此言一出,众人轰然一片,惊诧声起,议论纷纷。

古溪潭暗道，万窍斋主人？怎么可能？他的目光在客人中打量，却没瞧见究竟何人像那万窍斋主人。

当今世上，要说谁最有钱，除了当今圣上，自是万窍斋。

万窍斋是个商号，其下设有珠宝、绸缎、酒水等等行当，短短三年生意做遍天下，其主家财万贯，富可敌国，江湖上却几乎无人知道其人是谁。

江飞羽心忖若是那万窍斋主人到了此地，自己却是不知，雁门素以消息灵通闻名天下，这个脸可丢大了。只见余泣凤的目光盯在唐俪辞的脸上，他心下诧异，难道这位唐公子竟然是……

"你怎知我便是万窍斋主人？"唐俪辞微微一笑，并不否认。

此言一出，众又哗然。

池云凉凉地看着唐俪辞，颇有幸灾乐祸之态。

余泣凤淡淡地道："你手腕戴有'洗骨银镯'，此镯辟邪养福纳吉，又是古物，价值不可估量，传闻为万窍斋收藏，若非万窍斋之主，何人敢将它戴在手上，视作儿戏？"

众人的视线又齐刷刷地看向唐俪辞的手腕，只见他腕上的确戴着一只银镯，其上花纹繁复，却不知如此一只银镯竟然"价值不可估量"！

钟春髻的俏脸一阵红一阵白，暗道原来这只银镯竟然有如此意味，她早已瞧见，却认不出它。

古溪潭心道怪不得池云那厮对唐俪辞言听计从，原来他竟是万窍斋之主，但此人分明既是国舅，又是商贾，却为何要插手江湖中事？

"原来余剑王也对施庭鹤中毒之事如此关心。"唐俪辞微笑道，"如同此心，我插手此事，不过好奇，余剑王瞪目于我，大可不必。"

此言一出，江飞羽吓了一跳，唐俪辞并非江湖中人，却竟然敢对余泣凤出言挑衅。

余泣凤目中怒色顿起，脸色仍是淡淡的："余泣凤天生目大，对万窍斋主人并无不敬之意。"

唐俪辞微微一笑："余剑王客气了。"

余泣凤不再理他，抬头望天："不知那名奸细人在何处？"

"人在三厢房。"江飞羽道，"我门已请医术精湛的大夫查看此人所中之毒，只是毒性复杂之极，难以解毒。其毒能激发潜能，令人力大无穷，不知疲倦。"

余泣凤道："难怪剑会当日，施庭鹤能击落我手中长剑。"

他脸上神色甚淡，语气却甚是怨毒，听者皆感一阵寒意自背脊爬了起来。

正在此时，有人大叫两声："门主！门主！"只见一人自走廊外冲了进来，"苟甲被人杀了！"

"什么？"江飞羽变色道，"怎会如此？看着他的人呢？"

那人道："张师兄和王师兄也……死在刺客刀下……"言罢"扑通"一声跪倒在地，"弟子们无能……"

余泣凤淡淡地道："雁门召集天下英雄详谈九心丸之事，却让人死在雁门之中，真是荒唐！"

江飞羽苦笑："敝门惭愧。"

当下几人加快脚步，直奔三厢房而去。

池云和唐俪辞站在原地，看着众人浩浩荡荡往三厢房而去，本来人头攒动的厅堂顿时空旷。

池云忽地道:"少爷……"

唐俪辞"嗯"了一声,轻叹道:"原来你还记得……"

他没有说完,接下去的话自然是"原来你还记得我是你少爷"。池云当年在唐家做书童之时称呼唐俪辞"少爷",如今出道江湖数年,时时自称"老子",自不会当真自居奴仆,但逢遇正事仍是不知不觉叫了出来。

池云"嘿"了一声:"你不觉得余泣凤来得太快,雁门的奸细死得太巧吗?"

唐俪辞道:"人来得太快,说明余剑王之能,奸细死得太快,说明死有余辜,有何不对?"

池云冷冷地看着他:"你能不能说两句正经的?"

唐俪辞微微一笑:"我一贯很正经……"

忽地,后堂又起一阵喧哗,唐俪辞道:"以余剑王之能,多半已经找到杀人凶手……"

一句话未说完,钟春髻已奔了过来,叫道:"余大侠已经找到杀死苟甲的凶手,那人也已认了,说是有蒙面人昨夜买通他杀死苟甲,价钱是一万两银子。"

"是吗?余剑王英名睿智,唐俪辞十分佩服。"唐俪辞道。

钟春髻笑颜如花,如此快就抓获凶手,显然让她十分兴奋,池云冷冷道:"这凶手分明——"

"这凶手分明该死。"唐俪辞道。

钟春髻叫道:"不错!那人承认之后,已被余大侠一剑杀了,雁门上下颇为感激余大侠除奸之举。"

池云忍不住道:"放狗屁!这人分明是个替……"

钟春髻秀眉微蹙,余泣凤找出杀害苟甲的凶手,并将其一剑杀了,分明是好事,她浑然不解为何池云会如此义愤。

唐俪辞微微一笑,正在此时,纠集在厢房中的人纷纷走出,居中的余泣凤昂颈背剑,如鹤立鸡群。

唐俪辞迎上前去,对余泣凤一拱手:"听闻余剑王抓获凶手,可喜可贺,夜里我在画眉馆设宴,余剑王如果赏脸,夜里大家一醉如何?"

余泣凤看了他一眼,纵声笑道:"万窍斋主人相邀,何人不去?今夜一醉方休!"

唐俪辞又向江飞羽、古溪潭等几人相邀,自是人人应允,厅堂之中喜气洋洋,一团和气。唯有池云冷眼旁观,满腹不快。

夜里,星月辉亮,清风徐然。

画眉馆乃是雁县最好的酒楼,设在北门溪之上,喝酒吃饭之际,楼下水声潺潺,偶尔还有蛙鸣鱼跳,十分风雅。

雁门中云聚的各方豪杰和余泣凤坐了正席,唐俪辞相陪,雁门其余众人坐次席,主宾相应,觥筹交错,相谈甚欢。说及施庭鹤滥用毒物,害人害己,各人都是十分唏嘘,对这害人毒物恨之入骨,十分切齿。

一道颀长的白色人影倚在宴席之外的长廊上,池云斜眼看天,并不入席。

画眉馆外溪水清澈,溪边开着些白色小花,正是春天,溪水甚足,映着天空月色徐徐流动,景色清丽。池云冷眼相看,若是从前,如此天气,他早已在红梅山上和自己那帮兄弟赌钱喝酒去了。

"池兄。"身后有人叫了一声。来人步履沉稳，气息细缓，是个好手。

池云头也不回，懒懒地道："古溪潭？"

来人蓝衣束发，正是古溪潭。

池云凉凉地道："里头好酒好菜，满地大侠，你不去凑凑热闹？"

古溪潭手持酒杯："我已在里头喝过一轮，喝酒此事非我所好。"

池云道："嘿嘿。"

古溪潭道："看不出唐公子如此秀雅人物，酒量却好。"

池云冷冷道："你们若能把那只白毛狐狸灌醉，海水也给你们喝空了。"

古溪潭微微一笑："白毛狐狸？"

池云斜眼："你没听说？"

古溪潭摇头，他年龄不过二十七八，行走江湖却已有十年，关心的多是江湖恩怨，极少注意些奇闻逸事。

池云便把京城百姓经常议论的那些传闻说了。当朝国丈唐为谦多年前在自家水井中打捞起一位少年，起名唐俪辞，将其收为义子。这位干国舅来历不明，时常离京，行踪诡秘，京城传说其是狐狸所变，否则便是精怪、水鬼一路，谁也不敢得罪于他。

古溪潭听了一笑了之："原来如此……"他自己静了一静，过了好一会儿道，"其实今日之事，古某颇有疑问，我看池兄不愿入席，不知是否一样心有所想？"

"想什么？想究竟是谁出价一万两银子买人头？"池云淡淡地道，"还是想究竟是谁如此消息灵通，恰好在余泣凤一脚踏进雁门之时，杀了苟甲？"

古溪潭微微一笑："都有，或者还有一条……究竟是余大侠太想听见苟甲的言辞，所以苟甲遭逢杀身之祸，还是余大侠太不想听见苟甲的言辞，所以苟甲遭逢杀身之祸？"

池云"嘿"了一声："瞧不出来你一副王八模样，想得却多。"

古溪潭道："不敢。"他站到栏杆之边望着溪水，"江湖生变，我觉得施庭鹤服毒之事，仅是冰山一角，牵涉其中的各方人物，或许很多……或许追查下去，结果十分可怕，并非余大侠杀死一个刺客，就能结束。"

"你害怕？"池云"嗤"地一笑，"说实话，老子对江湖之中许多大大小小的'人物'，一则人头不熟，二则看不顺眼，这事若是闹得天翻地覆不可收拾，撕破越多人的脸皮，老子越是高兴。"

古溪潭叹了一声："江湖中事，哪有如此简单……"往身后房中看了一眼，"但不知唐公子宴请余大侠，究竟是何用意？"

"老子不知道，姓唐的神神秘秘、鬼鬼祟祟的，长得一张好人脸，生得一副鬼肚肠，谁知道他在盘算些什么。"

"我看唐公子眉目之间神气甚正，应该不是奸邪之人。"古溪潭道，"其人是万窍斋之主，日后若当真追查九心丸之事，我方获唐公子之助力想必甚大，只盼他莫要因为兹事体大，萌生退意。"

两人在屋外望月看水，屋内众人几轮酒罢，余泣凤眼望窗外两人，淡淡地道："池云为何不入席？"

唐俪辞喝了不少，脸色仍然白皙润泽，微微泛上一层极淡的红晕，气色极好："想必是又对什么事不满了。"言下轻叹一声，"池云性子孤僻，方才就似乎对余剑王杀死那刺客之事十分不快，我实在想不明白。"

余泣凤道:"哦?难道他以为刺客不该杀?"

唐俪辞眼眸微眯,已有几分醉意:"这个我便不明白了,人总都是一条命,能不杀,自是不杀的好。"

余泣凤淡淡地道:"妇人之仁,唐公子若是如此心软,怎配拥有如此家当?"

唐俪辞小小打了一个酒意醺然的哈欠:"这个……便不足对外人道了……"

江飞羽一旁陪坐,皱眉道:"这个……唐公子似乎已经醉了,我先送他回去吧,大家继续。"

余泣凤在唐俪辞的肩上一拍,唐俪辞微微一震,似乎越发困了,伏在桌上睡去。

江飞羽将他扶起,对众人行礼告辞。

走到门外,池云一手将唐俪辞接去,古溪潭请江飞羽继续陪客,他送池云二人回去。

回到雁门,将唐俪辞送回房间,古溪潭忍不住道:"池兄说唐公子千杯不醉,恐怕未必。"

池云冷眼看着床上的唐俪辞:"老子说出口的话,就如放出的屁,货真价实,绝对不假。"他瞪着床上的人,"你还不起来?"

"我若起来,便要露出马脚了。"唐俪辞闭目微微一笑,"古少侠方才也饮过酒,难道没有什么感觉吗?"

古溪潭微微一怔,略一运气:"这个……"

他脸色一变:"酒中有毒!"

唐俪辞睁开眼睛："不妨事，只是小小砒霜，以古少侠的内力修为，不致有大害。"

古溪潭心中苦笑，虽然毒量甚微，绝难发现，但吞在腹中也是不妥，看他神态安然，似乎说的只是多吃了两口盐巴、三两胡椒粉而已。古溪潭问道："是谁下的毒？"

"画眉馆新雇的一名小厮，傍晚有人出价一万两银子，要他在今晚酒宴之中下毒，毒量不多，若非喝下十坛美酒，不致有事。"唐俪辞语调温和，笑容很是愉快，"余泣凤想必很快能察觉酒中有毒，想必很快能发觉是谁下毒，想必又很快能逼问出有蒙面人出价万两买通那人下毒。"

古溪潭骇然道："这岂非和方才苟甲之死一模一样？难道方才那幕后之人再度出手，要下毒毒死雁门上下？"

"下三滥的手段聪明人最多施展一次，既然苟甲已死，他绝不可能冒如此大风险故技重施。"池云冷冷地看着唐俪辞，"你在搞什么鬼？"

"我之平生，最讨厌一件事。"唐俪辞微微一笑。

古溪潭问道："什么？"

唐俪辞道："最讨厌有人和我斗心机。"

古溪潭道："这个……只怕世上大多数人都很讨厌。"

唐俪辞道："不错，我也只是个很普通的人。"

池云凉凉地道："你到底是人是妖我还搞不清楚，不过老子只是想知道那毒是不是你下的。"

古溪潭闻言吓了一跳，只听唐俪辞微笑道："是。"

"你到底在搞什么鬼？想要毒死几十个什么江湖大侠，扬名立万?"池云冷笑。

唐俪辞惬意地闭目,床上华丽的丝绸锦缎映着他秀丽的脸颊,他继续微笑道:"你们二人,都以为今日余剑王杀人之事并不单纯,不是吗?"

"不错。"古溪潭道,"虽然颇有可疑之处,但是并无证据。"

唐俪辞道:"既然有人能在余剑王进门前一天买凶杀人,证明雁门还有奸细,而你我并不知他是谁。苟甲死得如此凑巧,也许是余剑王幕后指使,也许不是,对吗?"

古溪潭颔首:"正是。"

唐俪辞又道:"那刺客死不死无关紧要,重要的是苟甲已死,线索断去,雁门众人却以为余剑王英明,欢欣鼓舞,你和池云对此事十分不满,却又无可奈何,是吗?"

古溪潭再度点头。

唐俪辞又微微一笑:"没有证据,不能指认凶手,所以不能和余剑王闹僵,请客吃饭拉拢感情还是要的,然而东施效颦,玩上一把,也是不妨。"

古溪潭脑筋转了两转,方才恍然——这人没有确凿证据指认余泣凤明为除奸,实则杀人灭口,于是指使酒楼小厮给众人下毒,无论主谋是不是余泣凤,必定在席,在席就要喝他下的这一杯毒酒。这下毒手法和今日买凶杀苟甲之法一模一样,其他人只会以为那幕后主使再度出手,发觉此事并未完结,心中警醒。而真正的幕后主使自然明白这是有人栽赃嫁祸,但腹中饮下毒酒,手中抓住小厮,只得到一句"有蒙面人出价万两白银",却依然不知是谁下毒陷害,也许是唐俪辞,也许不是,这个哑巴亏和今日大家所吃的一模一样——

古溪潭哭笑不得:"唐公子,就算此计大快人心,然而砒霜毕竟是杀人之物,若是喝得太多,也是要命的。"

唐俪辞微笑道:"嗯……要下毒,自然是要下杀人之毒……对了,方才余剑王对池云你十分关心,我已告诉他你对他十分不满,日后你在他面前不必强装客气,就算是拳脚相加、破口大骂,他也不会见怪的。"

古溪潭被他此言呛了一口:"咳咳……"

池云冷冷道:"你倒是费心了。"

唐俪辞微微一笑:"客气、客气。"

三人心知肚明,余泣凤若真是刺杀苟甲的主谋,发现池云对其有所怀疑,必定要有行动,唐俪辞实言告之,乃是以池云为诱饵,以求证实大家心中疑惑。如果池云遇袭,那余泣凤多半便有问题,这道理余泣凤自然明白,就看方寸之间,究竟是谁敢出手,一赌输赢了。

"现在画眉馆想必形势混乱,"古溪潭静了一静,略一沉吟,"我和唐公子都有饮酒,都中了毒,池兄没有喝酒……这样吧,池兄和我回去救人,唐公子还请在此休息即可。我们就说发现酒中有毒,回来擒凶。"

唐俪辞闭目含笑,挥了挥手:"我在此休息。"

两人一起离去。

房中一时安静,周遭寂静无人。

"呜……呜……咿唔……"床边竹子编就的摇篮中,凤凤摇晃着边框,一双大眼瞪着唐俪辞,眼神乌溜专注,仿佛对他离开这么久十分不满。

唐俪辞坐了起来,看着凤凤,伸手将他抱了起来,轻轻摸了摸他的头。凤凤揪住唐俪辞的头发，不住地拉扯，眼睛顿时亮了，仿佛他生存的意义就在于拉扯唐俪辞的一头银发。

唐俪辞轻叹一声，静了一会儿："凤凤，有人说我控制欲太强，不分敌我……叫我要改，叫我要做好人……但是……但是我不知道怎么做才是个好人……"

他抱着凤凤向后仰躺倒在床上，轻轻地道："没有把余泣凤和那些宾客当真一起毒死，便算做好人了吧……"

"嚓"的一声轻响，门外草丛中有物微微一动，随即"乓"的一声窗户打开，一阵疾风扑面而来，风中一剑穿窗而入，直刺唐俪辞的胸口。

唐俪辞怀抱凤凤，刚刚闻声坐了起来，刹那间正正迎向剑锋。来人剑上加劲，正欲一剑刺穿两人，忽地"铮"的一声脆响，手上一轻，剑刃蓦地折断，"啾"的一声激射上天，"咚"的一声钉入横梁，竟下不来了。

来人大惊，正要后退，却手上一紧——唐俪辞白皙的手掌将来人的手连同剑柄一起拉住："且慢！"

那人惊骇欲绝，左手一沉往唐俪辞的头上劈下，唐俪辞左手一托，只听"啪"的一声，那人左手劈中自己握剑的右手，手腕奇痛入骨，"啊"的一声叫了出来："你……你……是人是鬼？"

"是人。"唐俪辞握着那人的手不放，微微一笑，他容色秀丽端庄，在那人眼里看来就如见了活鬼，只听他继续道，"还是个好人。"

那人情不自禁地退后一步，唐俪辞往前一步，怀里的凤凤在刀光剑影中半点也不害怕，吮着手指，十分好奇地看着来人——这是一个黑巾蒙面的年轻人，一头黑发，身材修长，看模样十分英挺——他忽地拉住来人的蒙面巾，不住地扯动，"呀"的一声，那蒙面巾应声脱落，露出来人的面容。

唐俪辞任凤凤伸手去扯，也不阻拦，看了那人一眼："原来是朴前辈门下黎兄，失敬、失敬。"

那人果然是朴中渠门下三弟子黎远，蒙面巾跌落，他面如死灰，几次三番想拿起断剑自刎，然而手上冒汗发软，实在是没有勇气立刻就死。

唐俪辞长发披肩，满面温柔的微笑："不知黎兄可也是收了蒙面客一万两银子，所以前来杀我？"

他怀抱婴儿，容颜秀丽，浑身上下没半点杀气，不知何故黎远的额上不断冒出冷汗，心里只盼答是，口中却道："我……我……"

"原来黎兄并非收了别人一万两银子，那便好说话了。"唐俪辞叹道，"那黎兄为何要杀我？"

黎远张口结舌，半句话说不出来，只听唐俪辞道："你若说是特别讨厌我所以要杀我，我扭断你一只手；若说是本要杀别人闯错了房间，我扭断你另外一只手；若说是……"

他还没说完，黎远满头大汗，慌张地道："我……是有人叫我来杀你的……"

唐俪辞微微一笑："你若要说不知道是谁叫你来杀我，我扭断你的脖子。"

黎远只觉手上被唐俪辞握住之处温软柔润，既而一阵剧痛。唐俪辞已把他的手臂绕在颈上，连人带婴孩已经到了他的背后，只消他说一声不知道，唐俪辞先扭断他的手臂，再用他的手臂勒断他的脖子。

黎远脱口而出："唐公子饶命！是余大侠叫我赶回来杀你，因为酒中有毒，他怀疑是你下的……"

唐俪辞微微一笑："哦？你为何要听他的话？"

"因为……因为……我和苟师兄都……上了施庭鹤的当，都中了九心丸之毒。"黎远脸色惨白，"但在中原腹地，唯一能卖此药的人，就是余泣凤！"

此言一出，唐俪辞颇为意外："不是施庭鹤，而是余泣凤？"

黎远"扑通"一声往前跪了下来："唐公子饶命！我们兄弟几人和风传香、江城是好友，风传香的老婆被'浮流鬼影'万裕害死，我们都很气愤，施庭鹤劝风传香服药增强功力，我们都在场，那药江城没吃，但是我们都吃了……天地良心……我本是为了给朋友报仇……我本来……是个好人……"

唐俪辞道："是吗？除了你从余泣凤手中买药，不得不听他号令，你还知道些什么？"

"武林中有不少人像我们一样，为了九心丸，不得不听余大侠……余泣凤的号令，但我知道余泣凤背后还有主子。真正能做九心丸的地方叫风流店，风流店中有东、西二位公主，东、西二位公主美貌绝伦，连余泣凤都要对她们毕恭毕敬，东、西二位公主上头还有人……至于是什么人，我真的不知道了……"黎远心惊胆战地道。

他瞧不见唐俪辞的脸色，那人在他背后，那是个神鬼莫测、心狠手辣的男人。忽地，一根手指轻轻滑到他的颈后，他本以为是凤凤的手指，过了一会儿，那根手指慢慢自颈后滑了一圈儿，滑到他身前，有人俯身在他的颈间，呼吸声可闻。

黎远越发惊骇，只觉那人在他的耳边轻轻呵了口气，手指滑到他的心脏处，轻轻一点，柔声道："你回去对你的主子余剑王说……你杀不了唐俪辞，他的武功深不可测，天下第一。刚才余剑王送他的礼物，他现在还在你身上，请余剑王检视一二。你若想活命，就求余剑王救你吧……不过我猜，他多半不肯救你，呵呵。"

黎远骇得浑身都软了。

唐俪辞俯身自他身后绕过他的颈，自他身前抬起头来，对他微微一笑，那微笑仍是秀雅温柔，手掌温滑如玉，他却觉得犹如一条毒蛇绕在身上，而且……而且这条毒蛇还稍略带了一点艳气……他虽然惊骇到了极点，眼前的人却仍不住让他想起这是一个美人儿……

"走吧。"

唐俪辞一拂衣袖，黎远糊糊涂涂地被他自窗口掷了出去，茫然地往画眉馆奔去，心中惊骇未绝……他、他怎能是这样一个毒如蛇蝎的美人儿……唐俪辞难道不是一个言语温和、知书达理的读书人吗？他分明是一个君子，是一个走江湖正道的好人，怎会……怎会是这样的？

房中，唐俪辞姿态优雅地小小打了个哈欠，将凤凤放回床铺，轻轻叹了口气："唉……"

"人都快被你吓死了，你还叹气？"不远的树上有人道，"得了便宜还卖乖！"

唐俪辞轻轻地拍了拍自己的脸："叫你去救人，怎么这么快就回来了？"

那树上看戏的人，自是池云，只听池云道："我又不是大夫，你下的砒霜，大家肚痛几天，头发掉上一些，自然也就好了，我哪里会救？"

唐俪辞微微一笑："古溪潭呢？"

池云自树上一跃而下，身姿挺拔潇洒："他自然还在救人。刚才余泣凤在你身上下了暗劲？"

唐俪辞仰头看了星空一眼，说道："一股寒性内力震我心脉，不算十分高明。"

池云也看了星空一眼："所以你在离席的时候就已确知杀苟甲的主谋就是余泣凤，特地告诉余泣凤我对他有所怀疑，只怕不是想用我为饵引他出手，而是想引他避开我直接对你出手吧？"

唐俪辞道："这个……你若要这样想，也是不错。"

"余老头武功不弱，名声很大，怎么会和害人的毒物牵扯在一起？难道是假仁假义的侠客做到了头，觉得无趣，打算做个魔头试试？"池云诧异道，"他和施庭鹤一起服用九心丸，却为何会在中原剑会败在施庭鹤剑下？"

唐俪辞道："也许在中原剑会之时，他的确仍是清白的，败在施庭鹤剑下这等奇耻大辱，才是他和九心丸有牵扯的因缘。"

池云哼了一声："知道是余泣凤又能如何？你方才把那小子放了回去，余泣凤多半要杀他灭口，死无对证，这事就和没有一样。"

唐俪辞"哎"了一声："对证？"他微笑道，"以池云之为人，做事难道曾经讲过道理？"

池云瞪着他，过了一会儿，仰天大笑："哈哈！老子以为你装惯了王八已有一大半变成只活王八，原来狐狸便是狐狸，就算披了一身白毛，还是只狐狸！"他呸了一声，"还是只有毒的狐狸！"

"不敢、不敢。"唐俪辞含笑，"余泣凤武功不错，如果服了九心丸，想必更为难对付，你我直接找上门去，未必讨得了便宜。"

池云冷笑一声："那又如何？"

唐俪辞道："那就要找一个帮手。"

池云斜眼看他："你不是说你自己武功高强，天下第一吗？那还需要什么帮手？"

唐俪辞抬起手指轻轻点着自己的额角："我武功高强不假，至于天下第一……我未曾和人比试，你又怎知我不是？"

池云气结："老子从没见过如你这等厚颜无耻之人！"

唐俪辞道："主子厚颜无耻，书童嚣张跋扈，正是绝配、绝配。"略略一顿，"雪线子本是个不错的帮手，可惜其人太懒，余泣凤又非什么绝代美女……或者找一位武功不弱、满腔热血的白道大侠，嗯，古溪潭如何？"

池云冷冷道："古溪潭是不错，可惜没有证据，要他相信你的一面之词对余泣凤出手，只怕不能。"

唐俪辞叹了一声："那只有下下之策了。"

"下下之策？什么？"池云眼眸微动，突然想起这家伙惯于……

唐俪辞道："出钱买人，落魄十三杀手楼，从第一流到第九流的角色，出什么样的钱，得什么样的人。"

池云嘿嘿一笑："你想买个帮手？谁？"

唐俪辞道："五万两黄金。"

池云的眸色微微一沉："沈郎魂？"

江湖之中，大小杀手帮派甚多，其中最为有名的是朱露楼，朱露楼于数年前内讧自毁，取而代之的便是落魄十三楼。落魄十三楼内人才众多，而其中最为出名的，自然是"冷面蛇鞭"沈郎魂，其人武功可在江湖前十之列，三年前不知是何缘故，竟肯屈尊为杀手，而且信守规则，从不失手，只消有人出得起钱，他便杀得了人。

池云说出"沈郎魂"三字，连他这等狂妄之人，心头也是一沉。

唐俪辞含笑："不错。"

"听起来不错。"池云听了唐俪辞这"不错"二字，放声大笑，"如此，老子和沈郎魂这等邪魔外道联起手来，不把余老头这白道大侠打趴在地，岂非丢脸之极？"

三 ◆ 邪魔外道 ◆

老子是邪魔外道，姓唐的狐狸是妖魔鬼怪，姓沈的你也不是什么好东西，咱老大别说老二，全是一丘之貉。

数日之后。

画眉馆酒宴中毒一事渐渐传开，江湖中人对那时常蒙面、出价万两银子买命的凶手津津乐道，而万窍斋主人竟然如此年轻，自也是大出风头。余泣凤对那日之事绝口不提，雁门中人在唐俪辞、池云二人离去之后也未发觉有何不对，盛赞唐俪辞乃是谦谦君子，贵为万窍斋之主，愿为江湖大局出力。

紫花小道，绿草如茵。这紫花小道尽头，是一栋白色大石垒就的石楼，楼上雕刻许多人头，神态逼真，观之十分诡异可怖。唐俪辞和池云站在楼外等候，方才五万两黄金自殿城钱庄运来，刚刚抬进楼中。唐俪辞发下话来买沈郎魂整整一年，落魄十三楼楼主已经答应，如今就等看人了。

"老子看你如此买法，倒像是包了个小妾。"池云懒洋洋地道，抬头看落魄十三楼的那石楼,"这小小一座石楼,怎住得下许多人?"

唐俪辞面带微笑,上下打量那石楼:"想必其中另有玄机。"

说话之间,突见石楼之门缓缓打开,一人步履平缓,一步一顿地走了出来。

原来世上当真有人是如此模样,池云"嗤"地一笑。

这人约莫三十来岁,面色苍白,身材不高不矮、不胖不瘦,容貌长得极其普通,若非右边脸颊烙了一条形状奇特颜色鲜红的蛇,可谓做暗桩的绝佳人选,即使你见过他十次也决计不会记得。不过沈郎魂脸上的红蛇十分奇特,并非蜿蜒一条,也不是盘蛇,而是小小一条红蛇头咬着蛇尾,成一个圆环之形。

唐俪辞瞧见,脸色微微一变,眼神说不出的古怪复杂,一顿之后,随即微笑:"沈兄大名鼎鼎,在下久仰了。"

"何事?"沈郎魂开口说话,声音也如他的容貌一般平平无奇,双目平视唐俪辞,目光黯淡,毫无光彩。

唐俪辞道:"请沈兄出手相助,生擒一人。"

沈郎魂冷冰冰地问:"谁?"

"余泣凤。"唐俪辞微微一笑,"沈兄若有疑虑……"

沈郎魂淡淡地道:"没有。"

唐俪辞道:"那很好,你我这就上路。从今日开始,你我便是朋友。这位是'天上云'池云。"

沈郎魂目中光彩微微一闪,刹那之间竟是耀眼夺目之极:"原来是池云。"

池云出手如电,一掌往沈郎魂的颈上劈去,沈郎魂微微一让,横掌一托，二人均感手腕酸麻。

池云哈哈一笑，沈郎魂神色不变，二人交手一招，对对手敬意暗生，都暗道一声"好身手"。

唐俪辞双手一拍，身后有人抬上三顶大轿。沈郎魂微微一怔，他做杀手许久，无论什么古怪人物都见过，但如此八抬大轿将他抬去动手的，倒是从未见过。

见唐、池二人登轿，他随即踏入轿中，坐了下来，只觉轿子被稳稳抬起，往前便走，轿夫臂力了得。轿中翠绿绸缎，挂有明珠，奢华之极。

三顶轿子慢慢抬出紫花峡，转向殿城而去。

殿城有家钱庄，名为"万鑫"，鑫者，三金也，钱庄庄主姓黄，名字就叫三金。黄三金的钱庄并不归万窍斋所有，和唐俪辞乃是生意上的朋友，"黄三金"这名字虽然粗俗，她却是个不折不扣的女人。

万鑫钱庄内，唐俪辞一行三人正在和黄三金喝茶。这位在殿城大大有名的女子容貌娇媚，肤色白皙，一身金色衣裙，和她的名字殊不相当，只听她"咯咯"笑道："唐公子在我这里提钱是我的荣幸，怎算得上劳烦？只怕我这里粗鄙的茶水，唐公子喝不惯。"

唐俪辞微笑道："黄姑娘客气了，就算茶水粗鄙，有姑娘作陪，便是如沐春风。"

黄三金娇笑起来："你这人心眼坏得很，分明说我的茶不好，却要绕个弯儿赞我美貌，可惜我又偏偏喜欢你这种坏男人，呵呵呵……"

她环视了池云、沈郎魂二人一眼，眼色娇媚万状，嘴角微勾，似笑非笑："前阵子雪郎到我这里借了五百两银子，说正在找什么小姑娘，听说也是追到余泣凤家里去了，他死了不打紧，可不能不还我银子。"

唐俪辞放下茶杯："他来借钱之时,可有说什么?"

"当然,他说他借钱你还银子。"黄三金吃吃地笑,"他说你欠他六千两黄金,你要的人在什么马车里,我听也听不懂,他又没耐心再说一次。"

池云眉头陡然一扬："老色鬼到底说什么了?"

黄三金嘴里说的"雪郎"自然便是雪线子："他说唐公子要找的人,就在从东往南的一辆马车里,马车上有花花绿绿的蛇。人就在马车里,不过马车里毒虫太多,他嫌——打死太过麻烦,所以人就没给你带回来,叫你自己找去。"

唐俪辞以白皙的手指轻轻敲了敲茶杯："既然雪线子嫌弃那人不够美貌,又懒惰成性不肯把她带回来,他追去余泣凤家中做什么?莫非……"他微微一笑,耐人寻味。

黄三金"咯咯"娇笑："难怪他说他平生唯一知己是你。不错,他突然看上了余泣凤家里一位小姑娘,从我这里借了五百两银子,给人家小姑娘买花粉去了。"

唐俪辞摇了摇头："余泣凤家中的小姑娘?余泣凤至今独身,据我调查,家中并无女婢。"

黄三金秋波传情,盈盈看了他一眼："我看你就不必再装了。没错,如你所料,余泣凤家中最近突然多了一位貌美如花的天仙,雪郎赞那小姑娘是如何美貌,见她一眼花也会死了鸟也会自杀,你知道人家书读得少,雪郎做的诗咱是听也听不懂的……呵呵,总而言之,他迷上那小姑娘,这几天都在余泣凤家中做家丁呢,有什么事你找他去,只消你们三个闯得进余家剑庄,雪郎又还没有移情别恋,总会见到的。"

唐俪辞温颜微笑："哦？看来雪线子最近行事大有长进，除了美人，尚记得告诉你许多杂事。"

黄三金的脸上陡然一红，嫣然一笑："罢了罢了，你这死人……人家担心你触余泣凤的霉头会吃亏，巴巴地帮你查了些线索，又不敢告诉你我出了手，就是怕你生气，只好把功劳挂在雪郎那老色鬼头上。你知了人家的心也不感激，定要当众拆穿我，再不见有比你更坏的人了！"

"唐俪辞是不敢承黄姑娘之盛情啊，"唐俪辞轻轻一叹，"不过你出了手，只会惹祸上身，我确是有些生气。"他左手提起衣袖，右手轻轻弹了弹衣袖上的微许灰尘，"这里若是出了什么事，早些通知我。"

黄三金斜斜伸手，托住了脸颊："有这么严重吗？我一直不明白，以唐公子的精明歹毒，这次为什么对这件事如此执着？很不像你的为人哦。"

唐俪辞微微一笑："人总会对有些事特别执着，比如说黄姑娘，比如说我。"

黄三金眼波水汪汪的，忽地忧愁起来，叹了口气："不错……我执着的就是你，而你……执着的又是什么？"

唐俪辞道："你不妨想我执着的也就是你罢了。"

黄三金盈盈一笑，笑得有些苦："你若是要骗我，也该骗得像些。"

"姑娘近来多加小心，雪线子那五百两银子以此珠抵过。"唐俪辞自怀里取出一粒珍珠，那珠子浑圆可爱，光彩照人，如有拇指大小，价值显然不止五百两银子，"既然雪线子已经寻到那辆马车，我等也该走了，今日劳烦姑娘相陪，唐俪辞甚为感激。"

黄三金站了起来："这就要走了吗？"她轻轻一叹，"我不要你感激,你若每年能在我这里提上一次钱,那有多好!"

唐俪辞只是微微一笑,行礼作别,带着池云、沈郎魂离去。

黄三金看着那三个男人离去,再看了一眼唐俪辞喝过的茶杯,娇媚的脸上满是凄凉之色。从第一次见面她就喜欢这人,也从第一次见面她就知这人薄情……然而,女人终归是女人,喜欢的毕竟还是喜欢,而薄情的仍是薄情。

"雪线子那老不死,世上由东往南的马车何其多,难道老子能拦路一一查看车里有没有装着毒虫?天下之大,叫人到哪里找去?"出了万鑫钱庄,池云一路冷笑,看天色嫌其太白,看草木嫌其太绿,看沈郎魂嫌其是个哑巴,看唐俪辞嫌其到处留情。

"雪线子居然这么快就找到你的未婚妻子,想必并非他神通广大,乃是运气。"唐俪辞道,"我猜他在道上撞见了那位貌美如花的小姑娘,跟踪她到了余泣凤的余家剑庄,然后看见了白素车的马车,所以知道她的下落。"

池云"哼"了一声:"让老子抓到这女人,定要一刀杀了。"

沈郎魂一言不发,似乎对他们的言论半点也不好奇。

三人从城中妇人家中接回托付喂奶的凤凤,唐俪辞雇了一辆马车,往南而去。

马车之上,沈郎魂眼观鼻、鼻观心,盘膝坐在一旁,就如一尊木像。池云躺在座上,两条腿直撂到沈郎魂的身上,他也不生气。唐俪辞坐在池云之旁,幸好马车甚是宽敞,池云之头离他远矣。

马车渐渐离开殿城,从此行进百余里,便是关安,余家剑庄便在关安郊外。

"沈兄，"唐俪辞抱着凤凤，凤凤在马车摇晃之中显得很兴奋，双手牢牢抓住唐俪辞的衣领，将他的衣裳拉歪了一半，露出右肩。肩头曲线完美，光滑柔腻，他不以为意，忽地对沈郎魂道，"我有一事相问。"

沈郎魂闭目不答，唐俪辞又道："沈兄可以一问换之。"

此言一出，沈郎魂蓦地睁眼，他的眼睛平时没有神采，一旦眼中一亮，便如明珠出晕，钻石生光，令人心中一颤。

只听他淡淡问道："何事？"

唐俪辞指着他脸颊上的红蛇："此印由何而来？"

沈郎魂不答，光彩盎然的眼睛牢牢盯着车壁。过了好一会儿，他淡淡地问："你的武功，可是由换功大法而来？"

唐俪辞眼睛眨也不眨，含笑道："不错。"

沈郎魂的眼睛光彩骤亮，蓦地转头死死盯着唐俪辞："很好！"

唐俪辞目不转睛地回视。若说沈郎魂的眼睛乃是如光似电，唐俪辞的眼色却是千头万绪，就如千百种感情都倒入了一个碗中正自旋转，根本看不出那是什么意味。

池云睁开眼睛，望着马车顶。这事池云早就知道，唐俪辞的武功，不是他自己练的。

换功大法，乃是一门邪术。

江湖之中，若有人提及换功大法，必定闻者人人变色，尤其是经过前些年白南珠一役，江湖中人对这等邪术更是谈之色变。

换功大法和"衮雪""玉骨"一同出自《往生谱经书》，"衮雪"和"玉骨"是修习"往生谱"的基础之功，而换功大法乃是它的走火入魔之术。

相传数十年前，江湖中有位魔头修习"往生谱"走火入魔，为求解脱，他将练成的"往生谱"功力转注给了他的徒弟，之后散功而死。他的徒弟却由此获得了数倍的武功，成为横扫天下的绝代恶人，由此江湖中才知"往生谱"经走火入魔转注，竟然功力能增强数倍，若散功之人本来功力深湛，受转注之人获得的功力将不可计数，惊天绝世，而且不受"往生谱"真气之苦，不会在二十五岁内死亡。

只是《往生谱经书》失传，否则江湖之中亡命之徒多矣，说不准何时就会冒出一两个惊世魔头。

沈郎魂眼力极佳，一眼看穿唐俪辞的武功并非自己练得，然而听到"不错"二字，仍是不免心神震荡，深为骇然。只见此人若无其事，容色秀丽，眉眼含笑，问道："沈兄脸上的红印是如何来的？"

沈郎魂默然半晌，淡淡地道："为人所画。"

唐俪辞问道："何人？"

沈郎魂反问："是何人将功力转注给你？"

唐俪辞眼睫不动，连颤也没有颤上一下："朋友。"

沈郎魂再问："他……"

唐俪辞温言道："死了。"

沈郎魂胸口起伏，情绪甚是激动："他的'往生谱'由何而来？"

唐俪辞不答，过了片刻，他轻轻叹了口气："他的'往生谱'乃是意外得来，他死之后，《往生谱经书》被人带走……沈兄，我猜你败在换功大法之下，被人在脸上画了这个印记，对不对？"

沈郎魂的眼色转为凄厉，他缓缓站了起来，马车处于摇晃之中，他却站得极稳，背脊挺直，慢慢望向窗外。

过了好一会儿,他淡淡地道:"不错……那人败我于一招之内,点住我的穴道,花费了整整两个时辰,以……我妻的发簪和胭脂,在我的脸上刺了这个红印。"

池云本来爱听不听,反正与他无关,入耳此句,忍不住骂道:"这人简直禽兽不如!他把你老婆如何了?"

沈郎魂一字一字地道:"他把我妻……扔进了黄河之中。"

池云见他眼角欲裂,沁出了血丝,不禁叹了口气:"莫伤心、莫伤心,老子的婆娘跟着男人跑了,老子都还没哭哩,你哭什么?"

沈郎魂嘴角微翘,依稀露出一个极淡的笑:"我与他无冤无仇,不过是路上遇见,他瞧出我身怀武功,故意和我动手……我……我艺不如人……"

话说到此处,唐俪辞开口打断:"和你动手那人,眼睛长得很漂亮,是吗?"

沈郎魂顿了一顿,像是滞了一口气,淡淡地道:"果然,你认识。"

"世上敢练'往生谱'的本就没有几人,练而又不幸走火入魔的更是少之又少,我的武功……和在你脸上刺上这印记的人的武功,的确是同一个人……同一个人换功所传。"唐俪辞看着沈郎魂,语气如往常那般平静温和,"但我不能告诉你他是谁,我既不知道他现在身在何处,也不知道他叫什么名字。"

沈郎魂蓦地回身:"但你知道他长得什么模样,你和他是什么关系?是你的朋友传功给他的是吗?你怎能不知他是谁!"

池云一边听着,忽地冷冷道:"这些事你居然从未告诉老子。"

唐俪辞道:"若是你问,我自是不会告诉你,但事关沈兄杀妻之仇,我虽不愿说，但不得不说。"

沈郎魂脸色苍白，那双眼睛更是光彩骇人："他是你什么人？"

"他……或者会姓柳。"唐俪辞目不转睛地看着沈郎魂，"我猜他找你动手，不是看出你身怀武功，而是因为你的眼睛……你的眼睛……"

池云跟着盯着沈郎魂的眼睛："他的眼睛怎么了？"

唐俪辞道："难道你从小到大，没有人赞过你眼睛长得好吗？"

沈郎魂怔了一怔："什么？"

池云吃了一惊，失笑道："难道他在沈兄脸上刺了个印记，就是因为他妒忌沈兄的眼睛长得好看？"

唐俪辞叹了口气："他若是妒忌沈兄的眼睛长得好看，为何不挖了沈兄的眼睛，而要在沈兄的脸上刺个印？他多半是觉得沈兄的眼睛长得虽好，可惜相貌平平，所以要在沈兄脸上刺个印记，以引人注目。"

池云和沈郎魂面面相觑。半晌，池云"呸"了一声："什么玩意儿，老子不信！"

唐俪辞微微一笑："不信也由你。"

"他究竟是什么人？你的朋友又是什么人？"沈郎魂一字一字地问，"你又是什么人？"

唐俪辞拍了拍他的背，微笑道："坐下来吧，若是知道他的消息，必定告诉你如何？"

池云蓦地坐起："你这几年离京四处漂泊，说是为了找人，不会就是为了找这个人吧？"

唐俪辞按着沈郎魂坐下："我要找的，另有其人。"

沈郎魂坐了下来，本来冷漠沉寂的一人，竟然显得有些软弱。他坐下后,身子微微一晃,心情激荡。

　　唐俪辞自怀里摸出一个小小的扁圆形玉壶,那壶极小,如巴掌大,玉质雪白晶莹,雕有云纹,拔开瓶塞,只闻一阵浓郁之极的酒香冲鼻而入,刺激得池云立刻打了个喷嚏。

　　那酒约莫也只有两三口,他将玉壶递于沈郎魂,沈郎魂望了壶内一眼,酒色殷红,如血色一般。

　　"碧血!"

　　池云懒懒地道:"你倒也识货。这酒与黄金同价,味道和辣椒水相差无几,喝下去便如自杀一般。"

　　沈郎魂仰首将那酒倒入喉中,一扬手将玉壶掷出车外,只听车外"叮"的一声,池云翻了个白眼:"你可知你这一丢,至少丢掉了五千两银子?"

　　沈郎魂淡淡地道:"难道他请我喝酒,连个酒壶都舍不得?"说着看了唐俪辞一眼,"好酒!"

　　唐俪辞面带微笑,就如他递给沈郎魂酒壶,便是故意让他摔的:"心情可有好些?"

　　沈郎魂的背脊微微一挺:"他究竟是什么人?"

　　"三年前,"唐俪辞说道,"我之好友在周睇楼弹琴,琴艺妙绝天下……"

　　池云"哎"了一声:"周睇楼?难道是那个'三声方周'?"

　　唐俪辞道:"嗯……"

　　池云和沈郎魂相视一眼。三年前,周睇楼"三声方周"名满天下,传说听了方周之琴,人人都要禁不住叹口气,念道"方周、方周……

唉……"于是成名。

沈郎魂淡淡地道："你所识之人，都是当世名家。"

唐俪辞微微一笑："我难道不是当世名家？当年他在周睇楼弹琴，有日一位半边脸白、半边脸红的琴客来听琴，听琴之后送了他一本书，说看他脸色不佳，若是得遇大难，人在绝境之时，可以打开来看。"

"那本书是什么？《往生谱经书》？"池云问。

唐俪辞面带微笑，轻轻呵了口气。他平日温文尔雅，举止端庄，此时呵出这一口气来，却让人依稀觉得那口气吹进了耳朵，耳中微微一热。只听他说："那本书他并没有看，我看了，正是《往生谱经书》。那时候他得了一场重病，活不了多少时日，弹琴也很勉强。看完了那本书，我叫他每天练上一点，他看不懂的，我教他练，练成了以后，换功给我……"

话说到此处，沈郎魂淡淡一笑："唐公子果然当得上一个'狠'字，不愧是万窍斋之主。"

唐俪辞也不生气，继续微笑道："本来这事进行得很顺利，就在换功那日，突然有两人闯进周睇楼方周的房间，打断换功大法。混乱之间，方周把功力传给了三个人，然后他死了。"

沈郎魂道："杀死我妻的那人，便是其中之一？"

唐俪辞点了点头，叹了口气："方周死后，《往生谱经书》被那二人带走，我那时受了点伤，所以至今不知道它的下落。"说到此处，他的手指不知不觉轻轻按着腹部，眉宇间微现痛楚之色。

池云一直没有说话，沈郎魂淡淡地道："你可是对以友换功之事觉得失望？"

唐俪辞面带微笑,看了池云一眼,自从刚才说了一句"难道是那个'三声方周'"之后,他闭目躺在座上,就如睡了一般,仿若唐俪辞说了半天,他一句话也没听进去。

此时池云闻言嘴角一勾,懒洋洋地道:"老子早就知道姓唐的白毛狐狸不是什么好人,换了老子,大概也会么做,反正人总是要死的,死了能给人留下武功,总比白死的要好。总而言之,老子是邪魔外道,姓唐的狐狸是妖魔鬼怪,姓沈的你也不是什么好东西,咱老大别说老二,全是一丘之貉。"

沈郎魂道:"嘿嘿。"

他不再看唐俪辞,也不再看池云,突道:"你们为何要抓余泣凤?"

"因为余泣凤是个坏人。"池云"哈哈"一笑,"坏人抓坏人,你可是第一次听说?"

沈郎魂道:"与我和唐公子相比,你还不算什么坏人。"

说罢,三人一起大笑。

凤凤一直睁着眼好奇地听着,就似他听得懂似的,此时小小地打了个哈欠,靠在唐俪辞的怀里,闭上眼睛。

唐俪辞取出一块手帕,轻轻替他擦去嘴边的口水:"此去余家剑庄,还有数日路程,明日可到崖井庄,你我去吃一顿农家小菜,好好休息一日。"

沈郎魂盘膝坐起,闭上眼睛。他做杀手三年,动手之前非但用轿子来抬,还先要去吃一顿农家小菜的,果真是从未见过。

四 ◆ 剑庄雪郎 ◆

"我想问一个人：如果我死了，你会不会为我掉眼泪？"
唐俪辞柔声道，随即幽幽叹了口气。

余泣凤的住处，在飞凤山下，绿水溪的源头，方圆二十里地，不算大，但也不算小。庄内亭台楼阁，花鸟鱼虫，一样不少，和寻常富贵人家的庄园也无甚区别。在剑庄后院，最近新栽了一片白色的四瓣花卉，形如蝴蝶，十分娇美，据说就叫白蝴蝶。

种那白蝴蝶的家丁是个新来的年轻人，头发雪白，据说是年幼丧母时哭得太过伤心，一夜白头，就再也没长出黑头发来。听到这段故事的人都很同情他，如此年轻俊秀的一个少年人，居然是满头白发，幸好他也没有为此自卑，而且以他的容貌要讨到一房媳妇只怕不难。可惜的是虽然这年轻人长得潇洒俊秀，他却说他不认识字，只会种花。

满地白花，形如蝴蝶，翩翩欲飞，映着夕阳鸟语，景色恬淡宜人。这位手持花锄，自称"雪郎"且不认识字的年轻人，自然就是雪线子。

雪线子自然不是不认识字，实际上他不但认识字，而且写得一手好字，他只不过懒得在卖身契上签字画押而已。

雪线子平生唯懒惰，除懒惰之外，只爱花与美人。

这满地的白蝴蝶乃是异种，在他手植之下，开得很盛，然而此花并非他所种。

种花的是一位年约十八的白衣女子，一直住在余泣凤后院的一幢阁楼之中，很少出门。他在这里种花半月，只见过她两次，其中有一次她面罩轻纱，但依稀可见她的容色。她是个极幽雅、极清淡的女子，就如细雨之日，那婷婷擎于湖中的荷叶。她幽雅清秀，然而总带着抑郁之色，一旦她走出那幢阁楼，空气中便会带着种说不出的哀伤，一切开心愉快的事都在她的身影之间，烟消云散。

余家剑庄的人把她奉为上宾，但谁也不知她的来历，大家都称呼她"红姑娘"，她从来不笑，除非乘车外出，她也从来不出那幢阁楼。若有余暇，她会在那阁楼的窗台，轻抚着半截短笛，静静地远眺。

世上美人有百千种，或有月之色，或有柳之姿，或得冰之神，或得玉之骨，而这位红姑娘便是忧之花，或在哪一日便一哭谢去的那一种。雪线子一生赏花赏美人，这等美人，正需小心谨慎地观赏，方能得其中之美。

这一日，夕阳如画，他正在花圃中除草，忽地背后有人幽幽道："秋水梧桐落尘天，春雨蝴蝶应未眠。期年……"

雪线子抬起头来，一笑道："期年谁待楼中坐，明月蛛丝满镜前。"

身后低柔的声音轻轻叹了口气："公子好文采。我看公子气度不凡，想必并非真正不识字之人，却不料文采锦绣，出口成章。"

雪线子回过身来，只见身前站着一位面罩轻纱的白衣女子，腰肢纤纤，盈盈如能一掌握之。

"这白蝴蝶花很娇贵，能把它养得这般好，必是第一流的花匠。

"实不相瞒，在下在关门峡见过姑娘一面，自此魂牵梦萦，不可或忘，所以追踪百里，赶到此地卖身余家，只盼能时时见得姑娘一面。"雪线子出口此言，出于至诚，"至于其他，并无非分之想。"

那白衣女子点了点头，轻声道："我知道，我每日都看见你在这里种花，然后望着……望着我的窗台。我只是不明白，你我又不相识，你为何……为何要对我这般好？"

雪线子将花锄往旁一掷，笑道："姑娘之美，美在眉宇之间，若蹙若颦，似有云烟绕之，我为姑娘题了一词，自认绝妙，不知姑娘可要一听？"

白衣女子退了一步："什么？"

雪线子以指临空写了两个字："无过'啼兰'二字，姑娘之美，如幽兰之泣，世所罕见。"他言罢摇头晃脑，喃喃念，"幽兰露，如啼眼。"已然沉醉其中，不可自拔。

那白衣女子静默了一会儿，原来是个轻狂书生。她低声道："我也未必如你所想的那般好，既然是读书人，何必在此种花，你……你还是回家去吧。"

雪线子连连摇头："连姑娘芳名都未得知，在下死不瞑目，何况姑娘愁容满面，在下不才，想为姑娘分忧。"

白衣女子轻轻一笑："我姓红，红色之红。"她自发上轻轻摘下那朵蝴蝶花，"傻子，我发愁的事，谁也帮不了我，你手无缚鸡之力，这里危险得很，快些离去吧。这朵花给你，路上若是有人拦你，你说是红姑娘叫你走的。"

雪线子仍自摇头:"这里青天白日,太平盛世,哪里危险了?若是危险,男子汉大丈夫,我自是要保护你的。"

红姑娘摇了摇头,轻声道:"冥顽不灵。"

她不再理他,回身慢慢往阁楼走,心中想若他待她有这般好,不,若他肯对她说句这样的话,就算不是真心话,她死了也甘愿,可惜他……他偏偏只对那丑丫头另眼相看……

红姑娘回了阁楼,雪线子将花锄踢开些,仰躺在草地上闭目睡去。

遥遥的屋顶上,有人冷笑道:"这老色鬼采花的本事真是不赖。"

另一人微笑道:"你若说他在采花,小心他跳起来和你拼命,他平生最恨人家说他采花,他只不过爱看美人罢了。雪线子对夫人可是一心一意,他夫人已死了十来年了,他再也没沾过其他女人一根手指。"

这说话的人自是唐俪辞,这日他们三人已到了余家剑庄,刚刚翻过围墙,到了正楼屋顶。

"这老色……老鬼的老婆已死了十来年了?他到底几岁了?"池云诧异。

唐俪辞道:"这个谁也不知,你不如问问他自己。小心,有护卫!"

三人迅速翻下屋顶,躲进了屋檐之下。

余家剑庄说大不大,说小也不小,要找到余泣凤在哪里,倒是有些麻烦。

这正楼共有七层,最后一层并未住人,三个人略略休息了一下,池云突道:"雪线子在这里鬼混了这么久,想必应该知道余泣凤住在哪里吧?"

唐俪辞微微一笑："问他不如问这里的家丁，只要不引起太大的混乱……就像……这样——"

他一伸手蓦地从楼梯处抓住一人，将其提了过来，含笑问："余剑王今日可在府上？"

那人被吓了一跳，张口就要呼救，唐俪辞"咯"的一声卸了他的下巴，手法快捷，"啪"的一声再度接上，仍然微笑问道："余剑王现在何处？"

那人下巴骤离又接，疼痛异常，一口气哽在咽喉，顿时咳嗽起来："咳咳……什……什么……"

唐俪辞温言道："我等和余剑王乃是故友，今日前来有要事相谈。"他的手指按在那人下巴之处，略一用力，便能再将其下巴卸下来。

那人感觉到他指尖微微用力，脸色苍白："他……他在剑堂会客。"那人一指正楼之侧一幢黄色小楼，"那里。"

"很好。"唐俪辞在那人头顶一拍，那人应声而倒。

池云皱眉："这就是余泣凤家里的人？未免太过脓包。"

唐俪辞一笑："这人只怕不是余泣凤的家丁，我猜他是个客人。"伸手在那人怀中一扯，一只瓶子滚落地上。

沈郎魂拾起瓶子打开一闻，淡淡地道："毒丸。"

池云在那人腰间一探，摸出一对短剑："似乎是奇峰萧家的弟子，躲到这里，难道是在服药？"

唐俪辞右手一张，一粒黑色药丸赫然在掌心，方才他卸了此人下巴，除让人噤声之外，便是取了这药，微笑道："不错。"

"奇峰萧家的确是存了不少银子，"池云喃喃地道，"败家子！"

唐俪辞将那药丸掷在地上："余泣凤人在剑堂，你我是直接找上门去,还是……嗯?"

沈郎魂道:"上梁!"

池云道:"当然是走大门,老子为何要躲躲藏藏?"

唐俪辞含笑道:"那我们各自行动。"

话音刚落,沈郎魂微微一晃,已失去踪迹;池云人现栏杆之外,堂堂一道白影直掠剑堂门前;唐俪辞尚站在正楼之上,只见沈郎魂鬼魅般的身影透过天窗翻入屋梁,潜伏无声。

池云一落地,剑堂大门倏开,一柄短剑射来,池云衣袍一挥,那柄短剑"嗡"的一声遇力倒旋,急切池云腰际,池云不闪不避,只听"铮"的一声脆响,那剑与池云腰间什么东西互撞跌落。门口有人道:"我道谁是不速之客,原来是'天上云',但不知阁下气势汹汹,所为何事?"

池云走进余家剑堂,只见四壁肃然,堂前悬着一柄金剑,堂中几张桌椅,并非什么稀罕之物,几人正坐在椅上喝茶,其中一人见他进来,眉头一蹙,正是刚才发剑之人。

池云淡淡地道:"我当奇峰萧家大公子如何了得,原来家传旋剑还没学到两成,坐在这里和余剑王喝茶,也不怕闪了腰?"

座中几人微微变色,刚才发剑的书生脸色尚和:"奇兰资质平庸,学剑未成,有辱家门,但尊驾来意,当不是指导我萧家剑法的吧?"

池云"哼"了一声,看着坐于正中的余泣凤:"余老头,你年纪不小,名声也不小了,怎么还像那蹩脚的江湖骗子一般贩卖毒药诈人钱财?你脑子进水良心喂狗肠子抽筋经脉打结了不成?出来!"他腰间"一环渡月"出,刀尖直指余泣凤的鼻子,"老子今天是来找你的!"

池云说话一贯语惊四座,堂内几人面面相觑。

余泣凤脸色不变，淡淡地道："黄毛小儿，满口胡言！"

萧奇兰皱起眉头："'天上云'偌大名声，行事岂能如此胡闹？且不说余大侠乃是江湖第一剑客，侠名冠天下，在座中普珠上师、清溪君子二人岂让你在此嚣狂？"

池云目光一掠，原来坐着喝茶的几人之中果然有古溪潭。坐在古溪潭左手边一位灰衣和尚披着一头黑发，容貌清俊略带肃杀之气，眉心一点朱砂，正是江湖中鼎鼎大名的"出家不落发，五戒全不守"的普珠上师。

这和尚虽然出家，但一不落发二不吃斋，三不戒酒四不禁杀，除了不好色，无所顾忌。然而普珠上师生性严肃，所作所为之事无不是大智大勇，令人敬佩之事，是江湖正道一位受人尊敬的人物。

眼见池云单挑余泣凤，普珠上师沉声问道："你说余剑王贩卖毒药，可有凭证？"

池云一声狂笑："要讲道理，世上便有许多事做不了，老子平生光明磊落，从不滥杀无辜，这可算凭证？"

普珠上师皱眉，古溪潭站了起来，喝道："池云不可！余剑王乃是前辈高人……"

他话外显然有话，池云不耐听他啰唆，喝道："余老头出来！"

余泣凤缓缓站起，身上气劲隐现，显然心中已是勃然大怒："和你动手，未免落人笑柄，詹决一！"

他一声令下，门外一人飘然而入，唇角带笑："在。"

余泣凤衣袍一拂："送客出门！"

"是！"

池云一环渡月一动,这詹决一年不过二十一二,容貌清秀,风采盎然,却是从未见过。一环渡月嗡然而动,刀上银环叮当作响,在詹决一一迈步间,一环渡月冷光流离,已抢先一步直劈余泣凤头顶心!

詹决一青衣微飘,一环渡月乍遇阻力,"唰"的一声连起三个回旋,詹决一袖中一物相抵,"叮"的一声,其人含笑卓立,他握在手上的兵器,竟是一只药瓶。

"你——"池云冷冷道,"不是余老头的家丁!"

詹决一手下不停,连挡池云三下杀手,低声笑道:"你的眼光,可也不错。"

池云道:"嘿嘿,药瓶为兵器,很特异,一定是个从未正面涉足江湖的人!"

詹决一赞道:"好聪明!"

池云冷冷地道:"哼哼,就算你替余老头出头,你当我就奈何不了他?你给我——闪开!"

话音刚落,霍地,白光一闪,余泣凤倏然纵身,方才他坐的大椅上一支飞刀赫赫生光,古溪潭吃了一惊,刹那之间,池云已经闪过詹决一,一环渡月刀光化为一道白影,直落余泣凤胸前。

詹决一如影随形,药瓶一扬,瓶口一道淡青色的雾影飘散而出,众人皆感一阵幽香。

古溪潭低声问道:"是毒?"

普珠上师摇首:"是药。"

那瓶中之物,是一种香草,叫作"微熏",嗅之令人安眠,用以治疗失眠之症,当然动武之际,吸入太多,也使人昏昏欲睡,手足乏力。

詹决一此举，令古溪潭略有不悦，高手相争，动用的虽然不是毒药，却也非光明正大。

池云乍遇幽香，"呼"的一声袖袍一拂，如行云流水，直击詹决一面门，他的衣袖竟是出乎意料地长，一拂一拖，衣袂如风，而右手刀毫不停留，如霹雳闪电，"唰"的一声砍向余泣凤！

这一招前击后拂，如一只大鹏乍然展翅，池云一扑之势挥洒自如，来往空中仿若御风。

古溪潭暗赞一声"好"！

只见余泣凤反手抓起挂在壁上那金剑，"叮"的一声，金铁交鸣，池云的一环渡月为他的剑刃所断。池云蓦地抽身急退，袖袍一卷，骤然裹住詹决一的头面，轻轻巧巧地落在詹决一的身后，断刃一抬，指在詹决一的颈上："余老头，你果然吃了九心丸！"

余泣凤淡淡地道："你艺不如人，还有说辞，金剑断银刀，不过是你功力不及。"

池云冷冷地道："一环渡月钢刃镀银，坚中带韧，就算你练有三十年内力，也绝不能以如此一柄软趴趴的金剑斩断我手中银刀！除非你最近功力激增，而你功力如何，普珠上师慧眼可见，不用老子废话！"

余泣凤扫一眼普珠上师，普珠上师脸色平静，淡淡地道："余剑王身上当有一甲子功力，但并不能以此为凭，说余剑王服用了禁药九心丸。"

"江湖白道，一群王八。"池云冷冷道，"偷鸡摸狗的小贼都比你们爽快。总而言之，余老头，不要让些来历不明的人出来送死，池云之刀，单挑你剑王之剑!"他断刃指余泣凤,"换剑,出来!"

余泣凤:"狂妄小辈!"

余泣凤放下金剑,对古溪潭道:"借少侠佩剑一用。"

古溪潭解下腰间"平檀剑":"前辈请用。"

余泣凤拔剑出鞘,阳光之下,那剑刃光彩熠熠,他淡淡地看着池云,无甚表情。

"不用'剑王来仪',将是你的遗恨!"池云一抖手将詹决一自大门口摔了出去,冷冷地看着余泣凤,"出招吧!"

余泣凤面无表情地看着他,那目光,似有怜悯之色。

梁上潜伏的沈郎魂浑然没有丝毫声息,就如全然消失在阴影之中一般。

门外。

詹决一踉跄几步,被池云掷出门外丈许之外,刚刚站稳,忽地看见一人对着他微笑,刹那之间,他变了变脸色。

那人面容温雅,眉目如画,只是左眉之上有一道刀痕,对着他微笑:"花公子别来可好?"

詹决一很快对那人也是一笑,并将一样东西对那人掷了过来,又是一只药瓶:"解药!"

"啪"的一声,那人掐住了他的脖子,微笑道:"不是每次都能就这样算了。花公子请留步,我有件事要问你。"

化名"詹决一"的青衣少年又笑了笑。这次这人究竟又是如何掐住他脖子的,他依然没有看见,就像上次这人究竟是如何在一招之内制住草无芳的,草无芳至今也茫然不知一样。

能一下掐住自己脖子的人,丝毫不能得罪。

但这人问的是要命的问题。

这人掐住他的脖子,五指如钩,一边把他如死狗一般慢慢往剑堂旁边的树丛之中拖去,一边很温和地问道:"余家剑庄的九心丸,现在藏在哪里?"

剑堂之内,剑拔弩张。

"剑王"余泣凤手持平檀剑,斜指池云。池云撩起衣裳,腰间四柄一环渡月光彩雪亮,他一贯身带五柄飞刀,断去一柄,还有四柄。

古溪潭心中紧张之极,余泣凤功力显然在池云之上,然而池云这人脾气特异,非要啃自己啃不下的骨头,此时一战,后果不堪设想!

他和普珠上师联袂而来,正是为了九心丸之事。他是对余泣凤心中存疑,而普珠上师追查到一辆分发药丸的白色马车来往于余家剑庄。二人正在和余泣凤商谈此事,事情尚未谈得见眉目,池云便破门而来,直言要和余泣凤动手。此人的勇气自是非凡,但事未确定,如此鲁莽,只怕事情会弄得越发不可收拾。

"开始吧!"池云拧刀在手,刀锋掠过面门,他略略低头,挑眼看余泣凤,"让我来领教一下'西风斩荒火'的滋味……"

"西风斩荒火"乃是余泣凤威震江湖的一剑,余泣凤"哼"了一声,将平檀剑一挥,一招平平无奇的"平沙落雁"点向池云的胸口,在池云咄咄逼人之下,他剑下仍然留情,像是前辈向晚辈赐招。

池云挥手出刀,一环渡月嗡然振鸣,突然之间空中似出现了千百只雪亮的鬼之眼,刀刃破空之声飕飕如鬼泣,罩向余泣凤头顶——这一招名为"渡命",是"渡"字十八斩中的第八式,杀生取命,渡尔亡魂。

"平沙落雁"的剑气与"渡命"之刀堪堪相触,古溪潭便见自己的平檀剑极细微地崩了一角,心中大骇——剑崩,可知余泣凤此招虽然平庸,却是用了十成功力,一旦刀剑相触,便是——

"当"的一声震天巨响,平檀剑断!一缕发丝掠过池云面前,第一柄一环渡月招出落空,跌落在地,然而余泣凤手中长剑断了一截剑尖,原来刀剑相交,平檀剑质不如银刀,铮然而断。

池云探手摸出第二柄飞刀,冷冷道:"换剑!"

"小辈欺人太甚。"余泣凤淡淡地道,"拿剑来!"

在二人动手之时,余家已有七八名家丁赶来,听闻余泣凤一声"拿剑来",其中一人拔步而上,双手奉上一剑。

众人只见此剑古朴无华,形状难看,犹如一柄废剑,余泣凤"唰"的一声拔剑出鞘。

池云持刀居中,赞道:"好剑!"顿了一顿,他深吸一口气,"身为剑客,身不佩剑,出手向他人借剑,是为无知;身为天下第一剑客,动手之时要他人上剑,是为无耻!"他惋惜地看着余泣凤的佩剑"来仪","可惜一柄好剑,落于你这混账手中,真是暴殄天物!"

骂得好!古溪潭心中叫好,池云虽然口舌刻薄,出言恶毒,但这一串话骂得痛快淋漓,正是他不好说也不敢说的话。

普珠上师脸色冷漠,双目炯炯地看着二人,眼见余泣凤持剑在手,自然而然一股气势宛若摧城欲倒,剑势与方才全然不同。

"红莲便为业孽开,渡生渡命渡阴魂!"池云阴森森地道,雪亮的银刀一拧,"铮"的一声,一刀缓缓飘出,犹如刀上有无形之手牵引,刀势飘忽，宛若幽魂，缓缓往余泣凤身前飘去。

"剑泣风云。"余泣凤淡淡地道。

池云刀能悬空，是借袖风之力，其人衣袖极长便是为此，所以余泣凤一剑未出，剑气直指池云手肘，真力灌处，衣袖也飘，斜斜对着池云蹁跹不定的袖口。

嘿！这一剑出，说不定就是生死之间，余泣凤来仪剑出，铁了心要断池云一臂。

潜伏梁上的沈郎魂至此才极其轻微地换了一口气，确认决计不会有任何人发现，手指一动，一枚极细小的钢针出现在指缝之间。倘若池云遇险，是救人，还是杀敌？他在沉思。杀人的功夫，他自是一流，但救人的功夫未必好，射影针出，身份败露之时，他有办法避过余泣凤的"西风斩荒火"吗？

梁上人在沉思。

梁下池云衣袖飘动，飘浮的刀刃已堪堪到了余泣凤面前，乍然只闻一声大喝，"铮"的一声，半截一环渡月飞上半空直钉梁上，几乎击中沈郎魂藏身之处。池云刀断换刀一瞬之间，余泣凤只出一剑，"铮铮铮"三响，池云连换三刀，三刀皆断钉入厅堂四周屋梁墙壁之上，终于剑势已尽，余泣凤挫腕收剑，阴森森地看着池云："再来！"

池云腰间只剩一刀，脸上傲气仍存，双手空空，一身白衣袖袍飘浮，顽劣一笑："当然是再来！"

余泣凤剑刃寒气四溢。古溪潭心中凛然，余泣凤之剑自是震古烁今，池云之气也是越挫越勇，这一战只怕不是不可收拾，必有一人血溅三尺方能了结。

"最后一刀,看是你死,还是我死?"池云的手指慢慢从腰带上解下最后一柄一环渡月,握在手中,"最后一刀,'渡月问苍生',余泣凤——"他对余泣凤慢慢勾了勾手指,"'西风斩荒火'。"

"不如你所愿,岂非让江湖人说我苛待小辈。"余泣凤淡淡地道,双眼之中隐约露出了惨红的疯狂之色,"'西风斩荒火'!"

"哦,你不知道余剑王藏药之地?"唐俪辞掐着花无言脖颈的手指一根一根放开,"药藏在哪里,只有红姑娘知道?那麻烦你带路,我要见红姑娘一面。"

唐俪辞言语含笑,表情温柔。花无言也是一脸笑意,只是方才唐俪辞五指指甲深深陷入他的脖颈,留下五道伤口,微微沁血。

花无言是用毒的大行家,自然知道唐俪辞指上有毒,虽然这毒不是绝毒,也是麻烦,况且自己身上有伤,许多散播空中的毒水毒粉便不能用,他相信这才是唐俪辞在他的颈上掐出五道血印的本意。

指上有毒,只是本来有毒而已。

并非特意。

"红姑娘住在暗红阁楼,不是她自己要出来,谁也不能见她。"花无言叹气,"如果你和我闯进去,她一拉阁楼里的警钟,余泣凤马上就知道你来了,剑庄里高手虽然不多,但消息一旦走漏,你要查药丸的事,将会更加困难。像唐公子这么聪明的人,应该不会不懂吧?"

唐俪辞微微一笑:"不敢唐突佳人,既然我等鲁男子不宜进门,那就只好等红姑娘自己出来了。"他施施然看着花无言,"我不想打搅余剑王见客,自也没有时间等佳人青睐,红姑娘如片刻之后不出来见我,我便扭断你的脖子，如此可好？"

"这……"花无言笑道，"这自然不好，就算你扭断我的脖子，她也不会出来的。"

"那很简单。"唐俪辞的手鬼魅般地搭在花无言的颈上，花无言只觉颈项剧痛，发出"咯"的一声，双目一闭。

正当他以为必死无疑之时，一口暖气扑面而来，他睁开眼睛，竟是唐俪辞对着他轻轻吹了口气，柔声叹道："如你这样的人，竟然不敢为求生一搏，难道你背后的秘密，真的有那么可怕？"

花无言望着那张秀丽的脸庞，颈项仍然剧痛难当，唐俪辞手下的劲道并没有减轻，然而丽颜含笑，眼波如醉，却有一股心荡神移的艳色，他情不自禁地往后一仰，并未回答唐俪辞的问题。

唐俪辞也没有再问，二人便如此僵持了一会儿。忽地，唐俪辞轻轻一笑，轻轻地对花无言的嘴唇再吹了口暖气。

他在……干什么？花无言只听自己的心怦怦直响，刹那间头脑一片空白，却见唐俪辞放开了他，挥了挥衣袖："你去吧。"

以他之为人，在平日定会一笑而去，但花无言站在原地呆了一呆，带着满腹疑惑和一头雾水，慢慢离去。

唐俪辞，除却心机过人、心狠手辣，实在是一个……很奇怪的人。

花无言离去，唐俪辞面带微笑，怡然四顾，望见不远之处有一幢暗红色的阁楼，他步履安然，向它而去。

走出去不过三十来步，身周呼吸之声骤增，显然监视他的暗桩甚多，他不以为意，潇洒地走到阁楼门前，突然看见一道白色身影睡在花丛之中，头发雪白，不免微微一笑。

"啊，来得真快。"躺在白蝴蝶丛中的人叹了口气，继续闭目睡觉。

唐俪辞不以为意，抬起头来，只见暗红阁楼之上一道纤细的身影微微一闪，避去不见。

他对楼上一礼，走到阁楼门前推开大门，就这么走了进去。

然而警钟并没有响，他踏上登往二楼的台阶，一位白衣女子正站在台阶之口，斯人清雅如仙，而双眉若蹙若颦，尚未见得全容，一缕缱绻忧郁之气已幽然袭来。

如兰。

如泣。

"红姑娘？"唐俪辞登楼的脚步不停，徐徐而上，楼阁之中清风流动，他面带微笑，便如踏着清风而来。

红姑娘点了点头，如远山的长眉蹙得更深："你是谁？"

"在下唐俪辞。"他含笑，已登上最后一级台阶，却没有再上去，站在红姑娘身前的台阶之上，略略比她矮了一些，抬头相看，他之眉角，宛然对着她的眼睛。

"你就是唐为谦的义子、妘妃的义兄、万窍斋之主？"红姑娘低声问。她虽然名不传于江湖，却似对各种人物的出身、经历十分了然。

"不错。"唐俪辞站在下风之处，红姑娘身上的幽香随风飘过他的鼻端，"唐某远道而来，是听闻近来江湖流传的九心丸一事，源自余家剑庄。"

"什么九心丸，从未听过。"红姑娘淡淡地道，"唐公子身份尊贵，岂能因道听途说之事挑衅余剑王？"她娇怯怯的身段站在楼梯口便是一动不动，"请回吧。"

唐俪辞上下看了一眼红姑娘，微微一笑："姑娘不会武功。"

红姑娘点了点头，淡淡一笑："然而我有千百种方法，让你今日死在此地。"

"姑娘擅机关暗器。"唐俪辞微笑。

红姑娘不否认，目光在唐俪辞的身上游移："你腹部有伤。"

"不错。"唐俪辞仍是微笑。

"你来余家剑庄，目的不是九心丸，而是其他。"红姑娘一字一字地道。

"也不错。"

"你能否告诉我，你花费五万两黄金买来沈郎魂，更亲身涉险到此的目的，究竟是什么？"她看着唐俪辞。这人站在她之下，她手握阁楼七十一道暗器，权衡形势，却似无一道发得出去。

唐俪辞优雅地拂衣袖背于身后："你我以条件交换如何？我对你说实话，你也对我说实话。"

"条件？你要和我谈条件？"红姑娘秀眉微蹙。

"难道世上还没有人和姑娘谈过条件？"他温颜微笑，"姑娘消息灵通，聪慧过人，我给你你想要的，你给我我想要的，你我各得其所，莫伤和气，岂不甚好？"

"除了药丸，你真正想知道的，究竟是什么？"她凝视着唐俪辞，"你是个很古怪的人。"

"我要两个人的下落和一个问题的答案。"唐俪辞很有耐心地道。

"两个人？哪两个人？"她追问。

唐俪辞笑而不答。

"那一个问题的答案呢？你想问什么？"

"我想问一个人：如果我死了，你会不会为我掉眼泪？"唐俪辞柔声道，随即幽幽叹了口气。

红姑娘微微怔了一下："你想找的人和药丸有关？"

"也许有关，也许无关，"唐俪辞仍旧柔声道，"这就是我的目的。"

"你的目的真的如此简单？"红姑娘衣袖一飘，"告诉我你要找的人是谁，和你是什么关系，我或许可以考虑告诉你药丸的下落。"

"这样如何？"唐俪辞微笑道，"追问他人和我的关系，无非想知道我的弱点，不如我告诉你我的弱点，你告诉我药丸的下落——并且，我可以先告诉你我的弱点，姑娘接受吗？"

"哦？可以。"红姑娘淡淡地道，"你先说，我听了之后，或许会翻脸不认。"

唐俪辞一笑："我的弱点……嗯，我身上有伤，姑娘虽然不懂武功，但或许精通医术，看得出我身上之伤。我虽然武功很高，内力深厚，但不能和人动手太久，否则伤势发作，一尸两命。"

红姑娘秀眉微蹙："你又不是身怀六甲的妇人，什么一尸两命？"

唐俪辞仍是笑而不答，红姑娘微微一顿："既然你坦言说出了你的弱点，药丸的下落也不是什么要紧之事，告诉你也无妨，但是方才的问题，你要回答。"她显然很是好奇，上下打量着唐俪辞，"余家剑庄的药丸，藏在门外那片白蝴蝶花丛之下，你去挖土，自会看见。"

"姑娘信守承诺，实乃信人。"唐俪辞微笑，"唐某这就告辞了。"他施施然转身，拾阶而下。

红姑娘一怔："且慢！方才的问题……"

"哦……"唐俪辞回首微笑,"方才我有答应回答吗?"

"你——"红姑娘幽幽叹了口气,"你真是刁滑。不过虽然我告诉你藏药的地点,但你也未必就能拿到你想要的东西。你既生擒花无言,为何不杀了他?"她手里握着一条白绢,绢里不知是什么东西,对着窗外扬了扬,"花无言不死,如今白蝴蝶花丛之外,已伏有重兵,既然池云、沈郎魂不在此处,定在牵制余泣凤,只有你一个人,你能拿得下我风流店三十三杀人阵吗?真心话,我希望你能。"

"该担心的人是谁?余剑王对上池云和沈郎魂,胜算能有多少?"唐俪辞温和地道,"红姑娘不担心吗?"

红姑娘婷婷如玉地站在楼梯口,垂下视线,淡淡地道:"黄泉路上,有他给你作陪,难道不好?"

"嗯,一个好伴。"唐俪辞已踏出阁楼大门,回手一带,轻轻关上了大门,"闺阁重地,还是少沾血腥为上。"

阁楼外花草茂盛,白蝴蝶更是开得满地蹁跹,雪线子仍在花丛中睡觉,几只蜻蜓飞来飞去,一片祥和景象,丝毫看不出杀机藏在何处。唐俪辞拾起方才雪线子踢掉的花锄,当真准备挖土。

唐俪辞,高深莫测。

红姑娘站在二楼窗后静观局势变化,这人不除,说不定阴沟里翻船,就翻在这位天下第一富人身上。他执意要那药丸,究竟想要做什么?不……他不是想要那药丸,他想要的是"藏药的地点"——他想证明什么呢?

究竟想证明什么呢?他所说,想要两个人的下落,想问一个人一个问题,那是真的,还是假的?

还有……所谓"一尸两命"……她倚在阁楼窗台,目不转睛地看着那人往白蝴蝶花丛而去,像这样的人,亦假亦真。不知何故,她相信他方才所说都是真的。只是究竟什么样的人能令唐俪辞寻寻觅觅,又是什么样的人,能够让他说出"如果我死了,你会不会为我掉眼泪"这样的话?

不期然,她轻轻磨蹭着袖中的半截短笛,想起一人,那人伏案弹琴,放声而歌,纵然琴艺不佳,但弹得那么潇洒那么绝烈,恍若……凡尘俗世,只剩下他一个人及满怀的不合时宜和伤心。

唐俪辞一锄对着花丛挖了下去,雪线子"哎呀"一声坐起,尚未说话,只听"嗖嗖"几声极细微的弦响,他又"哎呀"一声倒了下去。唐俪辞衣袍一拂,四柄袖中刀悄然坠地,他花锄在手,含笑以对四周缓步而出的蒙面青衣人。

三十三个,每一个都手持短笛。

说出药丸埋藏在此,其实也是为了围杀他吧?

一人倚花锄而立。

站在三十三杀手阵外,背靠竹亭手拈青草,姿态悠闲,正是唐俪辞刚才放走的花无言。见唐俪辞望来,花无言报以一笑。

是什么样的人,能令花无言宁死不叛——并且具有这样的勇气,受到惊吓之后能率众而回,片刻之间心平气和镇定如初……唐俪辞眼眸中泛起一丝深沉的色彩,九心丸之主、风流店的操纵者,是一个不可小觑的人物。

"嗖嗖"几声,三十三位蒙面青衣人显然练有合搏之术,堪堪站成圈形，同时衣袖一扬，短笛之中弦声响动，三十三道几不可见的寒芒如蛛丝一闪流光，刹那间沾上了唐俪辞的衣袖。

唐俪辞将花锄扬起，一抔泥土泼向青衣蒙面人。寒芒沾上衣裳的时候，唐俪辞已连下两锄，在地上挖出了一个碗口大的洞，花无言见状喝道："混刀！"

蒙面青衣人顿时自怀中拔刀。离唐俪辞最近的一名青衣人刀光雪亮，一刀对着他的背心砍了下去。唐俪辞手肘后撞，"嗡"的一声撞在刀刃之上，那青衣人一怔，他反手擒拿，将其手中刀夺了过来，略略一划，"当当当"挡开了七八柄袭来的短刀，右手花锄，又在地上挖深了三分。

——原来此人左右手一样灵便，左手持刀、右手执锄，看似并无区别。红姑娘在楼上观战，眉心微蹙，唐俪辞功力深厚，出乎她意料的是，他临敌经验也很丰富，倒似常常和人动手。而以唐俪辞的举动来看，显然三十三杀人阵并未起到太大作用，他一心想要挖开积土，找到药丸藏匿之地。

她对着窗外轻轻挥了挥她的白绢，花无言脸色微变，扔下青草，自地上拾起一柄长剑，对阁楼的方向拱了拱手，"唰"的一声拔出剑来。

嗯？唐俪辞蓦然回首，身侧数十柄利刃交错而过，他一刀抵十刃本来尚游刃有余，骤地一剑自背后而来，剑风凌厉，却是不得不挡，只得横刀一挡。"当"的一声，刀剑相交，花无言被他震退三步。然而右臂左肩、前腹后腰各有短刀袭来，他微微一笑，仰身避开，抬头看了阁楼一眼，刀法突变，"唰"地一刀使出，砍下身侧一名青衣人的左臂来。

"啊"的一声惨叫，那青衣人滚倒在地。

唐俪辞一刀得手，毫不留情，霍霍一连数刀，将他身侧六人砍翻在地，满地鲜血淋漓，残肢断臂，刹那之间娇美的白花丛便成修罗场。

他如此威势，剩余的二十七人胆气一寒，手下便缓了。

花无言不以为忤，含笑出剑："来一人伤一人，唐公子好辣的手段，你自命江湖正道，如此残伤人命，难道你不曾想过这些人也有父母妻儿吗？"

他一句话未说完，手下疾刺五剑，嘴上说得是闲云野鹤，手下刺得是偏激毒辣，招招攻的是致命要害。

唐俪辞左手刀带血一划，刀尖上的血珠子顺风飞掠，"嗒"的一声溅在花无言清秀的脸颊上，顿时为其添了三分狰狞之色，只听唐俪辞微笑道："我几时说我是江湖正道？"

一言未毕，剑光错身而过，花无言大喝一声："'花落朝夕！'"

乍然间，剑光四射如昙花盛开华丽难言，千百剑光直落唐俪辞腹部要害之处！这正是方才他自承弱点的地方！

暗红阁楼之中果然机关密布，唐俪辞挥刀格挡，方才他和红姑娘说话之时，楼中夹层藏有人，并且另有一套信息传递之法，才能如此快捷将他们的谈话内容传给花无言。此时蒙面青衣人已渐渐熟悉他的刀法脚步，他要伤人已不容易，彼此来去的短刀距离他的身体更近三分，短笛之中寒芒暗射，更是使人防不胜防，"当当当"刀式变化之中，他上风之势渐渐失去，打成了个不胜不败之局，人海战术，一旦时间拖久，他必败无疑。

花无言面上带笑，出剑越发狠毒，唐俪辞横刀掠颈，一声惨叫，再伤一人，右手花锄一挑一扬，只听"啪"的一声脆响，花丛下一块薄薄的石板爆裂开来，引起泥土满天飞撒，花瓣纷飞，烟尘飘扬，烟尘散去之后，只见花丛之下乃是一具石棺。

花无言脸色一变，退后三步。唐俪辞左足踏入坑中，右手一探，已将石棺中之物一把抓了起来。

"哗啦"一声，蒙面青衣人纷纷后退，那石棺中赫然藏的是一具尸骨，唐俪辞也是一怔。石棺中藏尸骨，本来并无古怪之处，但这是花丛之下，所谓藏药之地，为何会有一具尸骨？然而尸骨提起，"啪"的一声，一个包裹自尸骨怀中跌落，滚出许多药瓶，唐俪辞往前踏一步。

蒙面青衣人纷纷住手，都目光炯炯地盯着地上的药瓶。

他微微一笑，足尖一推，三五药瓶被他轻轻踢了出去，滚到了人群之中，人群中顿起哗然，一人扑地抢夺，刹那间短刀刀光闪动，一声惨叫，那人已身中数十刀横尸就地。刀刃见血，蒙面青衣人彼此相视，有些人蒙面巾下已发出了低沉的吼叫之声。

唐俪辞笑看花无言，足尖再度轻轻一踢，又是三五药瓶滚了出去。本是寻常无奇的灰色药瓶，看在他人眼中，却是惊心动魄。

一只药瓶滚到花无言的脚下，花无言深深吸了口气："你执意找到藏药之地，就是为了……"

唐俪辞以花锄撑地，笑容温和风雅："物必朽而虫后蛀之。要将余家剑庄夷为平地，若无此物，如何着手？"

花无言双眉一弯，露出笑意："唐俪辞啊唐俪辞，你真是了不起得很，但你难道没想到，一旦抢了此药，风流店将立杀你之决心，冥冥江湖之上对此药虎视眈眈的人若无八百，也有一千。抢了九心丸，就是冒天下之大不韪，立于必死之地！"

唐俪辞提起那个装满药瓶的包裹："就算我不抢此药，今日之后，风流店也必立杀我之决心。"

花无言轻轻叹了口气："像你这样的人，为何定要蹚这浑水？江湖中一些人是死是活，或是半死不活，又和你有什么相干了？"他捏着剑诀而立，身周三十三杀人阵已经崩溃，蒙面青衣人为夺地上药丸大打出手，二人积威仍在，虽然唐俪辞手中提着大部分药丸，蒙面青衣人却不敢越界抢夺，只为地上寥寥数瓶拼命。

"这瓶子里药丸的来历，也许和我一位好友相关。"唐俪辞看着花无言，慢慢地道，"我是一个很珍惜朋友的人……也许，看起来不像。"

花无言一笑，心想的确不像："你会为了这药丸也许和你好友有关，便如此拼命，委实令人难以想象。"

唐俪辞微笑："世上难以想象的事很多……这药，你没有吃？"

花无言摇了摇头，露齿笑道："我吃了。"

唐俪辞道："我听说此药两年一服，你若抢了一瓶，增强的武功不会失去，而且可保数十年平安。习武之人，能得数十年平安，也是不错了。"

花无言仍是摇了摇头："我很认命，服药以后，自由便是幻想。"

唐俪辞眼波流动，看了地上的尸骨一眼："这人是谁？"

"她是余泣凤的老娘。"花无言笑道，"药丸藏在余泣凤他老娘的墓里，普天之下，除了你这不怕死的怪人，无人敢动这石棺分毫。"

唐俪辞微笑："佩服佩服，原来如此，这主意可是红姑娘所想？"

花无言道："当然……女人心海底针，红姑娘楚楚动人，然而心机不下于你。"

唐俪辞道："红姑娘，是你主子什么人？"

花无言哈哈一笑:"你猜?"

唐俪辞道:"奴婢。"

花无言"哎呀"一声:"你怎知道?"

唐俪辞唇角微勾,似笑非笑:"或许是我见过的女人太多了,以她的气质,实在不像个主子。"说罢,他又往暗红阁楼看了一眼,"我猜石棺破后,红姑娘已不在楼中。"

花无言淡淡地道:"但我会战死而止。"

唐俪辞惋惜地看着他:"你的剑法很美,出剑吧。"

花无言捏着剑诀的手势一直没变,天色渐渐黄昏,斯人年轻的容颜清秀如花,微风徐来,衣袂御风,便如一拂未开之景。

唐俪辞提着沉甸甸的包裹,左手刀在夕阳下泛着柔和的明光,随着花无言一剑刺来,他飘然转身,"当"的一声,刀剑相交,花无言无言地叹了一声。

一人从地上坐了起来:"萍川梧洲的剑法,可惜啊可惜,小子尚未练到家,如此半吊子的名剑,遇上乱七八糟的杀人刀,却是赢不了的。"

花无言吃了一惊,匆匆一眼才知是倒在地上多时的花丁又爬了起来,坐在一旁看戏。只听他又道:"嗯……看起来你今天心情很好,竟然让了他不止三剑。"

唐俪辞笑而不答,短刀招式流畅,花无言剑势虽然好看,却攻不入唐俪辞身周三尺之内。

正在此时,只听"砰"的一声惊天巨响,唐俪辞蓦然回首,便见整个剑堂之顶轰然而起,被炸得横飞出去数十丈,滚滚烟尘之中点点飞溅的是人的残肢断臂,有些砖块残肢被震上天空,跌落在不远之处。

他的脸色骤然苍白——方才他说"余剑王对上池云和沈郎魂，胜算能有多少"，而红姑娘答"黄泉路上，有他给你作陪，难道不好"。暗红阁楼之中有密探，红姑娘这句话的意思难道是——就是在当时她已下了必杀之令，牺牲余泣凤，爆破余家剑堂？

池云和沈郎魂安否？

他蓦然回身，眼眸中泛着出奇古怪的冷光。

花无言在笑，笑得很无奈："我说过女人心海底针，红姑娘心机之重不下于你……你闯进暗红阁楼，她已知余家剑庄暴露不可能再留，除非能杀得了你——但我和三十三杀人阵无杀你之能，既然无能杀你，剪除你的羽翼，乃是必行之道，唯一惋惜的是炸药唯有剑堂才有，否则连你一同炸死，血肉横飞呜乎哀哉，哈哈哈……"他笑得很是悲哀，却笑得前俯后仰，"你夺走药丸不要紧，让余家剑庄的几十个人分崩离析不要紧，甚至杀了我花无言也不要紧，但你说你是个很珍惜朋友的人，哈哈哈……你让朋友去送死，是你让你的朋友去送死……"

唐俪辞眉间微蹙，轻轻咬了下嘴唇，眉目之间涌起了一丝痛楚之色："原来如此。"他握刀的左手背轻按腹部，"你留下来，便是准备送死的了？"

花无言立剑在地："炸毁剑堂，是我亲自下令……你可还满意？"

"你要死，可以。"唐俪辞平静地道，他握刀踏前一步，再踏一步，傍晚的凉风拂过，带起几缕乌发掠面而过，"我杀你之后，再去救人。"

花无言一剑"唰"地冲了过来，唐俪辞不再容情，短刀一闪之间血溅青袍，随后剑光爆起，如月光冲天之亮，刀光莹莹，血色浓郁充盈刀身，"啪"的一声，地上沥血三尺，如龙蜿蜒。

雪线子在方才爆炸声响的时候已无影无踪，不知是逃命去了，还是救人去了。冰冷的兵器交接之声，无言的刀光剑影，忽地一声弦响，温柔如泉水漫吟，潺潺而出，花无言满身血污，闻声凄然一笑，挥剑再出。唐俪辞闻声回头，剑风披面而过，斩断数根发丝，银发飘零落地，混同血污冷去。花无言踏前一步，纵身而起，连人带剑扑向唐俪辞胸口空门，唐俪辞翻身一个大回旋闪避，花无言剑势似比方才更为凌厉，和着那温柔浅唱的弦声，剑剑夺命……

刀光血影之中，有人近在咫尺，拨弦而歌："青莲命，白水吟，萍川梧州剑之名。可叹一生爱毒草，庸不学剑负恩情。美人缘，负美人，恩师义，负恩师，行路空踏错不行……"

歌声凄楚，歌者纵情放声，极尽动情任性。花无言目中有泪随剑而坠，点点落在血泊之中，唐俪辞刀光如练，闭目之时一刀洞穿花无言心口。一声悲号，斯人倒地，而弦声铮然，唱到一句"……拂满人生皆落雪，归去归去，归去其身自清"。花无言倒地，歌声绝止，就如四面八方谁也不在似的。

"你为何要求死？"唐俪辞的刀洞穿花无言的心口，随他一同倒地，尚未拔出。

花无言平卧在地，天色已暗，天际隐约可见几颗星星。

"我……我是……"他笑了出来，"不肖子，一生忘恩负义，不学剑、练毒草、入风流店、服食九心丸……都是我一意孤行，抛弃妻子、气死恩师，我没有回头之路……哈哈，拂满人生皆落雪，归去归去，归去其身自清……"他缓缓闭上眼睛，"尊主真是如此地……善解……人意……"

血，不再流了。

他去了。

唐俪辞将他放下，霍然站起，看了暗红阁楼一眼，那人就在楼中，横琴而弹。

是风流店的尊主，是什么样的尊主能将下属之死当成是一场盛舞，为之纵情高歌，却不把满地尸骸当成一回事？

唐俪辞提起装满九心丸的包裹，往剑堂废墟而去。

唐俪辞……

暗红阁楼之中，有人黑纱蒙面，背对着窗口，横琴于膝，乱指而弹。

温雅秀丽的假面，出乎寻常的心狠手辣，很像一个人。

但那个人已经死了，被杀死的人不可能复活。

他并没有看花无言之死的过程，也没有看唐俪辞一眼，从头到尾他都背对着战局，专心致志地拨弦而歌。歌，不尽情全力，便不纯粹。

"尊主，此地危险，要是池云、沈郎魂未死，三人返头截击，势难脱身。"红姑娘轻声说。她已换了身衣裳，持着烛台给黑纱蒙面人照明。

"走吧。"黑纱蒙面人微微一顿道，"厚葬。"

"是。"红姑娘低声道，默默持烛往阁楼地下而去，黑纱蒙面人将横琴弃在楼中，缓步而下，二人的身影很快消失在地道深处。

五 ◆ 一尸两命 ◆

> 我不过是想要救人而已，就算上天注定他非死不可，但我不准……我若不准，神也无能，鬼也无能……我什么事都做得出来。

剑堂废墟一片残垣断壁，仍不住有黑烟粉尘上飘，烈烈的火焰处处燃烧，并着满地血污，宛如一幕炼狱。

雪线子站在倒塌的房檐上："找死人真是麻烦，唉，但是不找，难道让那两个人在这里变鬼？要是死了以后怪我见死不救，来缠着我，那可是大大的不妙。"

他去折了一根树枝，在残垣断壁中东戳西戳，拖着声音叫道："小池云——小池云——"

"唉，若不是你忙着睡觉不肯帮手，怎会弄得不可收拾？"唐俪辞很快赶来，"你来的时候，就是这样？"

雪线子道："我又不会比你快多少，炸药一炸，自然就是这样的。要是那两个小子真在里面，喏，这些地上一块一块的，说不定就是他们了。"

唐俪辞微微蹙眉，手按腹部，额上微见冷汗："别再说了，找人吧，我相信池云和沈郎魂不会这么容易就死。"

"哈哈，要是这两个都死了，祸害人间的坏人又少了两个，正应该拍手称快。"雪线子笑道，"要是你也死了，我就该去放鞭炮了。"

唐俪辞微微一笑："流芳不过百世，遗臭却有万年，坏人总是不容易死的。"

雪线子斜眼看着他的神色："你不舒服？"

唐俪辞叹了口气："嗯……找人吧。"

二人在废墟上东翻西找。余家剑庄初时尚有打斗之声，还有人为那几瓶药丸拼命，过不多时，也许是胜负已分，红姑娘等人又已撤离，四下静悄悄的，夜色渐起，日间的一切仿佛都是一场噩梦。

"你们两个在这里干什么？"忽地，空中有人冷冷出声，"人都死光了，还不走吗？"

雪线子猛一抬头，只见池云坐在远远的树梢上凉凉地看着二人。

"喂！我们是为你们担心。两个没有良心的小坏蛋，刚才剑堂发生什么事？你们两个无恙否？"

唐俪辞站起身来望着池云微笑，池云坐在树上挥挥手："只有第三流的庸手，才会被火药炸到，又只有第九流的呆子，才会在废墟上找人。姓沈的早走了，是我好心留下来等你们，否则也早就走了。"

"余泣凤如何了？"唐俪辞提着那药瓶包裹，含笑问，"你赢了？"

池云冷冷道："胜负未分，也永远都分不了了。"

"他死了？"雪线子笑问，"是你杀的，还是被火药炸死的？"

池云不耐道:"我怎么知道?他被姓沈的射了一针,姓沈的针上有毒,我怎知道他是被毒死的,还是被炸死的。"

雪线子"嗯"了一声:"沈郎魂的射影针?以余泣凤的身手,有这么容易被暗算?"

"嘿嘿,余老头'西风斩荒火'威力实在了得,他剑还未出手,剑气已经震断屋梁,姓沈的从上面掉下来,吓了他一跳,我趁机发出最后一刀。但普珠和尚认出是姓沈的,一剑向他砍去,古溪潭出手阻拦,形势一片混乱。同时萧奇兰莫名其妙地向余老头发出两记旋剑,姓沈的早有预谋在此时射出毒针,加上我的一刀,余老头在三方攻势之下中针倒地。"池云冷冷道,"其他人打得一片混乱,也不知在斗些什么,我便走了。"

"小池云,你真是深得我心,"雪线子赞叹道,"沈郎魂还在房里被人追杀,你就走了?"

"他若是这样就死了,怎么值得五万两黄金?五万两黄金是这么好赚的?"池云翻白眼,"我在余老头家里上下翻了个遍,没有找到我那老婆的影子,老鬼,你究竟在哪里看到白素车的马车?"

"可能跟着其他人一起撤走了吧?"雪线子道,"你老婆人太高,腰太细,脸太长,胸太小,眼睛和眉毛之间距离太宽,嘴巴和鼻子之间距离太长,耳朵太大,肩膀倾斜,还有她牙齿不够白……"他仍自滔滔不绝地说下去,"不像阁楼里那位红姑娘,哎呀呀,那个气若幽兰人似菊花,毫无缺点……"

"老色鬼!"池云全身瑟瑟发抖,咬牙切齿道,"你、怎、对、她、如、此、了、解?"

唐俪辞微微一笑:"这就是雪郎的奇妙之处,不可为外人道也。"他拍了拍池云的肩,"走吧,你无恙就好。药丸到手,余家剑庄瓦解,余泣凤死,虽然不尽如人意,但今日之事,已算成功。"

池云仍指着雪线子,充耳不闻唐俪辞的话:"老色鬼,今天你不给老子说清楚,老子绝不放过你!"

雪线子"哎呀"一声,笑道:"人生最爱寻常事,赏花赏月赏美人。小池云,那忘恩负义的女人不要也罢,下次我介绍你认识一些真正贤良淑德,你走江湖交朋友逛山河玩风月她都绝对不会过问,更绝对不会落跑的好姑娘如何?"

他一笑而去,身影如一道白芒掠空远去而后消失。

池云暴跳如雷,破口大骂:"谁对那女人痴情了?但她是老子的女人,你就不能碰老子的女人一下!要杀要打那是老子的事,老色鬼!下次见面,一环渡月伺候!"

唐俪辞再拍拍他的肩,温言道:"好了好了,沈郎魂哪里去了?"

"回崖井庄客栈去了。"池云斜眼看着唐俪辞提的包裹,突然"嗤"地一笑,"他说今晚要去烧了崖井庄的那间破庙。"

唐俪辞眼角微扬,似笑非笑:"为什么?"

池云大笑:"因为和尚乃是世上最讨厌的东西!"

唐俪辞微笑:"让他去烧,烧完了,给方丈五十两黄金重建便是。"

池云"啧啧"道:"你这人真的很奇怪,有时候杀人不眨眼,有时候滥好人得不可救药。"

唐俪辞温言道:"一整天不见凤凤,不知情况如何,快回去吧。"

两人回到崖井庄井云客栈,沈郎魂果然已在房中等候,那张平凡无奇的脸一如既往，丝毫看不出他方才经历了怎样惊心动魄的一战，桌上放了两碟小菜，他正独自品酒。唐俪辞衣袖微拂，在他身边坐下："沈兄好兴致。"

沈郎魂淡淡地道："过奖。"

他既不说究竟如何从普珠上师剑下脱身，也不说爆炸之时他身在何处，就似一切都未发生过。

池云奔进房中，凤凤正在床上爬着，见他进来，睁着圆圆的大眼睛，嘴巴一扁就放声大哭——大半日不见，他已饿得狠了。

池云将凤凤抱起，凤凤一口向他手指咬下去，泪眼汪汪如桃花含水："呜呜……呜呜……"

池云吃痛，闷哼一声，已经被这小子咬习惯了，这小子虽然没长牙，但什么都敢咬，不愧是属狗的。

房中，唐俪辞和沈郎魂对坐饮酒。

沈郎魂徐徐喝酒，心气平定，唐俪辞眉间痛楚之色越来越重。静坐半晌，沈郎魂突然问："这是旧伤？"

唐俪辞闭目点了点头，沈郎魂道："可否让我一试？"

唐俪辞一笑伸手，沈郎魂左手三根手指搭上他的脉门，略略一顿，随即皱眉。

唐俪辞微笑道："如何？"

沈郎魂道："奇异的脉象。"

房里，池云给凤凤喂了些糖水，走了出来，往椅上一倒，懒洋洋道："别理他，姓唐的十有八九是在整你。"

沈郎魂喝了一口酒："高手过招，身上带伤是致命的弱点，你既然做下今日之事，就要有所打算，身上的伤不打算治好吗？"

"有所打算？"唐俪辞微笑，"什么打算？"

沈郎魂淡淡地道："被人杀的打算。江湖生涯，有人自诩黑道，有人自诩白道，终归也不过是杀人与被人杀而已。你既然做下攻破余家剑庄，逼死余泣凤，抢夺九心丸这样的大事，就要有被人复仇、劫物、栽赃嫁祸、诬陷，甚至杀人灭口的打算。"

唐俪辞道："沈兄之言十分有理。"

他十分认真地说出此言，沈郎魂反而一怔，住嘴不说。

池云躺在一旁凉凉地道："姓沈的你替你自己担心就好，一年时间，跟着姓唐的少爷，老子看你那五万两黄金岌岌可危，很可能变成给你楼主的抚恤。"

沈郎魂闭目不答，唐俪辞温言道："池云，你去拿一杯凉水过来。"

池云懒洋洋地起身："做什么？"

唐俪辞自抢来的包裹里拿出两瓶九心丸，分别倒出一粒。池云端来一杯凉水，唐俪辞将一粒药丸放入凉水之中，一粒药丸放入自己的酒杯之中，片刻之后，放入酒杯中的药丸化去，凉水中的药丸只是微溶。

唐俪辞举起杯子晃了晃，那微溶的药丸方才化去。

沈郎魂睁开眼睛，和池云一同诧异地看着唐俪辞，心道：这人是在做把戏吗？

果然……唐俪辞目不转睛地看了那溶去药丸的酒杯良久，突然端了起来，浅浅喝了一口。

池云和沈郎魂顿时大惊，两人出手如风，一人截臂一人点肩，然而双双落空，唐俪辞已将那口混着药丸的酒喝了下去。

池云怒道："你干什么？"

沈郎魂也是变了脸色，此药喝了下去，若是中毒，岂非生不如死？

唐俪辞放下酒杯，舌尖在唇沿略略一舔："果然是他。"

"是谁？你干吗把那药喝下去？"池云抓住他的手腕，"你要找死不成？"

唐俪辞微微一笑："这药的药性是我告诉你的，难道池云你从来没有觉得奇怪——为何我对此药如此了解？"

池云一怔："你……"

沈郎魂眼眸一动，刹那光彩爆闪："难道你——"

唐俪辞道："我第一次吃这药的时候十一岁，十三岁的时候已吃到厌了。"

池云问道："你十三岁的时候？你究竟出身何地？怎会有这种见鬼的药？"

沈郎魂目中光彩更盛，唐俪辞身世离奇神秘，为何能服用九心丸仍不死？难道他一直在服用？

"这药发作起来让人生不如死，但若你的命够硬，对自己够狠，熬过去那一阵，三五年之后仍是一个好人。"唐俪辞道，"只不过大多数人忍不了那种痛苦，宁可自杀了事。我……"他顿了一顿，叹了口气，"我十一岁的时候是吃着玩的，十三岁的时候中毒已深，要摆脱这药的毒性，并非易事。但当时我有三位好友，其中一位善于化毒之术，是他帮我解毒，一年之后，我不再受此药控制。"

唐俪辞的语气慢慢地由温和转为平淡，如一粒珍珠缓缓化为灰烬："我们感情很好，他是一个好人，我年少之时胡作非为，卑鄙无耻的事做过不知多少，身边的亲友无不对我失望，但他并未放弃我……他说：'你控制欲太强，不分敌我，你要改，要做一个好人。'可惜我终究让他失望。唐俪辞天生心肠狠毒手段暴戾，三年前我叫方周练换功大法，让方周死，换绝世武功给我，那件事让他失望透顶，他暴怒而去，从此恨我入骨……"

池云"哼"了一声："该死的总是要死的，就算你不让方周练换功大法，难道他就不会死？"

沈郎魂淡淡地道："换了是你兄弟重病要死，你真的狠得下心教他练些必死的武功，从一个快死的人身上图利吗？"

池云闭上眼睛，想了半晌，叹了口气："大概想也会那么想吧？但真要下手，老子做不出来。虽然老子是黑道，黑道有黑道的义气，不会做这种泯灭良心的事。"

沈郎魂道："我亦不会。"

池云充满嘲讽味地嗤笑："这才显出唐大公子唐大少爷与众不同、精明老练之处，不过，算不上什么要遭天打雷劈的大事。"

唐俪辞微笑："承赞了。"

沈郎魂再喝一口酒，表情平静："这位恨你入骨的好友，知道解九心丸之毒的方法，你要寻找你这位好友的下落，所以追查九心丸之事……但让沈某不解的是——为何你追查的不是友方，而是敌方？"若是懂得解毒之人，应站在白道一边，为何唐俪辞苦苦追查的却是风流店制毒一方？沈郎魂一双眼睛光彩耀眼之极，"莫非你怀疑——"

"不错！"唐俪辞的语调忽而柔和起来，"九心丸和我当年吃的那药并非完全相同，但我怀疑含有那药的成分，如今证实确实如此。当今世上，除了他，没有人知道如何制造这种毒药。"他轻轻一笑，"懂得如何制造毒药的人在我十三岁那年都已死光死绝，我说这话，你们该相信绝无可疑。"

唐俪辞说出"死光死绝"四字，有何人敢说不是？若非已把人挫骨扬灰，让人死得惨不忍睹，他不会说出这四个字。

池云和沈郎魂面面相觑，池云"呸"了一声："你的意思是说，现在制造九心丸害人无数的幕后黑手，就是你那叫你做好人的好友？什么玩意儿？"

"是啊……"唐俪辞眼帘微垂，一股似笑非笑、似喜非喜的神韵透了出来，"虽然以我认识的他而言，必然不会，但唐俪辞为人行事，只论可能，不讲道理——世事有无限可能，人性更是捉摸不定，令人难以相信。"

沈郎魂皱起眉头："你这位好友，叫什么名字？"

唐俪辞推开眼前掺毒的酒水，提起酒瓶喝了一大口，浅浅一笑："我不知道他叫什么名字，他已改名多年了。"

沈郎魂淡淡再问："既然他恨你入骨，你找他做什么？"

唐俪辞闭上眼睛，倚靠在椅背上："我要告诉他一件事，希望他日后不再恨我。"

"什么事？"池云懒洋洋地问，"难道你要把万窍斋几千万两黄金的身家送他？有钱能使鬼推磨……"

唐俪辞道："不是，我要告诉他方周未死。"

此言一出，沈郎魂悚然变色："怎么可能？换功大法之下，怎可能人未死？传功之后，散功之时，'往生谱'残余真气逆冲心脏，必定心脉碎裂而亡，怎可能未死？"

唐俪辞嘴角微勾，仍是那股似笑非笑、似喜非喜的神韵："是啊……不过方周本是心脏受伤，在他的左心之上有缺损，无法愈合所以病危，散功之时真气自破裂的伤口冲出，没有炸裂他的心脏，而我、而我……"他手按腹部，轻轻一笑，"我把他的心脏挖了出来，埋进我的腹中，接上我的血脉，保他受损的心脏不死，而方周缺心的身体被我浸入冰泉之中，等他的心脏痊愈，我再把他的心还他，他便不会死。"

唐俪辞神色柔和，似眷恋之极地看着自己的手指，慢慢地道："方周若不练换功大法，便没有这一线生机，'往生谱'残余真气强劲凌厉，代替心脏推动血液流转，延缓了他死亡的时间，能容我做埋心之举。至于冰泉我早已备下，浸入冰泉之后，血液气息瞬间停止，只要寻到良医，等到心脏愈合，就有救命之望。"

池云和沈郎魂面面相觑，将人心脏挖出，埋在自己腹中，提供血液气息使其自行愈合，然后利用冰泉云云将人救活，简直匪夷所思，近乎痴人说梦，胡说八道！

池云直截了当道："你疯了！"

沈郎魂虽然一言不发，心里也道：你疯了。

唐俪辞左手一动，顺着脸颊缓缓插入自己发中，白玉般的手指，银灰的发色，是秀雅柔润的美，也有妖异绝伦的媚："我不过是想要救人而已，就算上天注定他非死不可，但我不准……我若不准，神也无能，鬼也无能……我什么事都做得出来。"他一句一句柔声说，听得人一寸一寸毛骨悚然。

沈郎魂低声道："你——"顿了一顿，没说下去。

池云"哼"了一声："你就是比江湖上大大小小的魔头更阴险歹毒、

更不择手段罢了，恭喜恭喜，你是天下第一的奸、天下第一的邪、天下第一的狠！"

唐俪辞微微一笑："承赞承赞。我将此事告诉你们，日后若有中原剑会前来寻仇、风流店来杀人灭口等，你们二人定要保我平安无事。"

池云两眼望天："某某人不是自称武功高强、天下第一？何必要我保护？"

唐俪辞温文尔雅地拂了拂衣袖，提起酒壶再喝一口，施施然道："因为你们身上都是一条命，我身上是两条命。"

两人面面相觑，池云"呸"了一声："老子不干！"

"余家剑庄事后，你打算如何？"沈郎魂杯中酒尽，酒壶却在唐俪辞手中，只得停杯，"你究竟只是想找故人，续故人之情，还是当真要歼灭风流店，为江湖苍生毁去这害人之药？"

唐俪辞为沈郎魂斟了一杯酒，微微一笑："事到如今，我是为了江湖正义、苍生太平，我的故人故情，便是苍生太平之一。"

他说得冠冕堂皇，沈郎魂微微一皱眉，池云已经当场拆穿："哼哼，故人故情就是苍生太平，说到底你还是为了你自己的事，不是为了啥江湖正义。"

唐俪辞道："你真是聪明之极，不过并非人人都如你这般毫无追求，切莫将小人之心用以度君子之腹。"

池云呛了一口："咳咳……你是君子……"

唐俪辞微笑道："自然，在红姑娘美色之下坐怀不乱，自然是君子。"

池云跃起身来一拳往唐俪辞身上打去，唐俪辞不闪不避，池云拳到中途，硬生生顿下："我去给凤凤喂米汤！"转身就走。

唐俪辞怡然自若，提酒而饮。

沈郎魂淡淡地问："他为何不打？"

问出此话的意思，就是唐俪辞确实该打。

却见唐俪辞舒舒服服地躺下，对上空轻轻吹出一口酒气："今日一战，池云翻遍余家剑庄上下，手太脏，一拳打在我身上，衣裳仍是要他洗。"

沈郎魂瞪目半晌，不再说话，闭目养神。

片刻之后，客栈小二送来酒菜，几人细嚼慢咽，细品那小菜的滋味。

酒未过三巡，沈郎魂右耳一动："有人。"

池云停筷仔细一听，又过一会儿才听见细微的脚步声。他"嘿嘿"一笑："当杀手的果然就是当杀手的。"

唐俪辞夹起一块豆腐："猜来者是谁？"

池云懒洋洋地打开酒壶壶盖："脚步声如此轻微，定是武林中人。"

沈郎魂道："是女子！"

唐俪辞手腕上的洗骨银镯在灯火下闪烁，他用右手指尖轻轻蹭了蹭那银镯表面的花纹："是钟姑娘。"

话音刚落，门外有人轻轻敲门。

唐俪辞微笑道："钟姑娘请进。"

门开了，门外之人果然是钟春髻，她闻声十分讶异："唐公子怎知是我？"

唐俪辞道："因为令师雪线子。"

他只说了七个字，钟春髻脸上一红，眉间甚有尴尬之意："唐公子果然是师父知己。"

沈郎魂和池云自是不解，却不知雪线子一生最爱赏花赏美人，钟春髻偏偏是个大美人，若是带了这乖徒儿在身边，又有哪位美人还愿意与雪线子交心闲谈，玩那花前月下之事？所以雪线子一贯是对这徒儿避之不及。方才从余家剑庄脱身后，雪线子撞见寻师而来的钟春髻，连忙指点钟春髻到崖井庄井云客栈来，说炸掉余家剑庄害死余泣凤的凶手就在这里，叫她带古溪潭前来替天行道，总之，钟春髻莫跟着他就好。

"听说唐公子破了余家剑庄？"钟春髻听闻这桩惊天动地的大事，却没有多少震惊之色，反而有些愁眉深锁，"其实我本是和古溪潭古大哥同来，只是路上遇到些事耽误了。古大哥和普珠上师也都觉得余剑王可疑，但唐公子炸了余家剑庄、杀了余剑王，岂非线索断去，也死无对证？如此一来，如何取信天下英雄说中原剑会的余剑王就是贩卖九心丸的恶贼？中原剑会又岂能善罢甘休？施庭鹤和余泣凤又都是侠士，必定引起满城风雨，不知会有多少人前来寻仇。"

唐俪辞微微一笑："取信天下英雄说余泣凤贩卖禁药，又能如何？"

钟春髻一怔。

池云往嘴里丢了块羊肉，凉凉地道："天下王八信也好，不信也好，要灭九心丸，就是要杀杀杀，谁卖杀谁，一直杀到做药的那个浑蛋，事情就了结了，当然，还要杀得越快越好，杀得越快，被害的人就越少。"

钟春髻秀眉轻蹙："如此你又怎知有没有错杀无辜？"

池云冷冷道："小丫头，手脚慢了吃这药的人就更多，难道那些人就不无辜？"

钟春髻又是一怔，分明池云说的就是歪理，她却不知如何反驳："古大哥和普珠上师就在三里之外的乱梅岗，萧大哥出手助你，被余泣凤打成重伤。"

池云冷冷道:"谁叫他自不量力,谁要他出手相助?"

钟春髻面露怒色:"你——"

唐俪辞道:"萧大侠想必是因为家中门人私服禁药,影响恶劣,见你刀挑余剑王,出手助你。池云,你该上门言谢才是。"

他不理池云满脸不屑,对钟春髻微微一笑:"既然众人都在乱梅岗,我们过去会合,看看对萧大侠的伤势有没有帮助。"

钟春髻心道:唐俪辞比他这书童斯文讲理得多,不禁对他微笑:"如能得唐公子相助,实为武林之福。"

唐俪辞温言道:"姑娘言重了。"

沈郎魂默不作声,耳听唐俪辞说要前往乱梅岗,忽地身形一飘。钟春髻只觉脸上劲风一拂,沈郎魂已入房出房,把凤凤抱了出来,淡淡地道:"走吧。"

钟春髻看了唐俪辞一眼,无端端脸上一红,暗道:此人怎能让江湖最强的杀手去抱孩子?若是月旦,唉……若是月旦,想必是时时刻刻都把孩子抱在自己手上……

她心思纷乱了一阵,轻轻叹了口气:"走吧,我带路。"

乱梅岗,梅开如雪乱。

满岗的白梅,幽香似有若无,入骨销魂。

钟春髻带着一行人来到乱梅岗,初入数步,连池云都觉浑身轻飘飘的,满心的不耐烦躁都在梅香之中淡去无形。放眼望去,白梅深处有人家,一幢灰墙碧瓦的小小庭院坐落在梅花深处,清雅绝伦。

"好地方。"唐俪辞的目光落在屋前的一处坟冢上,那是一处新冢。

沈郎魂亦打量了坟冢一眼，草草一个土坟，坟上一块石碑，石碑上提了几个字"痴人康筵之墓"，笔迹清俊潇洒。

"乱梅岗现为普珠上师的清修之地，不过这本是他挚友的居所。"钟春髻道，"此地的主人已在两年前过世了。"

唐俪辞道："普珠上师乃佛门圣僧，上师之友，自也非寻常人。"

钟春髻道："我也无缘，未曾见过这位高人。"

池云冷冷地看着那石碑："这位康筵，是男人，还是女人？"

钟春髻一怔："这个……"她还真不知道。

池云翻了个白眼："那你怎知他是个高人？说不定普珠和尚金屋藏娇，在这里养了个活生生的大美人……"

钟春髻勃然大怒，"唰"的一声拔剑出鞘："你怎可一而再，再而三，如此侮辱人？"

池云"哼"了一声："老子爱说什么就说什么，小丫头你奈我何？"

钟春髻被他气得浑身发抖："你、你……"

唐俪辞在池云的肩上一拍："在前辈高人面前，不可如此胡说。"

沈郎魂微微皱眉，痴人康筵，他似乎在什么地方听说过这个名字……然而似乎是太久之前的记忆，已无从忆起。

正在此时，庭院大门一开，黑发披肩的冷峻和尚当门而立，他们在门外说些什么，普珠上师自是一一听见，脸上冷峻依然，毫无表情。

古溪潭的声音传了出来："三位远来辛苦，请进吧。"

唐俪辞一行人走进房中，房内绿意盎然，种植许多盆形状可爱的花草，和普珠上师冷峻的气质浑不相称，显然并非普珠手植，然而幽雅清闲，令人观之自在。

床上躺着一人，面色苍白，唇边满是血污，正是萧奇兰。

"萧大哥中了余泣凤一剑，胸骨尽碎，命在垂危，"钟春髻黯然道，"那一招'西风斩荒火'实在……"

原来适才池云、余泣凤对峙之时，萧奇兰出手相助，触发剑气，余泣凤将"西风斩荒火"全数向着萧奇兰发了出去，才会遭沈郎魂暗算，仔细算来，实是萧奇兰代池云受了这一剑。

池云伸手一把萧奇兰的脉门："老子和人动手，谁要你横插一脚？如今半死不活，真是活该。这伤老子不会治，姓沈的，你来。"

沈郎魂按住萧奇兰的颈侧，略一沉吟："普珠上师如何说？"

古溪潭道："胸骨尽碎，幸而心脉受伤不重，这一剑受池兄刀气逼偏，穿过肺脏，外伤沉重。内腑受余泣凤强劲剑气震伤，经脉寸断，就算治好，也是功力全废，唉……"

唐俪辞雪白的手指也在萧奇兰的脉门上轻轻蹭了一下："我对疗伤一窍不通，不过可有什么奇药、珍品可疗此重伤？萧大侠英勇义烈，不该受此苦楚。"

古溪潭摇了摇头，黯然无语。

沈郎魂淡淡地道："举世无双的奇药，自然可以疗此重伤，你若有千年人参、万年何首乌，或是瑶池金丹白玉灵芝，就可以救他的命。"

唐俪辞轻咳一声："千年人参、万年何首乌没有，不知此药如何？"他从袖中取出一只玉质的小盒，约莫核桃大小，盒作绯红之色，似极了一颗小小的桃子，打开小盒，盒中冲出一股极其怪异难闻的气味，众人无不掩鼻。

古溪潭问道："这是？"

盒中是一粒黑色丸子，其气并非奇臭，但令人闻之欲呕，钟春髻首先抵挡不住，退出房门，在门外深深吸了几口气，再闭气进来。

"这是一种麻药，服下此药，十二个时辰内痛觉消失，且神智如常。"唐俪辞道，"如果各位有续经脉接碎骨的能耐，萧大侠服下此药之后，即使开膛破肚，十二个时辰之内不致有事，并且神智清醒，可以运气配合。"

沈郎魂微微变色："这可是麻沸散？"

唐俪辞合上桃形盒子，那股怪异的气味随之淡去："这是比麻沸散更强的麻药，对身体无害。"

沈郎魂心中一动，唐俪辞当日能将方周之心埋进自己腹中，连接血脉，想必也是服用这种药丸，却不知他用何物连接血脉？

"如果将他胸口打开，拼接碎骨不成问题，只是断去的经脉并非有形之物，要续经脉，必要打通他全身所有闭塞之处，恐怕要众人合力才能完成。"

古溪潭精神一振："幸好人手众多。不知治萧兄之伤，需要几位高手？"

沈郎魂淡淡地道："你、我、池云、普珠四人。"

古溪潭道："我去与上师商量。"

他奔出门外，和站在门口不言不动的普珠交谈几句，而后回来说："上师答允救人，只是四人如出手救人，此地安危就在唐公子和钟姑娘肩上了。"

钟春髻提剑在手，说："各位尽管放心，钟春髻当拼死保各位功成圆满。"

池云冷冷道："只怕就算你拼死也保不了什么圆满。"

唐俪辞举袖一拦，含笑挡在钟春髻面前："不可对钟姑娘无礼，生如你这般倜傥潇洒，语言本该客气斯文些。"

池云两眼一翻："老子便是喜欢惹人讨厌，如何？"

唐俪辞道："不如何，个性顽劣而已。"他对古溪潭微笑，"事不宜迟，各位着手进行，我与钟姑娘在门外守护。"

古溪潭点头。

沈郎魂在萧奇兰身上按了几下，点住数处穴道，刺下数枚钢针，开始详细解说如何运气合力。各人都是此中行家，各自出手，缓缓开始运气，待经脉续接真气贯通之后，再开胸治疗碎骨之伤，比较妥当。

唐俪辞和钟春髻并肩站在门口，钟春髻望着门外坟冢，幽幽一叹："此次毒丸风波，不知几时方休，又不知几人不幸。世上多少避世高人，如若都能出关为此出力，那就好了。"

唐俪辞望着屋外梅林，没有说话。钟春髻看了他一眼，此人容貌秀雅，举止温文尔雅，又是干国舅，还是万窍斋和池云之主，不知在此事之中，能起到怎样的作用？人走到如他这一步，权、利两得，又如此年轻，为何眼色如此……如此……

她低下头来，不敢直视唐俪辞的眼睛，那是一双秀丽之极的眼睛，然而眼中神色复杂多变，多看两眼，不知为何，自己就有心力交瘁之感。

他神秘莫测，看似白面书生，她却隐隐约约感觉到他躯体之内、内心深处，必定和外表不同。

"钟姑娘在想什么？"在她心神不定之际，唐俪辞微笑问道，他虽然没有看她，却似乎把她看得清清楚楚，"或是感慨什么？"

"没什么。"她低声道，"唐公子能和池云、沈郎魂为友，我觉得不可思议而已。"

唐俪辞微微一笑，似乎在这清雅绝伦的居所，白梅的幽香也让他有些神思飘散，本想说些什么，终还是没说。

房里被沈郎魂放在椅上的凤凰突然放声大哭，唐俪辞回身将凤凰抱了出来，凤凰立刻破涕为笑，牢牢抓住他的银发。

"唐公子生来便是此种发色？"钟春髻的目光移到唐俪辞的发上，满头银灰长发，实是世所罕见。

唐俪辞举手一掠发丝："听说江湖中也有人满头白发，其人就叫作'白发'，不是吗？"

钟春髻点头："我和白大侠有过一面之缘，不过他的白发和老人的白发一般无异，你的头发却是银灰色的，从未见有人天生如此。"

唐俪辞微微一笑："那你便当我天生如此罢了。"

钟春髻一怔，这话是什么意思？

此人神秘，说话费解。她顿了一顿，觉得还是不再深思为好。

过了片刻。

"春意无端贯青华，草木曾萦几家绿，云菩提，梅花碧，何处琴听人声泣。"唐俪辞倚门而立，轻轻蹭着腕上银镯，"钟姑娘风采怡人，想必雅擅诗词，不知此词如何？"

钟春髻在心中反复斟酌过几次："不知是何曲？"

唐俪辞道："我也不知是何曲，很久之前，听人唱过。"

钟春髻道："词意淡雅出尘，不知为何，却有凄婉之声。"

唐俪辞微微一笑："那写此词的人，姑娘以为如何？"

钟春髻沉吟道："想必是出尘离世、心性宁定的隐者，方能观春之静谧。"

唐俪辞道："嗯，此词我问过三个人，三人都是当世名家，大致之意，与姑娘相同。可惜……"

钟春髻微微一怔："可惜什么？"

唐俪辞眼望梅林，梅林清雅如雪，宛若词意："写这词的人，是我的挚友。"

钟春髻道："是你的挚友，那好得很啊，有何可惜之处？"

唐俪辞道："我那挚友风采绝世，慈悲心肠，无论是人品还是容貌，堪称天下无双……我没见过美人六音的风采，但我深信我那挚友绝不在六音之下。"

他说这话的时候，语气很平淡，因为平淡，所以听起来很真。钟春髻心道：你也是翩翩公子，既然你如此说，那人想必真是人间罕见的美男子了，不过男子汉大丈夫，美不美又有什么干系？

只听唐俪辞慢慢地道："在他当年的住处，也有这样一片梅林，他也爱梅，这首词是他住在梅林中时，为梅林而写。可惜的是，如此风华绝代的挚友，在我喝的酒中下毒，将我打成重伤，掷入水井之中，然后往井中倒了一桶桐油，放了一把大火。"

"啊！"钟春髻低声惊呼，"他为何要害你？"

唐俪辞微微一笑："因为我是邪魔外道。"

钟春髻浑然不解，唐俪辞一只白皙的手指按在唇上，不知为何，竟能吹出曲调，幽幽清清，乃是陌生的歌谣，离世绝尘的清雅之中，蕴含的却是丝丝凄凉。

几句调终，唐俪辞叹了一声："我是邪魔外道，所以不明白，菩萨为何也会入魔？是我害的吗？"

钟春髻不明他意中的恩恩怨怨，目不转睛地望着他。唐俪辞又是微微一笑："我心有所思，却让姑娘糊涂了，对不起。"

他如此柔声而道，钟春髻的脸上微微一红，对此人本是浑然不解，但那一双秀丽而复杂的眼睛，唇间清雅凄婉的曲调，还有这一声温柔的歉意，让她一颗心突然乱了。宛郁月旦秀雅温柔的影子似乎有些朦胧起来，唐俪辞秀丽的脸颊如此清晰，这两人相似又不似，她开始有些分辨不出其中的差异……

钟春髻毕竟不是黄三金，她分不清楚，唐俪辞背后的影子是邪气，而宛郁月旦背后的影子是霸气，一个女人可以恣意去爱一个霸气的男人，但万万不能去爱一个邪气的男人。

门内五人凝神运功，萧奇兰苍白的脸上开始有了血色，而胸口重伤处鲜血不断涌出，如果续脉不早一步结束，就算成功，萧奇兰也会因失血过多而死。

普珠上师内力深厚在几人之上，倏然出手，在萧奇兰的胸口再点数下，点的并非穴道，却能阻血液运行，伤口溢出的鲜血终是缓了。

就在普珠上师点下数指的瞬间，萧奇兰体内一股热力陡然回冲过来，众人猝不及防，各自闷哼一声，唇色刹那间变紫。

池云怒上眉梢，古溪潭沉声喝道："是毒！"

普珠上师并不作声，袖袍一拂，将三人手掌震离萧奇兰的身体，双掌拍上萧奇兰的后心，头顶白气氤氲，他竟独自一人担起治疗之力！

古溪潭哑声叫道："普珠上师！"

这毒下在余泣凤的剑锋之上，刺入萧奇兰的胸口深处，经几人运气化开，反传众人之身！和萧奇兰接触得越久，中毒越深，普珠上师将众人震开独力疗伤，那是舍身救人之大慈大悲！

池云吐出一口紫血，破口骂道："和尚快放手……"

普珠上师充耳不闻，面容平静，略带杀气的脸庞隐约露出一股圆润圣洁之意。萧奇兰吐出一口鲜血，咳嗽了几声，缓缓地睁开了眼睛："放……手……"

房内疗伤生变，钟春髻闻声回首，唐俪辞眼眺梅林，反应截然不同，袅袅白梅之间，随着暮色阴沉，似乎飘散出了丝丝寒意，落梅缤纷，影影绰绰。

"钟姑娘，我有一瓶药物，你进去，若是谁也无法动弹，先给普珠上师服用。"唐俪辞温言道，"房内就拜托姑娘了。"

"外面难道——"钟春髻并未发觉门外有敌，失声道，"难道有人？"

唐俪辞微微一笑，袖中药瓶掷出："救人要紧，姑娘进门吧。"

钟春髻心思微乱，接药后转身奔入房中，若是门外真的有敌人来袭，凭唐俪辞一人抵挡得住吗？

踏进房中，池云几人面色青紫，各自运气抗毒，这毒厉害非常，迟得片刻便已侵入经脉。普珠上师独力救人，萧奇兰脸色转好，他却甚是清醒，知道是自己传毒众人，神色痛苦。

钟春髻手握药瓶，见状不敢迟疑，倒出一粒药丸，塞入普珠上师口中。

普珠上师功力深湛，尚未陷入无法挽回之境，解药入喉，正值加紧运气之时，全身血气运行，很快化开药丸，脸上的青紫之色逐渐褪去。

钟春髻将解药分发给众人，心下诧异，为何唐俪辞会有解药？难道他竟能预知余泣凤在剑上下了什么毒？

普珠上师缓缓收功，萧奇兰脸色缓和，疲惫之极，沉沉睡去。池云几人调息守元，各自逼出毒性，虽然中毒不深，但这毒霸道之极，中毒片刻，就让人元气大伤。

钟春髻手按剑柄，凝神戒备。她是名师之徒，虽然雪线子教之无意，她却学之有心，见识不凡。眼看这毒烈如火焰，中毒之后脸色青紫，损人真元，她心中微微一震：难道这竟是江湖上消失多年的"焚天焰"？听说此毒别有奇异之处，中毒之人越多又聚在一起，毒性就越强，若是一人中毒，反而易解。

屋外一片寂静，只余梅落静夜之声，仿若连站在门口的唐俪辞都在这份静谧之中消失了。

钟春髻凝神静听，只听林中落梅渐渐地多了，纷纷扬扬，似乎无声地刮起一阵旋风，随即"嗒"的一声轻响，毫无人迹的梅林中就似凭空多了一只脚，往前轻轻踏了一步。

"嗒！"另一声微响，屋后也有人轻轻踏出一步，梅林之中那人再进一步，屋后之人也往前一步，梅林中那人再进一步，屋后之人却不动了。

唐俪辞倚门而立，梅林中一个淡红色的人影缓步而来，屋后转角之处，一个灰衣人静静地站在墙角，落梅缤纷缥缈，突听一声低沉恢宏的弦声自远方一响，犹如鼓鸣，又如坠物之声，声过之处，梅花急剧坠落，瞬间满地梅白，犹如落雪。

一声、两声、三声……寂静恢宏，如死之将至，隐隐有天地之音。

淡红色的人影动了，踏着弦声而来，一声，一步。

屋后之人不动，不言。

唐俪辞面带微笑，看着踏弦声而来的红衣人。

那是个面容俊俏的年轻人，衣上绣满梅花，梅是红梅，和林中雪梅浑然不同，双手空空，未带兵器，林风徐来，撩起衣袖蹁跹，他的双手手腕之上各刺有一朵红梅，手白梅红，刺眼异常。屋后之人是什么模样，唐俪辞不知道，但显然，不会比眼前这位红梅男子差。

自换功以来，唐俪辞尚未遇到真正的对手，不知眼前背后这两位是否能让他另眼相看？

弦声隐约只响了三声，随即静止，那沉敛的气氛宛若阴雨欲来，浓云横聚，压顶欲摧。

屋内池云忽地睁开眼睛，他功力尚未完全恢复，突然停下，挣扎地站了起来。

钟春髻吃了一惊，急急将他按住，低声道："怎么了？毒伤未愈，你起来做什么？"

池云衣袖一摆，"唰"的一声将她推开，"嘎吱"一声开门而去，雪白的背影消失在门缝之间。

她怔了一怔，这人虽然口齿恶毒，却是重情重义，中毒之躯，仍不肯让唐俪辞一夫当关。只是以池云此时的状况，就算出得门去，又能帮到什么呢？

略一沉吟，她点了房内众人的穴道，此时此刻，让他们奋起动手，不过送死而已。

大门一开，池云的身影闪了出来，唐俪辞微笑道："这时是你要站在我身后，还是我依然站在你身后？"

池云脸色苍白，低咳了一声："什么时候，说的什么废话！就凭你，挡得住'七花云行客'吗？就算老子完好如初，也未必挡得住一两个……咳咳……"

唐俪辞衣袖一举，衣袖飘拂如云，将池云挡在身后："既然你挡不住一两个，那只好站在我身后了。"

池云"呸"了一声，闪身出来："放屁！这些人武功自成一派，合奇门幻术，动手的时候会施放各种古怪药物，又会阵法，乃天下最讨厌的对手之一。"

唐俪辞凑近他身后，微笑道："真有如此可怕？"

池云凝视对手，丝毫不敢大意。"七花云行客"共有七人，世上谁也不知其本名，各人各给自己起了个古怪名字，平时江湖云游，亦正亦邪，此时前来，难道竟成了风流店网罗的高手？

一念尚未转完，他忽地背后寒毛直立，惊觉不好，只听"啪"的一声轻响，头脑一阵眩晕，背后人温柔叹道："我叫你站在我身后，谁让你不肯？不过我便是明知你不肯，才这样说……"

池云仰后栽倒，唐俪辞一把接住，背后一靠房门，大门一开，他将池云递给身后的钟春髻，微笑道："麻烦钟姑娘了。"

钟春髻将人抱了回来，低声道："七花云行客非等闲之辈，唐公子千万小心。"

唐俪辞往前一步，房门合闭，他整了整衣袖，衣裳洁然："是啊……看客人不愿乘人之危，便知是好对手。"

他这一句是对梅林中那红梅男子说的。那红梅男子不言不动，风吹梅花，越坠越多，在他身周下着一场不停的梅花雪。

112

"你、有伤。"

落梅斜飘,掠眉掠鬓之际,那人低声道,声音沙哑,如石磨转动,和俊俏的外表浑然不配。

唐俪辞举手为礼:"不知兄台如何称呼?为何事前来?如此摧花,令人惋惜。"

那人低声道:"我、在算卦,并非摧花。"

唐俪辞道:"落梅为卦,莫非兄台做的是梅花易数?"

那人沙哑道:"我、就是梅花易数。"

"梅花易数"乃是落梅为卦的一种方法,这人竟然自称梅花易数,莫非其人自居为一卦?又或是真正精通此术,痴迷到走火入魔的地步?

唐俪辞微微一笑:"不知梅花兄算出了什么?"

梅花易数道:"你、杀了余泣凤,该死。"

唐俪辞道:"这梅花兄算得就不对了,余泣凤非我所杀,乃是剑堂意外爆炸,不幸身亡,与我何干?"

梅花易数道:"梅花、说你杀了余泣凤,我、说你杀了余泣凤,你就是凶手。"

唐俪辞道:"原来如此,承教了。"

钟春髻在门后窥视那"梅花易数",只觉此人行动之间略显僵硬,双目无神,说话颠三倒四,似乎神智不清。她心里骇然,世上有谁能令七花云行客变得如此?梅花易数只怕是被什么邪术控制了心神,关键也许就在刚才那几声弦响。

屋侧陡然风声如啸,那灰衣人身影如电,刹那抢到唐俪辞身侧两步之遥,手持之剑长八尺,竟如一柄长枪,剑尖驻地,剑气掠土而过,其人身周丈许之内飞沙走石，沦为一片空地！唐俪辞和身后房屋在他剑气之内，顿时唐俪辞衣发俱乱，屋后屋瓦震动，墙上白灰簌簌而下，似有地震之威。

钟春髻受此震动，在门后连退三步，失声道："狂兰！"

七花云行客，此七人原名为何世上谁也不知，其中在江湖上经常出现的共有三人，号为"梅花易数""狂兰无行""一桃三色"。这几人为中原剑会贵客，每年剑会之期，都被列为剑会评判官之一，每位参与剑会比武之人所施展的剑术武功，都要经过这几人的眼，写下评语。虽非白道中人，七花云行客也绝非奸邪之辈，和余泣凤交往甚笃，但不知为何余泣凤沦为风流店座下棋子，连七花云行客也被其网罗，风流店究竟有何妖法邪术，能操纵这许多人的意志？

门外唐俪辞一人对上梅花易数和狂兰无行。梅花易数神智似清非清，狂兰无行一身灰衣，披头散发，浑然不知究竟是清醒还是糊涂。然而狂兰长剑横扫，梅花易数衣袖一扬，十来朵白色落梅破空而来，凌厉之处胜于刀刃，直袭唐俪辞上身十数处大穴！

唐俪辞背靠房门，此时此刻，他却眉头微蹙，手按腹部，微微弯腰。

门后的钟春髻整颗心都悬了起来，几乎脱口惊呼，危急之刻，唐俪辞要是旧伤发作，无法抵敌，那房内五人岂非全无生还之望？

十数朵白梅破空，唐俪辞横袖一扫，梅花被袖风击落，然而狂兰八尺长剑带着凄厉的剑啸，已紧随白梅之后拦腰砍来——这一剑非但是要把唐俪辞一剑砍为两截，连他身后房门都要一剑砍开。梅花易数白梅失手，人影如花蹁跹，抢入剑光之下，梅叶刀夹带点点寒芒，尽数攻向唐俪辞双腿双足。

"啪"的一声轻响，唐俪辞空手夺白刃，右手双指捏在狂兰长剑之上，然而双指之力难挡一剑之威，虽然剑势已缓，却仍是斩腰而来。

梅花易数矮身攻击，梅叶刀已至唐俪辞膝旁，若是一刀下去，便是残疾！

钟春髻脸色苍白，如此攻势，世上几人能挡？

却听唐俪辞在疾剑厉刀之中柔声道："钟姑娘，来者只有两人，带人离开！"

他蓦地双指一扣，狂兰长剑应他双指之力，竟而一弯，"叮"的一声恰好挡住膝边梅叶刀，长剑随即弹回，剑势不减，唐俪辞背靠房门无处可退。梅花易数一伏跃起，梅叶刀"唰"地一记扫颈，雪亮的刀光之中乍然爆射出一片淡红之色，那是刀柄处喷出的雾气！这两人一人出手已是绝顶高手，两人联手，不过两招，唐俪辞已在必死之地！

"我还真不知道……拼真功夫，究竟能拼得了几个……"唐俪辞幽幽地道。梅叶刀扫颈而来，他左手握拳横挡，只听"当"的一声脆响，梅叶刀斩在洗骨银镯之上，刀入镯半分！

唐俪辞横腕力抗，梅花易数全力下斩，一时胶着！狂兰长剑随后而来，剑刃沾到唐俪辞衣上，已闻衣裳撕裂之声，唐俪辞右手自怀里取出一样东西，"叮"的一声架住狂兰长剑，其物掠空，发出一阵锐利的啸声，却是半截铜质短笛。

三人同时发力，唐俪辞左腕挡刀右手架剑，全身都是空门，然而梅花易数和狂兰无行都觉一股烈如炽火的真力自银镯、铜笛上倒行灌入自己经脉，运气相抗，三人已成内力拼比之势，虽然唐俪辞再无第三只手抵挡攻击，梅花易数和狂兰无行却也无法分心出手。地上风沙静止，梅花不再，清雅绝俗的居所，两招过后宛如一片废墟。

唐俪辞有意拼比内力，那是给自己带人走脱的机会。钟春髻心念电转，带走还是不带走？唐俪辞一人力拼梅花狂兰二人，能拖延多久？

她点开普珠上师身上穴道，低声问："大师，怎么办？"

普珠上师一拂袖，房中众人穴道全开，他唇角溢血，冷冷道："你等先走！"

钟春髻急道："大师，你真力未复，怎能动手？要走一起走，要留一起留。"

古溪潭闭目调息，急欲恢复几层功力，那是坚决不走的意思。

池云满脸怒色，方才唐俪辞使诈将他击昏，他还余怒未消，自也是不走的。

沈郎魂调息一周天停下，淡淡地道："既然你们不走，我和钟姑娘带萧奇兰先走，此地不宜伤患。"

他也不说他去哪里，将萧奇兰抱起："日后我自会和你们联络，走了。"

人影一晃，他已带人先走。

钟春髻跺了跺脚，暗道此人怎么自作主张？她抱起凤凤随后追去。

古溪潭、池云几人，虽非武功独步天下，但如此遭逢暗算很是少见。尤其对池云而言，更是平生奇耻大辱，略一喘息，几人打开大门。

只见门外三人战况胶着，梅花易数和狂兰无行头顶白气蒸蒸而起，唐俪辞独对两大高手，脸色晕红。梅花易数刀柄之处不住有淡红色雾气散出，非香非毒，不知是何物，几人开门一嗅，各有窒息之感，不约而同闭住呼吸，站到上风换了口气。

"离开！"唐俪辞脸色晕红，嘴角微微一勾。

他竟还能说话，这两字饱含真力，声音不大，震得梅林簌簌震动。

普珠上师黑发飘拂，顶在夜风之中，拂起的是一股冷峻肃杀之气："不杀恶徒，绝不离开！"他掌上运劲，缓缓举到梅花易数身后。

这位和尚，竟是不管是否光明正大，便要一掌毙敌！

唐俪辞右手银镯一动，梅叶刀骤进三寸，抵在他的颈项之侧，刀尖触颈，流下一滴鲜血："离开！"

普珠上师掌势一顿，古溪潭变色叫道："唐兄你——"为何宁死不要援助？为何定要众人离开？

池云一边看着，唐俪辞的眼瞳一转一眨，他咬牙切齿地低声骂了两句，忽地出手点中普珠上师和古溪潭的穴道："我走了！"

唐俪辞微微一笑："不送。"

池云夹起二人，怒道："你若死了，老子和你没完了！"他向着沈郎魂的方向，一掠而去。

梅林再度寂静无声，未过多久，遥遥响起了一声弦响，如潮水退去，似乎比方才响起的几声更为遥远了。

梅花易数和狂兰无行蓦地收刀收剑，向着来时方向飘然而去。

唐俪辞收势站定，站到上风之处深深吸了口气，气息运转，吐出一口淡红色的长气，负手临风而立。站了一会儿，他拈住风中一片乱飞的梅瓣，放在鼻端轻轻嗅了下："红姑娘，引弦摄命之术虽然神奇，但也非无法可解，你这连环三局虽然不成，却是精彩。"

"唉……"梅林之中传来一声轻叹，"谋事在人，成事在天，今日不成，你怎知日后如何？"这声音幽怨清雅，正是红姑娘的语调。

唐俪辞弃去指间梅瓣，回过身来，柔声道："你可知今日之事，我有几次可以要你的命？"

梅林中的女声幽幽道："三次，你入阁楼之时，我第一次拨弦之时，以及……此时。"她缓缓道，"但第一次你不杀我，是你要药丸的下落；第二次你不杀我，是因为梅花易数和狂兰无行在前，而池云突然闯了出来，你自忖无能保池云又闯过两人拦截而杀我；而此时，是因为你不想杀我，我说得对不对？"

唐俪辞轻轻一笑："嗯……姑娘弹琴之术，我很欣赏。"

红姑娘幽幽叹道："但今日我败得不解。我在余泣凤剑上下焚天焰之毒，相信他至少能伤及你们其中几人，只消有人出手疗伤，必定中毒，而花无言为你所杀，你定有焚天焰之解药，解药在手，你方虽重创而不死。你们果然在此疗伤，我遣出梅花易数和狂兰无行，本以为你等会一拥而上，以重创之躯相互救援，而梅叶刀中引弦水散出，各位必定成我琴下之奴，你却为何力阻众人上前相助，令我功亏一篑？"

唐俪辞缓步走向梅林，拨开林中白梅枝干，望着林中抚琴而坐的白衣女子："以低音重弦，弹出遥远之音，姑娘拨弦一声，我就知道你坐镇梅林之中。以红姑娘如此容貌心机，岂能无端涉险，涉险则必有所图。派遣梅花易数、狂兰无行两人出面动手，表示姑娘无杀人之心，否则我方处在劣势，风流店若高手尽出，今日就是流血之局。"他含笑而对红姑娘，"既然不要命，那就是要人了。再看梅花易数和狂兰无行的模样，岂能不知，红姑娘想要的是什么？"

白衣女子抚琴一声弦响："但你怎知引弦摄命之术？"

唐俪辞柔声道："引弦摄命之术成功的关键有三。第一，受术之人意志薄弱，容易受乐声影响；第二，受术之人身体虚弱，气血能为乐声所激；第三，必须服下引弦之水，增强乐声的诱导之力。"

红姑娘指尖"嗡"地一振，显然唐俪辞如此深知引弦摄命之术，大出她意料之外："不错……"

唐俪辞俯身在她的琴弦上一拨，"咚"的一声琴响，如泉鸣天奏，动听之极。红姑娘仰身向后，正欲脱手放琴，唐俪辞的手轻轻按在她的手背上，柔声道："姑娘无心杀我，可以理解为对我颇有好感吗？"

红姑娘脸色一寒，尚未说话，唐俪辞手指一动，拾起她的手指，在弦上一拨，发出"叮"的一声，悦耳清脆。

一声过后，唐俪辞放手。

红姑娘脸色阴沉，她从小精明多智，就算屈居为婢，也从来没有人敢小瞧了她，一生之中从未有人敢对她如此轻薄，偏生此人武功又高，狡诈狠毒，自己精通的种种异术似乎他也都十分了解，受此侮辱，竟然一时打不定主意要如何是好。

只听唐俪辞慢慢地道："引弦摄命之术虽然神奇，其实不过是一种毒物引导的催眠之术，尤其必要受术之人心有所专，乐声趁虚而入，方能在人心中留下不可磨灭的印象。致命弱点，乃是各人对乐声理解不同，未必都能如施术者心愿，有些人受术之后狂性大发，有些人突然自残，而绝大部分恍恍惚惚，成为废人。能和施术者心灵相通的受术者可遇而不可求，要练到如梅花易数、狂兰无行那般，实是罕见。"

红姑娘淡淡应了一声，唐俪辞坐在她的瑶琴之前，如好友对坐赏花："红姑娘可是对我心存期待，希望我能成为第三位梅花易数这般之人，故而只带两人前来，想要将我收为己用？"他柔声道，"若是如此,唐俪辞受宠若惊。"

　　"你以为呢?"红姑娘脸色霜寒,忧郁秀雅的眉尖有杀气隐然而出。

　　唐俪辞手按琴弦:"我以为姑娘在余泣凤一事后,已知我会找上门去,设下毒剑之局,牺牲花无言,都是为了今日收服唐俪辞。可惜唐俪辞自私之极,竟未出手救萧奇兰,不中焚天焰之毒,令姑娘算计成空。"

　　红姑娘淡淡地道:"我之错失,只在不知你竟是引弦摄命之术个中高手!"

　　唐俪辞柔声说道:"姑娘赞誉了,我使用引弦摄命之时,姑娘恐还不会。"

　　红姑娘脸上怒色一显,随即宁定,淡淡地道:"我今日未高手尽出,将你们赶尽杀绝,已是放你一马,唐公子纵是不感恩,也不该如此辱我!"

　　唐俪辞抚琴手指一动,"铮"的一声微响,唇边似笑非笑:"姑娘想要我如何感恩,我便如何感恩如何?"

　　"你——"红姑娘面露怒色,"无耻!"

　　唐俪辞手指再动,又是"铮"的一声微响。

　　骤然,她心头猛跳,热血沸腾,几乎站起身来,大惊之下,袖中刀"当"的一声斩断琴弦,捂胸变色:"你——你竟然——"

　　唐俪辞左手紫弦,右手仍在弦上轻拨了几下,叮咚叮咚,曲如仙乐,听在红姑娘耳中却如催命鬼哭。她站起身来接连倒退,脸色惨白,嘴角溢血:"你、你、你……引弦……摄命……"

　　唐俪辞右手越弹越快,眼帘微合,意甚陶醉,琴声如珠玉坠地,急促而悦耳。

红姑娘尖叫一声,踉跄转身便逃,瞬间梅花易数、狂兰无行两人乍现,将她携住,一掠而去。

人走,琴止,音停。

乱梅岗外五里,一顶白色轿子在路中静静等待。梅花易数、狂兰无行将红姑娘扶到轿前,轿中人讶然一声:"你受伤了?"

红姑娘捂胸踉跄站定,先行了一礼:"唐俪辞狡诈之极,不肯轻易涉险,不中焚天焰之毒,众人未能和梅花易数动手,引弦水失效,令我算计成空……最可恶的是,唐俪辞故意留下,将我截住,令梅花易数和狂兰无行必须留下护我,不能追敌,最后竟然以言语引开我的注意,施用引弦摄命之术,妄图控制我的心神……此人……奴婢我非杀不可……令人恨甚!"

轿中柔和的女声道:"你无事就好。引弦摄命之术是你专长,为何唐俪辞却也会?"

红姑娘摇头黯然道:"此术乃尊主所传,我也不知为何唐俪辞竟然精通此术,幸好他施展引弦摄命,并无引弦水辅佐,终究不能当真将我制住,否则……真是一念轻敌,遗恨终身。"

轿中人柔声道:"进轿来吧,回无琴殿再说。"

红姑娘踉跄进入轿中,白色轿子轻飘飘抬起,梅花易数和狂兰无行两人护卫,往远处而去。

梅林之中,唐俪辞跌坐于地。

"一人之力,能敌梅花易数、狂兰无行二人,败局之势,仍能力挽狂澜。"林中突然有人道,"万窍斋之主果然了得。只是一日数战,就算是武功才智绝伦的唐公子，也是强弩之末……"

唐俪辞闭目而坐，眉宇间忍耐痛楚之色越来越明显，手按腹部，额上有冷汗冒出："阁下观战已久，鹬蚌相争，若要收渔翁之利，现在可以开口了。"

林中一人自树后走了出来，黑衣黑剑，容貌冷若冰霜，年约三十三四。

"渔翁之利，成某不稀罕，只是你救我师弟一命，方才你若失手，我会救你。"

唐俪辞脸色苍白，微微一笑："成兄莫非是古少侠的师兄……'霜剑凄寒'成缊袍？"

黑衣人淡淡地道："不错。你可还站得起来？"

唐俪辞扶梅站起，微笑道："听闻成兄剑术绝伦，疾恶如仇，今日一见，果然风采盎然。"

成缊袍冷冷道："你带我师弟胡作非为，杀了'剑王'余泣凤，惹下数不尽的麻烦，若非看在你方才舍身命他离开，我非斩断你一手一足不可。闲话少说，跟我走！"

唐俪辞重重呵出一口气："成兄风骨，果然出众……嗯……"他按住腹部的左手慢慢将衣裳揪成一团，腹部衣裳下不知何时竟渗出一片血渍，"嗒"的一声，一滴鲜血自衣角滴落，溅在落梅之上。

成缊袍微微一怔，伸手将他扶住。

唐俪辞右手入怀拿出一只灰色药瓶，咬开瓶塞，服下一粒白色药物。他弃去空瓶，衣袖一振将成缊袍推开，微笑道："走吧。"他转身前行，点点血迹顺衣而下，踏血而行，也毫不在意。

踏着自己的血迹，非但表面，连内心深处也确实毫不在意，并且重伤之躯不肯受人扶持，心狠、骨傲、武功不弱、才智绝伦，的确是能令溪潭心折的人物。成缊袍走在唐俪辞身后，心中杀机一掠而过，正是这等人物，方能惹天下第一等的麻烦，说不定会将溪潭带入不可预知的险境……此人虽在白道一方，行事却大有邪气，若一日走入歧途，必杀此人！

乱梅岗往东八里之地，有一处破庙。

夜星耀眼，明月无声，破庙外数棵大树，枝干苍劲，参天指云。

沈郎魂将萧奇兰安置在此，未过多久，池云带着普珠上师和古溪潭前来会合。解开二人穴道，普珠上师向池云行了一礼，谢他相救之情，便于一旁打坐。

这和尚虽然杀性甚重，却非不明事理，以此时真气大损之身，方才出手能击毙梅花易数，却也必被三人真气当场震死，不过是不愿见唐俪辞为己受难而已。

古溪潭却没有普珠上师那般好定力，眼见唐俪辞状况不知如何，怎能让伯仁为己而死，心念起伏，只想回去救人。

池云搬了条凳子坐在破庙门口，手中一柄长剑一抛一接，却是乱梅岗普珠上师房里的挂剑，凉凉地道："哪个想走回头路，先从我身上踩过去。"

钟春髻怀抱凤凤，那孩子似乎受了惊，一双大眼睛含泪欲哭，听池云恶狠狠的语气，"哇"的一声又大哭起来："哇哇……呜呜呜……哇哇……"

庙中吵闹之极，沈郎魂不言不动，静坐调息，自方才至今，他的真力已恢复三层，不像方才那般毫无抗敌之力。

"一群乌合之众，略施小计便一败涂地，还要妄谈什么除恶救人，连自己都救不了，你们能救得了谁？"屋外有人冷冰冰地道。

两人走入庙中，池云持剑指在唐俪辞的胸口，冷冷道："你没死？"

唐俪辞衣上血迹已干，脸色也已恢复正常，一指将长剑推开："让你失望了？还不坐下好好调息，我不想再救你一次，主仆颠倒，有悖伦常。"

池云"呸"了一声，掷剑在地："老子本要救你，若不是你突施暗算，怎会如此？"

唐俪辞转目看众人，偏偏不去看他，微笑道："大家无恙就好。萧大侠伤势如何？"

池云咬牙切齿，然而唐俪辞谈笑问伤，他不能跳起大骂。

"真气已通，人清醒了，还不能说话。"沈郎魂淡淡地道，"要找个清静的地方给他开膛，修复碎骨。"

一旁成缊袍冷冰冰地看着古溪潭："自不量力，胡作非为！"

古溪潭满脸尴尬，他对这位大师兄一向敬畏有加，何况成缊袍的身份地位远在他之上，师兄训话，师弟岂敢不听？

"跟我回青云山练剑。"成缊袍道，"师门剑法学不到五成，混混江湖也就罢了，敢惹到余泣凤头上，还跟着炸了人家房子，你当中原剑会真是眼瞎耳聋的哑巴，任你欺凌是吗？死到临头，犹敢自称行侠仗义，笑话！"

他这番话阴森森地说出来，古溪潭心中大震："大师兄，我……"

成缊袍人影一闪，蓦地抓住古溪潭左肩下三分处，那是他全身防备最弱之处。成缊袍个子瘦削,脸色苍白,看似并不魁梧,却将古溪潭一把提起,淡淡对众人道:"各位请了。"言罢闪身而去,轻功之佳,世所罕见。

"好功夫!"沈郎魂淡淡地道。

池云坐在一旁,凉凉地道:"功夫虽好,装模作样,惹人讨厌。"

成缊袍来去如风,钟春鬐尚不及说话,他已离去,此时叹了口气:"但凡江湖高手,都有些怪脾气。"她心里想的是你池云的怪癖,只怕远在他之上。

眼看唐俪辞衣上有血,她不禁问道:"你受伤了?"

众人的目光顿时都看往他衣上那片血迹。唐俪辞微微一笑:"不妨事,各位身体如何?"

普珠上师道:"无妨。"

凤凤眼见他回来,破涕为笑,双手挥舞,要扑向他的怀里。

唐俪辞将凤凤抱过来:"今日大家都很疲惫,风流店虽然败退,但恐怕仍有其他人追踪。我等若是分头离开,恐怕会是被各个击破之局,若是一起行动,行迹太过明显,也免不了如今日般连绵追杀,直至全军覆没。"

他看了普珠上师一眼:"大师以为如何?"

普珠上师黑发飘拂:"我能自保,会离开。"

唐俪辞微笑:"那就是强者离开,余下一起行动了。大师修行辛苦,我也不好挽留,不过要离开,也要等毒伤痊愈再走,比较安全。"

普珠上师对他一礼:"不必,后会有期。"

僧袍飘飘,黑发披拂,这位带着杀气的冷峻和尚转身离去,乱梅岗旧居、一同遇劫的难友，于他而言便如身后飘零的落叶，于他前行无碍，更不在心上留下半点痕迹。

"这位大师，真和你有三分相似之处。"唐俪辞看普珠上师离开，看了池云一眼。

池云怒道："什么相似之处？"

沈郎魂淡淡地道："和你一般有个性。"

池云一怔。

钟春髻忍不住好笑，论我行我素，普珠上师和池云真是半斤八两，的确有那么几分雷同。

唐俪辞道："钟姑娘就和我等一起行动，我有件事要和姑娘商量。"

"什么事？"钟春髻道，"钟春髻知无不言。"

唐俪辞微微一笑："听说姑娘自猫芽峰而来，不知是否知晓碧落宫之所在？"

她吃了一惊："碧落宫？唐公子难道想往碧落宫一行？"

唐俪辞含笑："你我惹了煞星风流店，又得罪了江湖白道之巅中原剑会，虽然说各位都是不惧风波之人，但打打杀杀未免疲惫，不想过奔波疲惫的日子，唯有嫁祸东风了。"

钟春髻失声道："嫁祸东风？难道你想嫁祸碧落宫？这怎生可能？"

唐俪辞轻轻一笑："不，我只是想借碧落宫之威名，过几天安稳日子。"

池云皱眉："你想将大家带上猫芽峰去？以碧落宫的神秘和传说，风流店和中原剑会自然不敢轻易上猫芽峰动手，但宛郁月旦何许人也，怎么可能让你把这种天大的麻烦带上他的碧落宫去？痴人说梦！"

"如今江湖数分,祭血会亡,江南山庄势微隐退,'白发''浮云''天眼'等正道侠士行踪不明,各大门派并无出色之人,中原剑会如日中天,风流店身处暗潮,实力莫测,至于你、我和万窍斋,勉强也算一份。"唐俪辞温言道,"尚有落魄十三杀手楼、塞外猎骑等势力,但论实力地位名望,能抗衡各方力量,独立于江湖之外的,只有碧落宫。碧落宫倾向何方,何方在声望、实力甚至道义上便有绝对优势,碧落宫既然如此重要……"他衣袖一拂,轻轻巧巧转了个身,"宛郁月旦应该明白,人不惹江湖,江湖自惹人,今日就算不是我找上门去,自也会有别人找上门去。究竟借力给谁,便要看宛郁月旦其人,究竟成功到什么份上了。"

各人面面相觑。

钟春髻忍不住轻咳一声:"话虽如此,但是他……他……"

唐俪辞微笑问道:"他什么?"

钟春髻微微一震,突然惊觉他方才所言,也许正是在等她这一句:"他……宛郁月旦他不愿再涉江湖,他不愿碧落宫历险。"

唐俪辞轻轻一笑:"如果我能给他不历险的方法呢?或者——我有让他再涉江湖的筹码呢?"

众人瞠目结舌。

钟春髻不可思议地看着他,心里全然不信,名利权势,月旦全都有了,唐俪辞就算用数千万的黄金去换,只怕也换不到月旦一声应允,而除了钱,唐俪辞还有什么呢?

池云和沈郎魂相视一眼,沈郎魂淡淡地道:"上猫芽峰!"

西北猫芽峰。

满山冰凌,白雪皑皑,清澈的蓝天,不见一丝浮云。

江湖传说碧落宫往南而迁,不知何时,它却是最后停在了西北,而停在西北这个消息,也是它搬到猫芽峰一年之后,方才有人偶然得知。至于碧落宫究竟在猫芽峰什么位置,江湖中人也有多方打听探察,却始终没有寻到。

雪域的远方遥遥传来了马蹄声,是一行数人慢慢来到了猫芽峰下,由此开始,冰雪越结越厚,气候严寒刺骨,若非一流高手,绝难行走。数匹马在猫芽峰脚下停住,几人跃马而下,仰望山峰。

"这是什么鬼地方!这种地方真的可以住人吗?黄毛丫头你真的没有骗人?"池云口鼻中呼出白气,虽是一身武功,也觉得冰寒刺骨,"就算是大罗金仙住在这里,不冻死也活活饿死。"

钟春髻轻笑:"住习惯了,那就什么都好。从这里开始只能步行,马匹让它们自行回去吧。"

她解开缰绳,那匹被冻得瑟瑟发抖的白马立刻长嘶一声,往来时方向奔去。

众人纷纷放马。

马群离去,沈郎魂才淡淡地道:"无退路了。"

没了马匹,要是求援不成,在这冰天雪地,要从容离开并非易事。唐俪辞仍是身着布衣,浑然没有他身边的池云潇洒倜傥,微笑道:"钟姑娘带路吧。"

钟春髻纵身而起,直上冰峰。

沈郎魂托着刚刚接好胸口碎骨的萧奇兰,二人平平跃起,跟在钟春髻身后。萧奇兰不能行动，一百四五十斤的人托在沈郎魂手中浑若无物。

池云暗赞了一声，跟着跃起，唐俪辞跟着攀岩。冰天雪峰，强劲的寒风，似乎对他们并无太大影响。

猫芽峰峰高数百丈，钟春髻这一上，就上了一百来丈。

池云跟在她身后，终于忍无可忍："黄毛小丫头，老子没耐心和你爬山，这鬼地方连乌龟都不来，碧落宫到底在哪里？"

钟春髻再跃上两丈："就快到了。"

池云冷冷道："原来碧落宫上不上下不下，就搁在这冰山中间？这连块平地都没有，连棵草都不长，哪里来的宫殿……"

他一句话没说完，眼前突然一亮，他看到了一片七彩玄光，眨了眨眼睛，才看清楚那是一片晶莹透亮的冰石，光滑圆润，在阳光之下闪耀七彩光芒。

唐俪辞站定："真是好高。"

钟春髻讶然："唐公子知道入口在此？"

沈郎魂道："这块冰如此光滑，必定是常常有人摩擦，莫非是入口的机关？"

池云伸手便摸那块冰石，的确触手光滑，他忽地用力一推，那块冰便轻飘飘地移开，露出一条七彩绚丽的隧道。

"难道宛郁月旦把整座山挖空了？冰块里面，也能住人？"

"冰块里面，确实是可以住人的。"钟春髻笑道，"但他们并不住在冰块里面，跟我来。"

她当先走入隧道。这隧道虽然神秘，却无人看守，几人进入之后，

129

她关上了封门冰石，随即前行。

冰雪隧道并不长，另一端的出口，竟然是雪峰的另外一边，众人低头看脚下变幻涌动的风云，纵是沈郎魂也有些心惊，若是由此坠下，必定粉身碎骨。强劲的寒风中，一条绳索摇摇晃晃，一端缚在冰雪隧道的出口处的一块大冰之上，绳索引入浓密的云气里。方才在冰峰另一端下仰望，并未看到云彩，而在这一端云雾密布，似是山峰聚云之地。

钟春髻一跃上绳，往云中走去。

众人一怔。池云不愿服输，抢在钟春髻身后。几人鱼贯上绳，仗着轻功了得，虽然胆战心惊，却也有惊无险。

穿过云雾，走不过二三十丈，脸颊突然感到阳光，眼前豁然开朗，绳索的另一端竟是缚在另一处断崖之上，此处山崖和对面雪峰浑然不同，树木青翠，土地肥沃，一只灰色松鼠见到众人踏绳而来，也不害怕，歪着头看着，一双小眼睛滴溜溜地转。

"晓秋！晓秋在吗？"钟春髻踏上断崖，扬声叫道。

青翠的树林之中，一位青衣少女带笑奔了出来："哎呀！我以为小春你闯江湖就不回来了，天天想你……啊！"她骤然看见这许多人，呆了一呆，"你们……"

在她迟疑之间，只见树林中两道人影一闪，一人立于人群之左，一人立于人群之右，为夹击之势。右首那人问道："钟姑娘，这是怎么回事？"

钟春髻面露尴尬："我……这几位是万窍斋唐公子一行，想见宫主一面。"

唐俪辞微笑行礼，沈郎魂亦点头一礼。

右首那人眉头一蹙："这——"

"几位客堂先坐吧。"左首那人缓缓地道，"宫主在书房写字，请各位稍等。"

宛郁月旦眼睛不好天下皆知，说他在写字分明是胡说，池云口齿一动便要说话，忍了一忍终是没说，满脸不快。

钟春髻歉然看了大家一眼："左护使，唐公子不是恶人，我可以见宫主一面吗？"

"宫主说，近日无论谁来，一律说他在写字。"左首那人平静地道。

"可是——"钟春髻忍不住道，"从前我来的时候，从来没有看见他写字，他……他又看不见笔墨，写……写什么字……"

"宫主说他在写字。"左首那人仍然平静地道。

钟春髻的目光不由自主地落在唐俪辞的身上。

她来碧落宫多次，从未受到这样的对待，心里委屈之极。

池云凉凉地看着唐俪辞，心里幸灾乐祸。

沈郎魂扶着萧奇兰，萧奇兰口齿一动，有气无力地正欲说话，唐俪辞举袖挡住，微微一笑："不管宛郁宫主是在写字还是在画画，今日唐某非见不可。"

他说出这句话来，钟春髻大吃一惊，他的意思，难道是要硬闯？

此言一出，出乎左右二使的意料。

左首那人皱眉："本宫敬你是客，唐公子难道要和我二人动手？"

唐俪辞衣袖一拂："我和你打个赌，不知左护使你愿不愿意？"

左护使道："什么？"

131

唐俪辞温言道:"你赢了,我送你五千两黄金;我赢了,你替我做一件事。"

左护使皱眉:"赌什么?"

唐俪辞踏上一步,身若飘絮刹那已到了左护使面前,脸颊相近几乎只在呼吸之间,只见他右臂一抬轻轻巧巧架住左护使防卫而出的一记劈掌:"我和你赌——他说他在写字,只不过是想区分究竟谁才是他宛郁月旦真正的麻烦。知难而退的人,他不必见。"

左护使仰身急退,撤出长剑,脸上沉静的神色不乱,剑出如风往唐俪辞肩头斩去。

唐俪辞站定不动,池云一环渡月出手,"当"的一声,刀剑相接。

唐俪辞柔声道:"我赌只要你死了,他必定出来见客。"

钟春髻大惊失色,池云掌扣银刀,冷冷地看着左护使:"你未尽全力。"

左护使静默,过了一会儿,忽地收起长剑:"看来你们不达目的,绝难罢休。要杀我,你们也并非不能。"他看了池云一眼,"但你也未尽全力。"

池云翻了个白眼:"你客气,老子自然也客气,只不过像你动手这么客气,宛郁月旦躲在书房写字危险得很,说不定随时都会有不像老子这么客气的客人冲进书房去见他。"

左护使静了一静,竟然淡淡露出微笑:"宫主真的在写字,不过也许他一直在等的人,就是你们也说不定……"

左右护使斯斯文文地收起兵器,让开去路。

钟春髻又惊又喜:"这是怎么回事?"

左护使道:"宫主交代,凡有人上山一律说他在写字,如来人知难而退,任其退去;如有人不肯离去愿意等候,便任其等候;又如果来人确有要事,无法阻拦,那请兰衣亭待客。"

兰衣亭是碧落宫的书房,钟春髻又是欢喜又是疑惑:"唐公子,我带路。"

她带头奔进树林,唐俪辞看了左护使一眼,微笑而去。

一行人离去后,左护使闭目而立,右护使淡淡地道:"如何?"

左护使道:"不如何。"

右护使道:"他有杀气。"

左护使不答。

右护使道:"如你不及时收手,你以为他可真会下令杀你?"

左护使仍是不答,过了好一会儿,他缓缓地道:"我以为,杀一人求一面,于他而言并不算什么,宫主尽力避免的祸端,或许就是由此人带来的。"

右护使淡淡地道:"但宫主要你我先自保。"

左护使"嗯"了一声,再无其他言语。

兰衣亭。

兰衣亭,衣着蓝,鹤舞空,云之岸。

兰衣亭在碧落宫坐落的山头之顶,这座山头处于冰峰之间旋风之处,气候与别处不同,乃是猫芽峰百丈之上的一处支峰,绝难自下爬上,唯有通过那冰雪隧道踏绳而入。山头有圆形热泉涌动,温暖湿润,而山头下十来丈处又是冰雪。

虽是温暖的地域,然而山巅之上仍是冷的。

兰衣亭外尽是白云,迷蒙的水雾自窗而进,自窗而出,风从未停息,夹带着自高空和对面冰峰卷来的冰寒,猛烈地吹着。

这是个绝不适合做书房的地方,却做了书房。

唐俪辞终于见到了宛郁月旦,那个传说中战败祭血会,带领碧落宫再度隐退世外的温柔少年。

宛郁月旦也听见了唐俪辞进来的声音,这个近来名扬武林,杀施庭鹤、余泣凤,炸余家剑庄的主谋,和九心丸有牵连的恶徒,是万窍斋之主,当今国丈的义子。

"钟姑娘,我和唐公子有事要谈。"宛郁月旦显然已经接到宫中的消息,知道来者是谁,温柔秀雅的脸上仍是令人如沐春风的温暖。

钟春髻带着池云几人悄悄退出,只余下唐俪辞一人。

斜对着唐俪辞站在书桌之后的蓝衣少年,容颜秀雅温柔,一双眼睛黑白分明,煞是好看,凝视人微笑的样子令人如沐春风,就如他身着的淡蓝衫子,那三月的好天气一般。

"在下唐俪辞。"

唐俪辞站在门边,直视着宛郁月旦——他也面带微笑,若是身旁有人看着,多半只觉这两人的微笑相差无几。若不是宛郁月旦显得稚气了一些,唐俪辞略微端丽了一些,这两人就如一对兄弟。但不知在他们彼此眼中看来,对方是如何的人物,以及如何的存在?

"那两个人在谈什么?"被钟春髻拉着离开兰衣亭,池云"嘿嘿"一笑,"宛郁月旦看起来就像个小孩子,软趴趴一拳打下去满地打滚的小娃娃。"

钟春髻面露愠色："你……你总是不说好话，嘴上刻薄恶毒，有什么好？"

池云"呸"了一声："老子不和你一般见识！"

萧奇兰被沈郎魂托着缓缓行走，忽地道："既然宛郁月旦早已料到有人会找上门来，兰衣亭中说不定会有埋伏。"

沈郎魂淡淡地道："若亭子里坐的是唐俪辞，便可能有埋伏，亭子里坐的是宛郁月旦，便不会有埋伏。"

萧奇兰叹了一声："就算没有埋伏，他也必定早已想好了拒绝的理由。"

"白毛狐狸想要的生意，从来没有做不成的道理。"池云凉凉地道，"他开出来的价码，只怕连宛郁月旦也想象不到。"

钟春髻心中一动："你猜他会对月旦说什么？"

池云淡淡地道："我猜……宛郁月旦重视什么，他就会和宛郁月旦谈什么。"

萧奇兰忍不住问："宛郁月旦重视什么？"

钟春髻呆了一呆，相识几年，月旦究竟重视什么？

"他……重视碧落宫吧……"

池云两眼望天："那多半白毛狐狸会谈什么如果宛郁月旦要逐客的话，他就要炸掉碧落宫之类的。"

沈郎魂"嘿"了一声："胡说八道！"

池云瞪眼："难道你就知道他在打什么主意？"

沈郎魂闭嘴不答，萧奇兰咳嗽了几声："九心丸之事兹事体大，就算宛郁月旦不愿涉足江湖，此事迟早也会累及碧落宫，宛郁月旦是聪

135

明人，应该明白事理。"

钟春髻轻叹了一声，月旦避出世外，却未脱出江湖，他是偏安一隅的人吗？为何执意……执意独善其身，为何不能像唐俪辞一样为江湖出力，为何令人感觉不到丝毫热血……

"嘎吱"一声，出乎众人意料，兰衣亭的门开了，唐俪辞走了出来。

钟春髻不料二人谈得如此快，失声道："怎么样了？"

唐俪辞发髻被风吹得有些微乱，衣裳猎猎作响，微笑道："宛郁宫主雄才大略，自是应允，我等想在碧落宫住几日，就住几日。"

钟春髻瞪目结舌，池云忍不住骂了声："小兔崽子装腔作势……"

沈郎魂却问："条件呢？"

唐俪辞轻轻一笑："这个……方才他写了三个字，我答应告诉他一个人的下落。"

萧奇兰忍不住问："什么人？"

沈郎魂问："什么字？"

唐俪辞指着兰衣亭："字在亭中，宛郁宫主的字，写得极是漂亮。"

众人的目光情不自禁投入兰衣亭，书桌上几张白宣被风吹落，满地翻滚，宛郁月旦站在一旁，不知是瞧不见还是不在意，并无拾起的动作。白宣沙沙翻滚之间，众人看见那纸上墨汁淋漓，清雅端正的笔迹写着一个"名"字，一个"利"字，和一个"义"字。

那是什么意思？

名、利、义，以及一个人的下落，就能让宛郁月旦蹚这浑水，借出碧落宫之力，给他们几人暂时的安宁之所吗？

六 ◆ 借力东风 ◆

"你牺牲的不是你自己,你是转手牺牲他人,难道要我赞你英明盖世吗?"
"你又怎知牺牲他人,我心中便无动于衷?"

唐俪辞西上碧落宫,行迹消失在猫芽峰的消息,这几日在江湖中传得沸沸扬扬,江湖各门派都对宛郁月旦此举大为不解。

中原剑会连续折损两大高手,而唐俪辞杀施庭鹤、余泣凤二人,也未向武林做出正式的交代,更没有合理的解释。

虽然雁门江飞羽力证施庭鹤牵连九心丸一事,乃是沽名钓誉的恶徒,被杀是死有余辜,但雁门并非江湖大派,人微言轻,听者寥寥。

又何况就算施庭鹤是恶徒,余泣凤却是堂堂中原侠士,声名远播,唐俪辞带黑道高手池云、落魄十三楼杀手沈郎魂二人闯入余家剑庄,杀余泣凤,炸毁余家剑庄,还掘了余泣凤老娘的墓穴,种种恶毒之处,令人发指。

虽然不知为何万窍斋之主唐俪辞要杀"剑王"余泣凤,但这二人都是人上人，短短数日，谣言四起，唐俪辞之名尽人皆知。有人说他是骄傲狂妄、自以为是的魔头；有人说他是高瞻远瞩、为江湖除害的英雄；有人说这二人相斗，无非相关利益，多半源于两人当初有什么约定；更有人说唐俪辞杀余泣凤无非穷极无聊，想要在武林中大出风头。

种种议论不一而足，而宛郁月旦竟然让几人入住碧落宫，更是引起轩然大波。有人说碧落宫必定也被唐姓魔头夷为平地，宛郁月旦必定早就死了；更有人说宛郁月旦不敢得罪唐俪辞，乃是不敢得罪朝廷官府等等。然而议论虽多，这几日江湖出奇地平静。

中原剑会相邀各派剑手在好云山一会，详谈唐俪辞一事。然而详谈已有八日之久，好云山一会似乎并无结果，传说中害死"西风剑侠"风传香和"铁笔"文瑞奇的九心丸也未现身江湖，似乎江湖上根本从来没有过这种东西，纯是无稽之谈。

众说纷纭之中，十日一晃而过。

猫芽峰上，碧落宫左护使向宛郁月旦递了一份飞鸽传书，乃是对目前江湖局势的简述。宛郁月旦自是看不见纸上内容，左护使一如惯例，已是淡淡念过一遍。

宛郁月旦倚炉而坐，身边白玉暖炉雪白秀雅，衬得他的人更是稚雅纤弱，他听后淡淡一笑："你可也是觉得奇怪？"

左护使摇了摇头，静立于他面前，并不说话。

宛郁月旦端起参汤喝了一口："铁静对唐俪辞有什么看法？"

左护使铁静沉默良久："祸星。"

宛郁月旦眼角褶皱略略一张："那檐儿呢？"

他说的"檐儿"，正是碧落宫宫主右护使。铁静道："他觉得不错。"

宛郁月旦笑道："他必是看上了哪一个对手。"

铁静淡淡一笑："他这几日都在思索克制飞刀之法。"

宛郁月旦一笑："宫中毕竟寂寞，找到对手也是件很好的事，你下去吧。"

铁静行礼退下。

宛郁月旦合上参汤汤盖，闭上眼睛，静静地思索。

唐俪辞，毒如蛇蝎的男人，邪魅狠毒的心性，偏偏有行善的狂态，大奸大恶、大善大义，交融交汇，别有异样的光彩，这样的男人，非常吸引人和他合作，一看他行善的结果。不过与蛇相谋，即使这是一条好蛇，甚至是一条勾魂摄魄的艳蛇，也不能说……它就是无毒无害……

宛郁月旦慢慢睁开眼睛，往窗外望去，远处是座冰峰，蓝天无瑕，云海无边，在他眼中只是一片血红，天有多远，江湖就有多远，腥风血雨，也就有多远。

"小月。"何晓秋在门口悄悄探了个头，"你在干什么？"

"晓秋？"宛郁月旦微笑，"什么事？进来吧。"

"我哥和那个池云又打起来了，你不管管？"何晓秋走了进来，"我哥还说唐公子给咱们惹麻烦，现在猫芽峰下来了好多形迹可疑的人，都在试探碧落宫在哪里，都是冲着唐公子来的。小月你干吗要留下他们？"

何晓秋的大哥何檐儿，正是宛郁月旦的右护使。

"他们都不是坏人，我要是把他们赶走了，山下那些人定会杀了他们，那他们岂不是很可怜？"宛郁月旦轻轻叹了口气。

何晓秋"啊"了一声："那我们是在救人了？"

"是啊。"宛郁月旦又轻轻叹了口气。

"那你为什么要叹气?"何晓秋皱眉看着宛郁月旦,"我看那个唐公子一点也不像被人追杀的样子,还在那里看书哩。好好笑,那么大一个人,知书达理的样子,竟然看《三字经》,而且一页看好久,都不知道在看什么。"

"是吗?"宛郁月旦道,"你最近在看什么书?"

"我?我好久不看书了,在这里都没有什么新书看,那些老头子写的古书我又不爱看,诗词啊,抄本啊,又传不到我们这儿来。"何晓秋低下头,"不过我知道搬到这里是为大家好,我一点也不怨。"

"难为你了。"宛郁月旦的眼色有些黯,"大家都吃苦了。"

"我一点也不苦,大家也一点都不苦。"何晓秋道,"为了搬到这里,小月你……你……连阿暖的墓都……"

她黯然,说不下去了。为了搬到这个人迹罕至的地方,宛郁月旦舍弃了闻人暖和杨小重的坟墓,让那两座坟墓永远地留在江南,即使每年那日,他都会前去拜祭,但舍弃的……又岂仅仅是两座孤坟而已?猫芽峰冰天雪地,路途遥远,何况此地远在百丈之上,需踏绳而过,迁坟难之又难,更何况谁也不知大家究竟能在这里停留多久,所以也只好如此。

"晓秋,这样的日子,你快活吗?"宛郁月旦慢慢地问。

"我……"何晓秋低声道,"只要小月快活,我就快活,大家也都快活。"

"那是从前快活,还是现在快活?"他柔声问。

何晓秋眼眶里慢慢充满了泪水:"当然是……阿暖在的时候……小的时候……快活……"她颤声说,突然转过身,"我去吃饭了。"她掩面奔了出去。

宛郁月旦嘴角牵起淡淡的微笑,笑得有一丝凄凉,傻丫头,离吃饭还有一个时辰呢,不会骗人的小孩子。从前快活,阿暖在的时候快活,小的时候快活,不必过这种流离失所的日子,碧落宫啊碧落宫,爹啊爹,你当年究竟是如何撑起这一片天,顶住碧落宫偌大名声,让它平安无事,让它远离江湖尘嚣之外,让我们真的那么开心的呢?

也许……是爹遇上了好年份,可是爹,有一点我不想羡慕你,我不要碧落宫再走到被人杀上门来、血溅三尺的那一天,我不要过太多流离失所的日子,我不要宫中的剑寂寞,不要宫中的人流泪,所以——我要变得更强。总有一天,我要迎回那两座坟,总有一天,我要天下再无人敢走到我碧落宫门前指我牌匾道一声"碧落"!我要宫中下一代、下下代都如我小时候一样,过简单开心的日子。

所以……

宛郁月旦手握那杯参汤,紧紧握住,握得指节发白,所以……阿暖,我已经回不去了,永远不能再是那个躺在草地里睡觉捉蜻蜓的孩子了,虽然我很想回去……可是我不能,因为我是宫主。

客房之中,唐俪辞背靠两床被褥,倚在床上看《三字经》,那两床被褥一床是他自己的,另一床是池云的,碧落宫的被褥自是柔软雪白,靠上去无限舒适。而池云满脸青铁地坐在另一张床上打坐。方才唐俪辞还微笑道,打坐调息应平心静气,别无杂念,如他这般满怀愤懑,心绪不平,只怕会走火入魔,还是不打坐为好,不如去沏壶茶来。那番话说得池云脸色越发青铁,牢牢坐在床上打坐,便是不下来。

141

门外有人缓步而入，身材不高不矮，脚步声一如常人，正是沈郎魂。

唐俪辞书卷一引，请他随意坐。

沈郎魂微一点头，并不坐，淡淡地道："我有件事想不通。"

"想不通？"唐俪辞翻过一页书，"想不通宛郁月旦为何肯让你我在猫芽峰停留？"他左腕上的洗骨银镯闪闪发光，衬着白皙柔润的肤色，煞是好看。

沈郎魂点头："有何道理？"

唐俪辞眼看书本，嘴角含笑："你以为宛郁月旦是什么人？"

沈郎魂淡淡地道："高人。"

唐俪辞的目光从第一行移到第二行："他不是高人，他是王者。"

沈郎魂微微一震："王者？"

唐俪辞微微一笑："江湖王者，不居人之下，不屈人之威，弱则避走天涯，强则威临天下。碧落宫在宛郁殁如手中覆灭，在宛郁月旦手中重生。宛郁殁如是守成之材，碧落宫神秘之名在他手上发挥到了极致。但神秘只是一种虚像，神秘的利处在令人起敬畏、恐惧之心。神秘的不利之处有二：第一，神秘之宫，闭门自守，必无朋友；第二，宫中人马罕能外出，如毕秋寒这等人太少，外出也不敢自称碧落门下，宫中弟子武功虽高，但纸上谈兵、高阁论道者居多，不免脱离实际。所以——"

沈郎魂道："所以李陵宴挥师门前，碧落宫就遭遇几乎灭门之祸。"

唐俪辞道："不错。有第一个挑起面纱的人，就会有第二个、第三个……而碧落宫在洛阳一战显露最后实力，并不如传说中惊人，因此避走天涯，这'神秘'二字已不可能作为立宫之本。"他的目光自第三行移到第四行，"所以之后……碧落宫若不想作为远避江湖的丧家之犬，不愿放弃中原之地，势必要有所作为，这并不取决于宫主是不是宛郁月旦，而是形势所迫，因此——"他微微一笑，"因此，宛郁月旦答允让你我入住碧落宫，不是他吃错了药或者他怕了你我，而是他有君临天下之意，我有打乱风云之心，合情合意，才能相安无事。"

"这几年碧落宫潜伏江湖之外，想必实力大有长进，而碧落宫回归武林需要一个好的契机，恰逢你追查九心丸一事连杀施庭鹤、余泣凤二人，江湖风云变色……"沈郎魂淡淡地道，"但是他如何确定借力给你是对的？"

唐俪辞唇角微勾，勾起一抹红润柔滑的丽色："那就牵涉到所谓'王者'的判断，宛郁月旦判断我能给他这个契机，并且——所有和我合作的人都知道……"他语调慢慢地变柔，眼角微翘，唇线慢扬，那语调柔得勾魂摄魄，"我给的筹码一向……非常优厚，基本上你想要什么，我就能给你什么……"

沈郎魂淡淡笑了笑，这是他第一次在唐俪辞面前笑得有些表情，不知是信或是不信。

唐俪辞翻了第二页书："今天你来，我很高兴。"

沈郎魂道："哦？"

唐俪辞合上书本，微笑道："说明你当我是朋友。"

沈郎魂瞪了唐俪辞一眼，他一贯很少说话，即使说话也无甚表情，此时忽地冒出一句："我实在想不通，你究竟是个聪明人，还是个大傻瓜。"

唐俪辞笑出声来，闭目靠在被褥上睡去："我却知道，为赎回老婆的尸体卖身做杀手的人，一定是个大傻瓜。"

沈郎魂一怔，忽地一笑："连这种事也能打听到，真不愧是天下第一狐狸精。"

沈郎魂之所以甘入十三杀手楼当头牌杀手，确是因为他妻子坠入黄河之后，遗体被杀手楼楼主所获，为赎回妻子遗体，沈郎魂入楼拔剑，收钱取命。

世人都以为沈郎魂冷酷无情、正邪不分，其实这人不过爱妻之情远胜于对手中剑的敬意而已。

江南山峦起伏，郁郁葱葱，东海之滨，月江之畔，有山名好云。其山并不高，不过数十丈，然而在群山之中，此座矮峰常年云雾缭绕，极少令人得见真颜，并且因为太过潮湿，岩石泥土上生满青苔，滑不溜手，山虽不高，却极难攀登，空气中水汽太盛，常人难以呼吸，因此确是一方禁地。

问剑亭。

好云山之顶，缥缈云气之间，隐约有一处简陋的木亭，以山顶树木劈下钉成，同样生满青苔，亭中几块板凳，一无长物。

一个黑衣人站在木亭中，水汽氤氲，满头黑发微染露水，犹如染霜。另一人白衣披发，手中握剑，却是个和尚，正是普珠上师。

"依你所言，余泣凤府中暗藏药物，内有杀手，确与九心丸之事有所牵连。"黑衣人冷冷地道，"但你可是亲眼看见唐俪辞自石棺里取出药物？即使他取出药物，你又怎知定是九心丸而不是其他？难道不能是唐俪辞栽赃嫁祸余泣凤？其中各有五五之数，以上师的定性修为，当不该就此出手。如今余泣凤身死，余家剑庄毁，死无对证，上师何以向少林交代？何以向中原剑会交代？"

普珠上师双眼微闭："事发突然，我的确没有看见唐俪辞开坟取药，也不知其药究竟是不是传说中的禁药，但萧奇兰、池云、沈郎魂同时对余剑王出手，我阻拦一人，阻拦不了其余二人，而贵师弟亦出手阻拦于我，情势混乱，在那同时，余剑王已身中沈郎魂暗器，生死不明。"

黑衣人正是古溪潭的师兄成缊袍："在下师弟鲁莽任性，信人不明，我已将他关入青云山剑牢，闭门思过。师弟年纪轻轻不明事理，上师身为前辈，不该与他一同糊涂。"

他仰头看云："余泣凤数十年来声望卓著，身为中原武林泰山北斗，岂是几个人一番胡闹就能扳倒的？即使上师对他心中存疑，也该稳步求证，请中原剑会出面处置。如今余泣凤暴毙，他的亲人、朋友、门徒众多，他一死便是结下不计其数的仇人。余泣凤是剑会'剑王'，不能证明他贩卖禁药，他之死中原剑会便不能善罢甘休，否则偌大剑会颜面何存？唐俪辞奸诈狡黠，远避猫芽峰碧落宫，碍于碧落宫对江湖武林的恩情，中原剑会不能出手拿人，但上师你和我那愚昧师弟免不了一场麻烦。"

普珠上师淡淡地道："你早早将古溪潭关入青云山剑牢，是早已预知此事，缊袍为人处世犀利如剑，眼光见识亦是犀利如剑。"

成缊袍"嘿"了一声："上师近日最好一直待在问剑亭，至少来此地的人都不是杂碎之辈，有交情尚好说话。"

普珠上师淡淡地道："我若有罪，自会领罪。"

成缊袍冷冷道："若真有罪，领也无妨，只怕你不是有罪，只是有错而已，领了便是冤死。"

普珠上师端起放在板凳上的一杯清茶，喝了一口："普珠平生，行该行之事，杀该杀之人，若有罪，下地狱赎。"

成缊袍神色冷冷："你倒是很适合和唐俪辞合作，那人行事一派狂妄，只消你不在乎对中原正道的影响，你也可和他一般杀你认为该杀之人，不必对世人做任何解释！可惜你出身少林，人在正道，再不守清规也不得不顾及声名影响，是你之恨事。"

普珠上师淡淡地道："以身为鉴，引人向善，是行善，亦是修行。"

"两位好兴致，在问剑亭品茶。"忽地，一声长笑，一位白衣人自亭外飘然而入。

白衣紫剑，年在四旬，虽然已是中年，不脱翩翩风度，当年定是风流少年，正是中原剑会"风萍手"邵延屏。他道："人在问剑亭，怎能不问剑？两位小动筋骨便是邵延屏的福气，哈哈！"

中原剑会以剑术排名，去年施庭鹤击败"剑王"余泣凤得以闻名于世，但剑术排名以每年知名之战和剑会元老评议计算，故而剑会排名仍是余泣凤位列第一，成缊袍位列第二，普珠上师位列第七，而邵延屏位列第十九，施庭鹤击败余泣凤后位列第三，但他的第三之位一向难以服众，身死之后更是无人提及。

每年中原剑会元老会事先约定一地召开剑会，中原剑会仍是武林一大盛事，能在剑会排名，更是习剑者一生荣耀。而好云山问剑亭是剑会私约之所，凡是剑手踏入问剑亭，便是拔剑待客之时，任何人都可上前挑战。

成缊袍脸色一沉，冷冷道："少陪！"

他闪身出亭，直掠入树丛之中，连看也不看邵延屏一眼。

普珠上师面无表情。

邵延屏也不生气，挥了挥衣袖叹了口气："这人还是这般目中无人，不知世上能入他眼的人有几个？眼高于顶，难怪年过三十还讨不到媳妇，剑术不能位列剑会前十的女子，在他眼里恐怕都是母猪。"

普珠上师不听他胡说八道，淡淡地道："请了。"亦要转身离去。

"且慢！普珠上师，"邵延屏笑嘻嘻地道，"你可听说剑会元老已做出决定，要抓唐俪辞一伙？"

普珠上师脚下一顿："是吗？"

邵延屏道："剑会已派出人手，要上猫芽峰和宛郁月旦一谈，请他交出人来，如果顺利，剑会将在三月之后召开武林大会，公开处置。"

普珠上师淡淡地道："剑会决议，我自尊重。"

邵延屏道："少林大观代掌门写信过来，要你回少林解释剑庄一役的详情，剑会将和少林联手彻查余家剑庄，当然，也会彻查唐俪辞此人。总而言之，剑庄发生的事情，一定要大白于天下。"

普珠上师顿了一顿，往前便走，既不搭话也不回头。

邵延屏又叹了口气："脾气古怪的阴沉和尚，果然也很是讨厌。"他自怀里取出个小金算盘拨了几下珠子，俊朗的脸上流露出一丝盘算思索之色，亦有无奈之色。

他虽是剑会中第十九剑，却是剑会管事，元老决议的各事项由他着手调配人手逐步实施。这是个苦差，邵延屏也做得并不怎么乐意，但除了他，也别无第二号人物能当此任，他只能勉为其难。

一只飞鸽"扑棱"一下飞来，落在问剑亭之顶。

邵延屏一扬手，飞鸽落入手中，打开鸽腿上缚着的纸卷，他蓦然一惊,"哎呀"一声,失声道:"雁门一夜被灭……难道——"

五月五日,雁门被灭,死者四十八人,尸体全布满紫色斑点,乃是中毒而死。

五月六日,奇峰萧家被灭,死者二十二人,全被吊死于横梁,尸身之上亦布满紫色斑点。

五月七日,青云山遭劫,有白衣女子闯入其间,毒杀青云山剑道三人,另有二人受创,至今神智不清,古溪潭幸在牢中无事。

五月八日,岳虎山遇袭,有白衣女子闯上山寨,施毒伤人,幸而雪线子不知何故恰在岳虎山,击退白衣女子,无人受伤。

五月九日,国丈府现刺客,有白衣女子夜闯国丈府,杀奴仆一人,却未伤及唐为谦。

一连串的事件发生得如此密集,显然是有所预谋,而接连出现的"白衣女子"已令江湖震动,说明已有新的武林势力崛起,而这个势力的崛起,明显针对唐俪辞一行人而来。

是传说中调制九心丸的组织风流店吗?为何风流店之中出手的尽是白衣女子?难道风流店之主却是一个女人吗?

一时之间,江湖人心惶惶,自危者多矣,各种流言四起,有人道唐俪辞杀余泣凤,株连如此多门派,委实罪大恶极;有人却道既然余泣凤之死引发神秘组织如此报复,余泣凤定然是风流店中人错不了,唐俪辞杀他乃是除恶,正是英雄侠义;更有人道近来江湖不太平,中原剑会和各大门派再无动作,只怕惨祸接连发生,各路英侠应当携手,详查余泣凤之死,严惩杀人下毒的风流店等。

近来单身在江湖行走的人少了,若见到白衣女子更是心中发毛,犹如撞鬼。短短数日,又发生数起血案,武林人盲目针对白衣少女下手,杀死数名无辜少女,平添几桩仇怨。

猫芽峰上,兰衣亭中。

宛郁月旦和唐俪辞正在对坐喝酒。

这两个人都号称千杯不醉,实际上宛郁月旦真的从未醉过,而唐俪辞醉过两次,那两次都已喝到千杯之外,故而这两个人喝酒就如喝茶一般,并且喝的是烈酒。

他们喝的是和黄金同价的"碧血",这酒常人喝一口就醉,而那酒味不是酒鬼也无法欣赏,那两人却当作茶喝,闲谈几句,一口一杯,再闲谈几句,再一杯。如此这般,一早上他们已喝掉了一坛子"碧血",作价黄金五百两。

"风流店下手立威,帮了你一个大忙。"宛郁月旦喝酒之后脸色没有丝毫变化,仍是那般纤弱,言语柔和,仿佛不染一丝酒气,"时局变化,你有什么打算?"

而唐俪辞,他本就脸色姝好,喝酒之后更是红晕满脸,如桃李染醉,美玉生晕,煞是好看:"我在这里喝酒,本来风流店最好的打算是等中原剑会与你碧落宫两败俱伤,它收渔翁之利,不过它既然出手出得如此快,说明它有等不下去的理由。"

"那该是两年前卖出去的毒药,即将发作,如果风流店销声匿迹,药物断绝,服药之人暴毙,传染累及他人,卖药之事立刻被证实,风流店的处境便很不利。"宛郁月旦含笑道,"既然不能销声匿迹,仍要卖药,那壮大声势,先下手为强,不失为上策之一。"

唐俪辞惬意地喝了一口"碧血"："声势很好，值得一赞。"

宛郁月旦微笑："你留在碧落宫喝酒，造成中原剑会与我对峙，似有长期僵持的迹象，便是要逼迫风流店早早现身，以成三足鼎立的局面。"

"它该是自忖这几年受九心丸控制的人不少，自身实力不弱，我逼它如此，它也不可能就此收手，既然被说是卖毒之教，它就索性壮大声势，开门做生意了，这亦是做好生意的一把诀窍。"唐俪辞微笑，"以它的气焰，自然不在乎此举是不是让唐俪辞从中得利。"

宛郁月旦举杯微笑，目光在酒杯上流转："不谈江湖，今日天气真好，可惜猫芽峰上没有池塘，否则一定有许多蜻蜓。"

"蜻蜓？"唐俪辞给自己和宛郁月旦再斟一杯，"这么高的山峰顶上，不会有蜻蜓。"

"是啊，我喜欢蜻蜓。"宛郁月旦轻轻叹气，"你会唱歌吗？这么好的天气，没有人唱歌很可惜。"

"哈哈，"唐俪辞扬眉微笑，"唱歌？"

"天上人间酒最尊，非甘非苦味通神。一杯能变愁山色，三笺全迥冷谷春。欢后笑，怒时瞋，醒来不记有何因。古时有个陶元亮，解道君当恕醉人。"宛郁月旦对杯轻唱，笑意盎然。

"呀，"唐俪辞击掌三声，"唱的醉曲，却无醉意，满脸的笑，真是没有半点真心真意，全然口是心非。"他也是面带微笑，语调温柔，并无玩笑的意思。

"二十三年来从未醉过，我不知道喝醉的感觉是怎样。"宛郁月旦叹了口气，"你醉过吗？"他温柔的眉眼看着唐俪辞，"看起来很醉，实际上醉不了，可会很累？"

"那看起来不醉，也根本醉不了，岂非更累？"唐俪辞唇角微勾，酒晕上脸，唇色鲜艳异常，犹如染血，"我醉过。"

"醉，是什么感觉？"宛郁月旦道，"可是好感觉？"

"是什么样的感觉……你如果肯陪我这样喝下去，三天之后，你就知道什么叫醉……"唐俪辞说这几句唇齿动得很轻，眼帘微闭，就如正在人耳边柔声细语，虽然此刻并非真正亲近耳语，若有女子看见他如此神态，必会心跳，然而宛郁月旦什么也看不见。

"听起来很诱人，可惜我没有时间……"宛郁月旦道，"风流店崛起江湖，既然雁门、萧家都遭灭门，动土都动到国丈府上，那么来我这里也是迟早的事。"他提起酒壶，壶里只剩最后一口酒，打开壶盖，他一口喝了下去，微笑道，"只是不知道是谁先到、谁后到？"

"你为'名利义'三字借力给我，不知到时可会后悔？"唐俪辞举杯对空中敬酒，身子往前微微一倾，他在宛郁月旦耳边悄声问，"若有人血溅山前，你可会心痛？"

宛郁月旦脸色不变，柔声道："你说呢？"

"我说……你这人最大的优点，便是做事干净利落，从不拖泥带水；最大的缺点，是骨子里温柔体贴，不管表面上怎样无动于衷，心里总是会疼痛、会受伤……"唐俪辞躺回椅中，舒适地仰望天空，"有时候，甚至会自己恨自己……是不是？"

宛郁月旦微笑："你这人最大的缺点，是狠毒猖狂，根本不把别人当一回事；最大的优点……却是不管你如何歹毒，做的都不是坏事。最奇怪的是你这人分明可以活得比谁都潇洒快活，却偏偏要做一些和自己浑不相干、对自己只有坏处没有好处的事。"

"我？我为江湖正义、天下太平，做一些和自己浑不相干的事，是苍生之幸。"唐俪辞轻轻地笑，"我和你不一样，不为谁伤心难过。"

"总有一天，会有人让你知道伤心的滋味……"宛郁月旦道，"就像总有一天，我会知道醉的滋味……对了，听说你出现江湖就一直抱着个婴孩，那婴孩现在哪里？怎不见你抱着？"

"凤凤？"唐俪辞仍是轻轻地笑，"问这话是什么意思？想知道我的弱点？猫芽峰太冷，我把他寄在别人家中。"

"你很执着那孩子，那是谁的孩子？"宛郁月旦问。此时天色渐晚，他虽看不到暮色，却感到山风渐渐凉了。

"一个女人的孩子。"唐俪辞道，如桃李染醉的脸颊酒晕已褪了一些，眼色却仍似很迷离。

"哦？"宛郁月旦淡淡一笑，没再问下去。

就在此时，铁静缓步而来："启禀宫主，有人闯山。"

正在他说话之间，两人已遥遥听见对面猫芽峰主峰传来打斗之声，宛郁月旦眉头微蹙："谁在水晶窟里？"水晶窟，便是通向碧落宫的那条冰雪通道。

"本宫上下遵循宫主之令，弃守水晶窟，现在水晶窟里的是池云和沈郎魂。"铁静淡淡地道，"但闯山的是成缊袍。"

唐俪辞和宛郁月旦相视一眼，均感讶然，中原剑会居然让成缊袍出手到碧落宫要人，真是出人意料。此人武功绝高，目空一切，连余泣凤也未必在他眼里，怎会听剑会指挥？

却听铁静继续道："成缊袍身负重伤，闯入水晶窟，池云、沈郎魂守在水晶窟中，阻他去路，成缊袍仗剑冲关，三个人打了起来，只怕片刻之后便有结果。"

他说得面不改色,宛郁月旦和唐俪辞都是吃了一惊。

宛郁月旦站了起来:"成缊袍身受重伤?他不是为剑会要人而来?是谁伤了他?"

唐俪辞道:"他重伤闯碧落宫,定有要事。"

说话之间,对面山峰隐约的刀剑声已停,随即两道人影一晃,池云、沈郎魂携带一人疾若飘风,直掠唐俪辞面前,沈郎魂手上的人正是成缊袍。

"他受的什么伤?"宛郁月旦看不见成缊袍的伤势,出口问道。

"他身上一处外伤,只是皮肉受创,还伤得很轻,糟糕的是他的内伤。"池云冷冷道,"这人身负重伤还能从水晶窟一路冲杀过来,要不是冲到悬崖前力尽,我和沈郎魂不下杀手还真挡不住。这么好的身手,世上居然有人能令他受如此重伤,真是不可思议。"

沈郎魂一手按住成缊袍的脉门,成缊袍已经力竭昏迷,毫不反抗。他淡淡地道:"这伤伤得古怪,似乎是外力激起他内力自伤,走火入魔,真气岔入奇经,伤势很重。"

"可有性命之忧?"宛郁月旦道,"铁静将他带下客堂休息,请闻人叔叔为他疗伤。"

铁静应是,沈郎魂道:"且慢。这种伤势不是寻常药物能治,成缊袍功力深湛,要为他导气归元,救他命之人的内力要在他之上,碧落宫中有比成缊袍功力更深的高手吗?"

铁静一怔,宛郁月旦沉吟:"这个……"

成缊袍身居剑会第二把交椅,要比他功力更高,举世罕有,就算是余泣凤也未必能比成缊袍功力更深,碧落宫少则少矣,老则老矣,青壮年多在与祭血会几次大战中伤亡，要寻一个比成缊袍功力更深之人，只怕真是没有。

"就算是碧涟漪也未必能和成缊袍打成平手，"沈郎魂淡淡地看向唐俪辞，"你说呢？"

唐俪辞坐在椅中微笑："我自然是能救他。"

宛郁月旦闻言眼角褶皱一舒，眉眼略弯，笑得很是开心："那劳烦你了。"

池云斜眼看唐俪辞："你自忖功力比他高？"

唐俪辞温文尔雅地道："当然。"

池云冷冷道："那还真看不出来你有这种水准。"

唐俪辞微微一笑："韬光养晦，含蓄内敛，方是为人正道，如你这般张扬跋扈，难怪处处惹人讨厌。"

池云冷冷道："我便是喜欢惹人讨厌。"

铁静嘴角微露笑意，不知是觉得唐俪辞自称"韬光养晦""含蓄内敛"好笑，还是觉得这两人斗嘴无聊。

沈郎魂面色淡淡，将成缊袍提了起来，转身往唐俪辞房中走去。

半日之后，午夜时分。

成缊袍沉重地呼出一口气息，头脑仍是一片眩晕，缓缓睁开眼睛，三十来年的经历自脑中掠过，记忆之中自出江湖从未受过这种重创，也从未吃过这种大亏，依自己的脾气必认为是奇耻大辱，不料心情却很平静，就如自己等待战败的一日，已是等了许久了。

房中未点灯烛，一片黑暗，窗外本有星光，却被帘幕挡住，光线黯淡之极，只隐约可见桌椅的轮廓。

这是哪里？

他只依稀记得重伤之后，人在冰天雪地，只得仗剑往雪峰上闯，闯入一冰窖之后，窖中有人阻他去路，至于是什么人，他那时已是神智昏乱，全然分辨不出，之后发生了什么更是毫无记忆。

他深深吐纳了几下，胸口气息略顺，内伤似已好转许多。究竟是谁有如此功力能疗他伤势，这里又究竟是何处……

调匀呼吸之后，视线略清，只见房中无人，桌上摆着一座小小的紫金香炉，花纹繁复，几缕轻烟在从窗户帘幕缝隙中透入的几丝微光中袅袅盘旋，却是淡青色的，不知是什么香，嗅在鼻中，并没有什么特别的味道，只觉心情平和。

慢慢坐起身来，知晓已是夜半时分，成缊袍调息半晌，下床挂起帘幕，打开窗户，只见窗外星月满天，绿树成林，而山风凛然，远望去仍见云海，显然自己所在是一处山头。山风吹来，眩晕的神智略略一清，顿感心神畅快，而神智一清之际，便听见一丝极微弱、极纤细的乐声，自不远之处传来。

乐声非箫非笛，似吹非吹，不知是什么乐器，能吹出如此奇怪的乐曲，而曲调幽幽，并非天然形成的风声。

成缊袍循声而去，静夜之中，那乐声一派萧索，没有半点欢乐之音，却也并非悲伤之情，仿佛是一个人心都空了，而风吹进他心窍所发出的回声。

不知为何，成缊袍突然想起十多年来征战江湖，为名利为正义，为他人为自己，浴血漂泊的背后，自己似是得到了莫大的成就，但更是双手空空，什么都不曾抓住。

循声走到树林尽头，是一处断崖，乐声由断崖之下而来。成缊袍缓步走到崖边，举目下看，只见半山崖壁上一块突出的岩台，岩台上草木不生，一棵干枯衰败的矮松横倒在岩台上。一人将矮松当作凳子，坐在松木上，左手拿着半截短笛，右手食指在笛孔上轻按，强劲的山风灌入笛管，发出声音，他食指在笛孔上逐一轻按，断去的短笛便发出连续的乐声，笛声空寂，便如风声。

这人是唐俪辞。

怎会是他？

坐在这狂风肆虐、随时都会跌下去的地方做什么？这人不是不分青红皂白，要追查九心丸之密，自命以杀止杀，自命是天下之救世主吗？半夜三更，坐在断崖之下做什么？思考天下大事？

成缊袍面带嘲讽，满身欲望、充满野心的人，也能学山野贤人，吟风赏月不成？

他唇齿一动，就待开口说话，忽地背后不远处有人轻轻叹了口气："嘘……切莫说话。"

听那声音，温柔年轻，却是一位少年，看样子他已在崖上坐了有一阵子，山风甚大，他气息轻微，自己重伤之后却没发觉。

成缊袍回头一看，只见十来步外的一棵大树之下，一位身穿淡蓝衣裳的少年背靠大树而立，仰脸望天，然而双目闭着，似在聆听。

"你是谁？"成缊袍上下打量这位蓝衣少年，如此年纪，如此样貌，位居雪峰之上，莫非这人是——

淡蓝衣裳的少年道："我姓宛郁，叫月旦。"

成缊袍的眼瞳起了细微的变化："这里是碧落宫，是你救了我？"

宛郁月旦摇了摇头："救了你的人在崖下。"

成缊袍淡淡"哦"了一声："果然……"

宛郁月旦手指举到唇边："嘘……噤声……"

成缊袍眉头一皱，凝神静听。

在狂啸的山风之中，崖下岩台断断续续的笛声一直未停，纠缠在刚烈如刀的山风啸响中，依然清晰可辨。

听了一阵，成缊袍冷冷道："要听什么？"

宛郁月旦闭目静听："他是一个很寂寞的人……"

成缊袍冷冷说道："行走江湖，谁不寂寞？"

宛郁月旦微微一笑，摇了摇头："他是一个很寂寞的人，但你听他的笛声，他自己却不明白……他并不明白自己很寂寞，所以才有这样的笛声。"

成缊袍道："是吗？"

宛郁月旦道："成大侠不以为然？"

成缊袍淡淡地道："一个狂妄自私、手段歹毒、满腹野心的人，自然不会明白什么叫寂寞。"

宛郁月旦睁开了眼睛："狂妄自私、手段歹毒、满腹野心……成大侠以为唐俪辞崛起江湖，追查九心丸之事，是有所野心，想成就自己的名声、地位，将江湖大局揽在手中，而获得心中的满足，并非真正为了天下苍生？为此唐俪辞不择手段，丝毫不在乎是否会滥杀无辜，未对武林做出任何交代，便动手杀人，搅乱江湖局势，导致人心惶惶。这十二个字的意思，可是如此？"

157

成缊袍冷冷说道："算是吧。"

"但在我看来，他插手江湖局势，并不全是为了掌握江湖大权，成就名声地位。"宛郁月旦慢慢地道，"当然……他是一个充满欲望的人，名利、正义、权势、地位、金钱，每一样他都要牢牢掌握，而以唐俪辞之能，也都掌握得了，但是……他最强烈的欲望，并不是对这些东西的渴求。"他的眼睛睁得很大，在月色之下熠熠生辉，煞是好看，"……是对情的渴求。"

成缊袍冷冷地看着宛郁月旦，宛郁月旦缓缓地说了下去："他是个很重感情的人，所以——他要拯救江湖——因为他过去的好友，希望他做个好人……理由，只是如此简单而已。"

成缊袍淡淡地道："你似乎很了解他？"

宛郁月旦缓缓转过身来，面对着传来笛声的山崖："我和他……就如同彼此的镜子，都能将对方照得很清楚。"

成缊袍冷冷说道："今夜和我谈话的目的，莫非想告诉我，唐俪辞是个重情重义的大好男儿，而要我剑会对他刮目相看？"

宛郁月旦微笑："有时候人做事和说话不一定要有目的，只是心中在想的时候，遇到合适的人和合适的地点，便很自然地说出了口。"

成缊袍"嘿"了一声，冷笑不答。

山风忽地增强，变得越发凌厉，风中的笛声随之淹没，两人耳边都只听得狂肆无边的呼啸之声，伴随着崖下枯枝断叶的折断崩裂之音。

宛郁月旦听了一阵："今夜是风啸之夜，高山雪峰气候变化无常，叫他上来吧。"他缓缓说完，转身往树林中走去，视线虽然不清，但道路走得熟了，和常人无异。

这位相貌温和的少年宫主，虽无慑人的气势，不会武功，但言谈之间丝毫不落人下风，的确是难得一见的人才。

成缊袍往前几步，踏在崖边，山风掠身而过，顿感气息闭滞，心里微微一凛。这山风非同寻常，若是常人，只怕立刻被卷上天去，他内伤初愈，真气未复，站在崖边竟有立足不稳之感。

往下一看，只见唐俪辞已从那枯树上站了起来，但他不是要起身回来，而是踏上枯树之巅，站在风口，足临万丈深渊，就此目不转睛地看着足下那不可预测的冰川云海，足下枯树"咯咯"作响，随时可能在狂风中断去，他银发披散，衣袂在风中几欲碎裂，忽地闭上眼睛，举起手中断笛，轻轻转了个身，犹如舞蹈。

骤然一道剑气袭来，白芒一闪，破开山风云气，直袭唐俪辞足下枯树。唐俪辞闻声挥笛相挡，只听"叮"的一声金铁交鸣，他手中握的却是半截铜笛。受此一剑之力，他足下枯树应声而断，坠入万丈深渊，他纵身而起，轻飘飘落上崖顶，对出剑之人微微一笑："起来了？"

"你不是要跳下去？我断你立足之地，你又为何不跳？"成缊袍冷冷道，"上来做什么？"

唐俪辞道："岂敢。我的性命是成兄所救，我若跳了下去，岂非辜负成兄一片美意？身体发肤受之父母，不可毁伤。"

他的衣裳在狂风中略有破损，发髻全乱，自雪峰刮来的冷风吹得他脸颊通红，桃颜李色，隐隐浮出一层艳丽之意。

"半夜三更，百丈断崖，有何可看？"成缊袍负手转身，"还是在反省，被你搅得天下大乱的江湖，该如何收拾？"

唐俪辞微微一笑："半夜三更，百丈断崖之上，狂风大作，正是好风景好时辰，你虽然没有看见，难道没有闻到吗？"

成缊袍微微一顿："闻到？"

唐俪辞袖袍一拂："闻到这风中的香气，桂花、兰草、玫瑰、茉莉等一应俱全，好生热闹。"

"香气？"成缊袍蓦然醒悟，"难道——"

唐俪辞左手徐徐背向身后："是什么人重伤你，应该就是什么人上山来了。"

成缊袍乍然睁眼，跨步踏上崖边巨石，凝目下望："蒙面黑琵琶，千花白衣女。"

唐俪辞轻轻一叹："果然是他……"

崖下山云翻滚，寒气升腾，除却自半山吹起的极淡幽香，什么都看不到。

"碧落宫遭劫。"成缊袍淡淡地道，"是你——引祸上门，坏这世外清净地，今夜必定血流成河。"

唐俪辞衣袖一挥一抖，倏然转身："我要消九心丸之祸，难道这不是最好的方法？"

成缊袍面露嘲讽："哈哈，借碧落宫之名，与中原剑会抗衡，引风流店露面，再一路留下标记，引风流店杀上碧落宫，你牺牲宛郁月旦一门，要在这里和九心丸之主决战。但是唐俪辞，在你向宛郁月旦借力之时，你的良心何在？他可知道你存的是什么居心吗？就算你此战得胜，你又何以面对今夜即将牺牲的英灵？"

"宛郁月旦亦希望借此一战之胜，让碧落宫称王中原，结束漂泊异乡的苦难。一个愿打，一个愿挨，碧落宫经营数年，难道没有一战的实力？"唐俪辞背对成缊袍，"枉费你行走江湖二十几年，人要战绩要成功要名望要公平要正义，怎可能没有牺牲？难道你救人除恶，自己从来不曾负伤，或者从来不曾亏欠他人人情吗？"

成缊袍冷笑道："救人负伤，理所当然，但你牺牲的不是你自己，你是转手牺牲他人，难道要我赞你英明盖世吗？"

"你又怎知牺牲他人，我心中便无动于衷？"唐俪辞低声道，"责备别人之前，你是不是备下了更好的对策？"

成缊袍一怔，唐俪辞缓步走到成缊袍身边，破碎的衣袍在强劲的山风中飞舞，渐渐撕裂："没有更好的对策，你之指责，都是空谈，荒唐……"他的手在成缊袍背后轻轻一推，低声道，"……可笑。"

成缊袍猝不及防，被唐俪辞一下推下悬崖，急急提气飘飞，勉强在岩台上站定，抬头一看，唐俪辞已不见踪影。他心下又惊又怒，百味陈杂，这是对他方才一剑断树的报复吗？还是对他方才那番指责的回敬？纵然山崖之下有岩台，唐俪辞又怎么确认他就一定能落足岩台，不会摔下万丈深渊？

唐俪辞，毒如蛇蝎，毒气氤氲，毒入骨髓的男子，莫说成缊袍不解，就算他自己，也未必明白他这轻轻一推，内心的真意究竟为何，是对立场不同的敌人的憎恨，还是对言语指责的报复，抑或略施薄惩的立威之举，又或者单纯是对成缊袍的不满呢？不择手段追求江湖正义，消弭禁药祸端，究竟是他信奉善有善报、恶有恶报，公平正义必胜邪妄自私，人间必定获得自由平安；还是他追求的是对好友的承诺，追逐的是过去友情的影子，为了满足自己内心深处的缺憾，不惜血染猫芽峰，而与公平正义无关？

不是唐俪辞，谁也不能解答，而就算是唐俪辞，他又真的能一一解答吗？

"启禀宫主，望月台回报山下有不明身份的白衣女子共计三十六人，登上猫芽峰，我宫弃守水晶窟，窟口冰石又被成缊袍打碎，如此计算，不过一个时辰，她们就能找到通道，冲入我宫。"

从铁静口中说出的紧急消息听起来都并不怎么紧急，宛郁月旦刚刚自崖云顶回来，闻言眼角的褶皱微微一舒："有敌来袭，击鼓，能力不足的自冰道退走，其余众人留下御敌。"他低声道，"传我之令，今日之战，如我前日说所，为江湖正义、为碧落宫重归中原、为给后世子孙留一条可行之路，各位为此三条，务必尽力。"

铁静领命退下。

宛郁月旦静坐房中，四下里静悄悄的什么声音都没有，听起来就如四面八方什么也不存在，一切都已死了似的。

"咯吱"一声，房门缓缓被人推开，有人踏入房中，却不关门。

"崖下有人攻上山来了？"冷漠孤傲的语气，含有杀意，正是成缊袍的声音。

宛郁月旦站了起来，走到桌边慢慢倒了一杯茶，微笑道："成大侠是贵客，请用茶。"

成缊袍淡淡地道："哦，山下有人来袭，你已知道？"

宛郁月旦道："知道。"

成缊袍伸手接过那杯热茶，一饮而尽："打算如何？"

宛郁月旦仍是微笑："战死而止。"

成缊袍看了他一眼，"啪"的一声将那茶杯拍回桌上："避居世外，不染江湖风尘，有何不好？少年人野心勃勃，染指王图霸业，意欲称雄天下，那称雄路上所流的鲜血，难道在你眼中不值一提？"

"碧落宫根在中原。"宛郁月旦静了一静，低声道，"成大侠，我要回洛水。"

成缊袍眉头耸动，宛郁月旦抢先道："落叶归根，碧落宫无意凌驾于任何门派之上，但需这一战之威，重返洛水。"他往前踏了一步，背对着成缊袍，"我们，要回洛水。"

成缊袍耸动的眉头缓缓平静了下来，他冷冷地看着宛郁月旦："回家的代价，是一条血路。"

宛郁月旦转过身，白皙温秀的脸上露出一丝温和的微笑："我所走的，一直是同一条路。"

成缊袍一伸手提起桌上那茶壶，对着茶壶嘴喝了一大口热茶："哈哈，不切实际的幻想、铁血无情的少年人，江湖便是多你这样的热血之辈，才会如此多事。"

宛郁月旦微笑道："不敢。不过成大侠如今可以告诉我，你是被谁所伤？世上究竟有谁有这么大的能耐，能将成大侠重伤至此？"

"蒙面黑琵琶，千花白衣女。"成缊袍的手握了握剑柄，说到这十个字，似乎手掌仍旧发热，就如他十四岁第一次拔剑面对强敌之时的那份僵硬、紧张、兴奋，"一名黑纱蒙面、黑布盖头的黑衣人，横抱一具绘有明月红梅的黑琵琶，背后跟着三十六位白纱蒙面的女子，拦我去路。"

宛郁月旦轻轻"啊"了一声，似赞似叹："好大的阵势，而后？"

成缊袍衣袍一拂背身而立:"而后,却是身后武当少玄、少奇两名小道出手偷袭,那两人自称在冰天雪域极寒之地遇到杀人成狂的魔头韦悲吟,前往问剑亭请我到此,结果是引我入陷阱。"

宛郁月旦黑白分明的眼睛似是稚嫩又惊奇地往上扬了一扬:"哦?"

成缊袍冷笑一声:"我震开两名无知小道,白衣女出手合围,牵制住我的那一刻,黑衣人出手拨弦,我不料世上竟有人练有如此音杀之法,一弦之下……"

宛郁月旦打断道:"我明白了。"

成缊袍住口不言,不将自己大败亏输的详情再说下去:"而后,我被逼上猫芽峰,醒来之时,已在此地。"

"音杀之法,若无人能够抵挡,那唯有武功高强的聋子才能应付这位黑衣蒙面客。"

宛郁月旦道:"可惜……"

成缊袍"嘿"了一声:"可惜碧落宫之中,并没有什么武功高强的聋子,就算是整个江湖上,也未听说有这种人物。"

宛郁月旦微微一笑:"既然没有武功高强的聋子,那就只有不受音杀所困的绝代高手能抵挡……"

成缊袍缓缓转身:"不受音杀所困,要么毫无内力,不受内气自震所伤;要么……便是同样精通音杀之法,不受其音所震。"

宛郁月旦的笑意越见柔和:"既然有人能轻易治好音杀之伤,那么说不定他也能轻易抵抗音杀之法。"

成缊袍目中光彩一闪,冷冷说道:"看来你已在心中调兵遣将,难怪兵临城下,你还能在此喝茶。"

宛郁月旦轻轻一叹:"成大侠伤势未愈,也请留此调息,今夜之战不劳成大侠出手。"

正在此时,山崖上空响起一道悠扬的钟声,钟声清宏,片刻之间群山四面回响,连绵钟声不绝,声声缥缈柔和,如圣天之乐。

钟鸣之后,仍是万籁俱寂,半点不闻碧落宫有什么动静,仿佛连池云、沈郎魂等人也全然消失了。

成缊袍负手对空门,房门仍旧未关,门外狂风吹入房中,撩起缦幕飞飘,珠帘响动。以往兵刃交加、血溅三尺的战场,从来不缺成缊袍的剑刃,从来不缺成缊袍的侠义,但今夜之战,第一次,他不是主角;第一次,他不知道今夜之战,是不是有出手相助的价值。往日行走江湖,黑白道义简单分明,起手落剑,剑下斩奸邪,扬正道。但今夜之战,一方是罪证未明的神秘组织,一方是志在称王的碧落之脉,没有单纯的正义,没有单纯的结果……抵御黑衣蒙面人的进攻,消弭隐藏江湖的祸患自是不错,但令他拔剑相助的那一方,真的有令他拔剑的价值吗?那是日后江湖的王者,或是日后江湖的隐祸?何况战局之中,尚有不择手段、目的难料的唐俪辞……

生平唯一一次,成缊袍右手握剑,不知该不该出,或许他们两败俱伤或者三败俱伤,便是对江湖最好的结果,但枉死阵中的无辜性命,救是不救?岂能不救?但是救——就需拔剑,而拔剑的立场呢?理由呢?

面对空门外狂飘的落叶枯枝、地上滚动的沙石冰凌,成缊袍按剑沉思。

猫芽峰上,水晶窟前,幽香阵阵,数十位白衣女子列阵以待,缓缓自峰底爬上的,却是衣着各异、高矮不一,头戴相同面具的不明人物,其数目远胜白衣女子，约莫两百人。再过片刻，面具人通过水晶窟，踏上过天绳，已到青山崖，距离兰衣亭不过百丈之遥。

"我说半夜三更，鬼鬼祟祟、偷偷摸摸爬进别人院子的是什么东西，原来生得一模一样，全是一群不要脸的小毛虫。"

凛凛狂风之中，满天飘舞的残叶之下，有声音自头顶传来，听那凉凉的语调，那人已在树上坐了很久。

"为什么是小毛虫？"另一个声音自青山崖另一棵大树上传来，语气淡淡，"而不是老鼠？"

"因为满地爬来爬去，却颜色不同、长短不同的东西，只有小毛虫。"对面树上的人冷冷说道，"老鼠跑得比他们快。"

"原来如此。"这边树上的人道，"那是你杀毛虫，还是我杀？"

"我只杀人，杀小毛虫是你的专长。"对面树上的人道，"一条虫五个铜钱，先杀后付。"

"五个铜钱也是不错，那后边羞花闭月倾国倾城的美人，就交给你。"

"我对美人无感。"

"那就更好。"

这边闲聊一停，面具人已全部通过过天绳，白衣女子缓缓踏绳而过，虽然不见面目，但从她们的举止可见，她们似乎对无人针对过天绳下手，令人十分惊讶。

"各位亲爱的美女，半夜三更，爬进别人的院子，可是会发生意想不到的事情的哦。"一人自对面树上飘然而下，白衣倜傥，扛刀在肩，正是池云，"可以说说你们半夜上山来的用意吗？"

"我等用意，便是要灭碧落宫！"蒙面白衣女子中，有人声音清脆，扬声而道，"谁胆敢藏匿唐俪辞一行人，一律格杀勿论！"

"是吗？"池云凉凉地道，"那我坐在这里吹了半夜冷风的用意你可知晓？"

蒙面白衣女子不答，只听池云继续凉凉地道："我的用意，便是无论是谁胆敢踩上碧落宫大放狗屁说要杀人，不管是美女还是丑女，一律格杀勿论。"

"小子猖狂！"蒙面白衣女子中另外一人骂道，"姐妹们，杀了他！再为尊主扫平碧落宫！"

蒙面白衣女子中有些人应喝，有些人微微颔首，只听"唰"的一声轻响，三十六人各拔兵器。

池云一怔，他本以为这群女人该是同一组织一同训练的杀手，但三十六人拔出兵器，刀、剑、箫、琴、绸缎、暗器各不相同，即使是刀与刀之间，其大小形状也风马牛不相及，显然绝非师出同门。是谁能笼络三十六名不同师承的天真少女，做出这等伤天害理的事？她们口中的"尊主"真是罪恶滔天、罪无可恕！

"各位兄弟，今夜便是大家对尊主表示忠诚、敬仰、服从的时机，今夜谁不尽全力，便是对尊主不忠！对尊主不忠，活在世上还有什么意义？谁战不胜敌人，谁便死——"白衣女子中，先前发话的那人振声道，声音清脆如斯，年纪应当很轻，却口口声声要人死，真不知在那尊主的教导之下，人命，在她心中究竟是什么。

面具人低声附和，在附和的同时，这边树梢数十道银芒一亮，射入人群，只听一阵惨呼，十数人踉跄按胸。有人变色叫道："射影针！"

167

这边树上之人不言不动，树影飘摇，他似乎已化入风中，半点瞧不到行迹。

池云银刀在手，"嘿嘿"一笑："上来吧！"

白衣女子中一人持刀而上，一人横剑站在池云后方，一人后退十步，当是惯于远攻，尚有一人双手空空，站于池云之右，仿佛对自己的功力颇有信心。

池云仰天而笑："让我看看你们这群年纪轻轻的小丫头，究竟是谁家的不孝女——"他执一环渡月一指对面持刀女子，"第一个是你，小心你的面纱——"

那女子挥刀便上，但闻刀风呼啸之声，刀光凌厉，功力竟是不弱。

池云出手擒拿，指风直指她面上白纱。

身周三女应声而动。远处那人一扬手，四道飞绫疾打池云身上四处大穴；持剑女剑风一扫，寒意掠人肌肤，却是阴功寒剑；最后双手空空那人发出一掌——池云骤然回身接掌。那刀剑甚至暗器他都不看在眼里，这劈空一掌却是功力、角度、时机、掌法兼备的上上之招，只听"啪"的一声轻响，两人手掌相接，池云全身一震，白衣女子亦是全身震动，仰身欲退。

池云接掌后蓦地欺身再上，一把抓向她蒙面白纱，变色道："你——"

那名白衣女子受他掌力之震，连退三步，不防他出手得如此之快，脸上一凉，蒙面白纱已经离脸而去，不禁脸色微变。

池云握纱在手，面露怒色："你——你——"

只见这名白衣女子肤色皎洁，尖尖的瓜子脸，眉目修长，煞是清灵，个子高挑，腰肢纤纤，正是池云未过门的妻子，白府白玉明之女"明月天衣"白素车!

池云一招试出是她,气得胸口几乎爆裂:"竟然是你!"

白素车面纱被抓,脸色只是微微一变,眼见池云气得满脸通红,眼圈一红,微现委屈与歉然之色,低声道:"是我。"

"嘿嘿,是你更好,今夜我不斩下你的人头,我立刻改名,不叫池云,叫绿帽乌龟云!"池云冷冷说道,"只是堂堂白玉明之女,戴起面巾鬼鬼祟祟,追随莫名其妙的'尊主',动手要杀人满门。真不知道你爹要是知道你做的种种好事,是不是会活活气死?不过你放心,你死之后,老子绝不会将你的所作所为告诉你爹,以免白府上下都被你气得短命。"

"我……"白素车脸上一阵红一阵白,"我……"

她身边持剑的女子娇声道:"白姐姐,莫理他!为了尊主,你已发过誓抛弃过去,无所不为!别和这个人废话,杀了他!"

白素车抬起头来,池云持刀冷笑:"杀了我?你有这种本事,尽管上来啊!"

白素车却道:"各位姐妹,此人武功高强,留下五人缠住他,其余人攻入碧落宫,满宫上下,不论男女,鸡犬不留!"

此言一出,众女应喝,当下留下五人,其余抢过池云身边,直冲入亭台楼阁之中。

池云勃然大怒:"疯婆,拿命来!"一环渡月铮然出手,直袭白素车胸口。

身侧面具人纷纷奔出,抢进碧落宫房屋之中,树梢上银针飞射,却阻不了人潮汹涌。

人影一晃，沈郎魂挡在路口，他素来不用兵器，此时却手握一截树枝，虽只是一截树枝，挥舞之间却是劲风四射，拦下不少人马。剩余之人抢入碧落宫房宇之内，却见房中无人，偌大碧落宫竟宛若一座空城。

领头之人心中一凛，扬声道："大家小心！请君入瓮，必定有诈！"

"就算有诈，不进入，你又知道怎么破解？"白衣女子中有一人冷笑一声，衣袖一拂，抢入房中去了。

她一进入，面具人纷纷跟上，刹那间碧落宫的亭台楼阁被白衣女子和面具人占领，然而仍旧不见任何碧落宫人的人影，顿时如潮水般的人群有些乱了起来，就如拼尽全力待一刀斩下，目标却骤然消失了一般愤懑难平。

狂风大作的深夜，了无人影的宫殿，突然涌起了一层浓密的白雾，白雾不知自哪个房间而来，却弥散得很快，不过片刻已自门缝、窗户、廊坊等通道涌遍了整个山头。白衣女子的身影没入白雾之中，更是难以辨认。

面具人中又有人喝道："小心有毒！"

同时有人大叫道："有埋伏！"

接连几声"啊""哎呀""是谁"的惨叫响起，人群顿时大乱，刀剑声响，已有人在浓雾中动起手来。

外边树林中动手的池云刀刀对着未婚妻子白素车砍去，耳听房内情形一片混乱，突然忍不出"嗤"地一笑："宛郁月旦果然是害人不浅，哈哈哈哈……"

另一边动手的沈郎魂淡淡地道："哪有如此容易？人家兵卒全出，你可见主帅在哪里？"

池云一凛，随即大笑："那你又知那只白毛狐狸在哪里？"

沈郎魂淡淡一笑："说得也是。拿下你的婆娘，回头凑数拿人吧。"

池云"嘿嘿"冷笑，刀锋一转，直对白素车："十招之内，老子要你的命！"

白素车微咬下唇，自怀里取出一柄短刃，低声道："我……我真是对不住你，可是……可是……唉……"她轻轻地道，"今日我是万万不能死在这里的。"

"让你逃婚杀人的男人，可就是你嘴里口口声声叫的尊主？"池云冷冷道，"老子杀了你，日后会抓住这人烧给你当纸钱，你可以心安理得地去。"

"你真是铁石心肠。"沈郎魂一边淡淡地道，"放心，就算你只是嘴上耍狠，下不了手，我也不会笑话的。"

"呸！"池云一刀发出，刀光带起一阵凄厉的环动之音，直扑白素车。

白素车名门之女，所学不俗，短刃招架，只听"铮"的一声脆响，一环渡月竟应声而断，两截短刃掠面而过，在她的颈上划过两道伤痕，顿时血流如注！

池云冷笑一声："你竟盗走白府断戒刀……"

白素车断戒刀当胸："不错，离府之时，我……我早已决定，今生今世，绝不嫁你。"她声音虽低，却颇为坚决。

身周四女同声喝道："和尊主相比，这个男人就如烂泥杂草一般，白姐姐杀了他！"

喝声同时，刀剑暗器齐出。池云挥刀招架，白素车断戒刀至，竟是毫不留情。正在战况激烈之时,刹那红色梅花飘飞,犹如乍然扑来一阵暗火,一人红衣黑发,缓步而来。同时身侧沈郎魂手中树枝骤然断去,断枝掠面而过的瞬间,只见一名暗紫衣裳、披发眼前的人挡在面前,手中长剑剑长八尺,锈迹斑斑。

池云、沈郎魂两人相视一眼,"当当当"数声挡开身前攻势,连退数步,背靠背而立。

梅花易数。

狂兰无行。

山风狂啸,狂兰无行披在眼前的长发微微扬起,梅花易数双袖飘扬,红梅蹁跹不定,在暗夜之中,犹如斑驳的血点。

不远处传来了喊杀之声,越过数重屋宇,仍是清晰可辨。

成缊袍对空门而立,宛郁月旦静坐一旁。

"你设下了什么局?"成缊袍按剑的右手缓缓离开了剑柄,"为何他们跨不过那扇门?"他所说的"门",便是距离宛郁月旦院门十丈之遥,连通前山花廊与山后庭院的木门。

"我把那扇门藏了起来。"宛郁月旦纤细好看的眉头微微一舒,"那扇门前的回廊有阵势,而我在前山施放云雾,他们瞧不见回廊的走向,顺着回廊奔走,是找不到门的。"

成缊袍慢慢转过了身:"只是如此简单?"

宛郁月旦道:"便是如此简单。"

成缊袍道:"那惨烈的喊杀声呢?"

宛郁月旦道:"云雾之中,视线不清,恰好他们又戴着面具,无法相互辨认，我让本宫之人混入其中，大喊大叫，乱其军心，若有人闯到绝路落单，便出手擒之。"

成缊袍淡淡地道："又是如此简单？"

宛郁月旦微微一笑："又是如此简单。"他轻轻叹了口气，"面具人是不能杀的，我若杀了一个，便是落了他人之计。"

成缊袍眉头一蹙便舒："那就是说，蒙面琵琶客驱赶这群人上山，只是为了送来给你杀？"

宛郁月旦道："风流店出现武林不过三年之事，不可能培育如此多的杀手，既然来者衣着师承都不相同，自然是受制于他九心丸之下的客人。"他又轻轻叹了口气，"既然是来自各门各派的客人，我若杀了一个，便和一个门派结怨，杀了一双，便成两个门派死敌，而人既然死了，我又如何能够证明他们是私服了禁药，导致我不得不杀呢？所以……"

"所以不能杀人。"成缊袍心神一震，"所以今夜之战，流血之人，必是碧落一脉！"

宛郁月旦清澈明净的双眸微微一合："今夜之事，战死而已。"

成缊袍骤地按剑，"唰"的一声拔剑三寸，蓦然坐下："既然如此，方才你为何不说明？"

宛郁月旦站了起来，在屋内墙上轻按了一下，墙木移过，露出一个玉瓶，高约尺余，状如酒瓮。他提了过来，尚未走到桌边，成缊袍已闻淡雅馥郁的酒香。宛郁月旦将玉酒瓮放在桌上，摸索到成缊袍的茶杯，打开封盖，草草往杯中一倒，只见清澈如水的酒水"啪"的一声泼入杯中，虽然杯满，却泼得满桌都是。

成缊袍接过酒瓮，为宛郁月旦一斟，屋内只闻酒香扑鼻，幽雅好闻之极。

宛郁月旦举杯一饮："我有何事未曾说明？"

成缊袍道："生擒不杀人。"

宛郁月旦慢慢地道："不论我杀不杀人，成大侠都认为称王江湖之事，不可原谅，不是吗？何况我不杀人，也非出于善念，只是不得已。"

成缊袍微微一震，只听宛郁月旦继续道："既然难以认同，说不说生擒之事，都是一样。何况成大侠有伤在身，还是静坐调养的好。"他语气温和，别无半分勉强之意，也是出于真心。

成缊袍举杯一饮而尽："碧落宫如此做法，来者众多，绝不可能一一生擒，怎会有胜算？你虽然起意要回洛水，但若满宫战死于此，岂不是与你本意背道而驰？"

宛郁月旦微微一笑："我亦无意一一生擒，只消不杀一人，控制全局，我的目的便已达到。"

成缊袍脸色微微一变："那你如何求胜？"

宛郁月旦浅浅一笑："求胜之事不在我，今夜之战，并非碧落宫一人之事。"

成缊袍皱眉："唐俪辞？"

宛郁月旦轻抚酒瓮："蒙面黑琵琶，千花白衣女，该死之人只有一个，不是吗？"

他这句话说完，青山崖对峰的猫芽峰突然响起一声弦响，铮然一声，便是千山回应，万谷鸣响。成缊袍一震，随即长长吐出一口气："这一声不是音杀，如果他在高山之上施出音杀之法，只怕一弦之下死伤无数。"

宛郁月旦对成缊袍一举空杯,成缊袍为他斟酒,只见宛郁月旦仍是纤弱温和,十分有耐心与定性地微笑:"究竟是死伤无数,还是平安无事,就看唐俪辞的能耐究竟高深到何种地步了。"

但听遥遥雪峰之巅,一弦之后,有琵琶声幽幽响起,其音清澈幽远,反反复复,都是同一句,就如声声指指,都在低声询问同一个问题。

这个问题问得不清,人人都只听见了其末震动人心低问似的一声微响,便不禁要凝神静听,那琵琶声中究竟在询问或是自问什么?那清圣之极的弦响,展现了超然世外的淡泊胸怀;平静从容的指动,仿佛可见拨弦者恢宏沉稳的气度。那就如一个眼神沉寂的长者,在高峰上独自对苍生问话,而非什么野心勃勃的人间狂魔。

庭院中喊杀声突然更盛了,隐约可闻近乎疯狂的声音,仿佛那清圣的弦声入耳,大家欢喜得发了疯,就为这幽幽弦声可以去死一般。白衣女子纷纷娇咤,出手更为猛烈,不分青红皂白地对着身边可疑之人下起杀手。

青山崖上,背靠背的池云和沈郎魂衣发飘扬,就在梅花易数缓步走来的时候,猫芽峰上弦声响起,反反复复,如风吹屋瓦落水滴,滴水入湖起涟漪,一句一句似同非同地问着。它问一声,梅花易数便前行一步,狂兰无行的乱发便安静一分,它再问,池云和沈郎魂便感身周之声更静,仿佛山风为之停滞,星月为之凝定,山川日月之间只余下这个弦声,低声问着这世间一个亘古难解的疑问。

笛声……

突然之间,黑暗的山崖之下,缥缈的白云之间,有人横笛而吹,吹的竟是和对山的拨弦之人一模一样的曲调，依然是那么清澈的一句疑问。只不过他并非反反复复吹着那句问调，而是将低问重复了两遍之后，笛声转低，曲调转缓，似极柔极柔地再将那句原调重问了一遍，随即曲声转高，如莲女落泪，如泪落涟漪生，一层层、一重重、一声声的低问和凄诉自山崖之下飘荡开去。千山回响，声声如泪，顿时耳闻之人人人心感凄恻，定力不足的人不由自主地眼角含泪、鼻中酸楚，只想找个没人的地方压低声音痛哭一场。

笛声响起的时候，对面山峰的琵琶声便停了，只听笛声一阵低柔暗泣，柔缓的音调余泪落尽之后，有人轻拨琵琶，如跌碎三两个轻梦，调子尚未起，倏然音调全止，杳然无声。

青山崖上众人手上脚下都缓了一缓，白雾更浓密地涌出，轻飘上了屋角殿檐，很快人人目不视物，打斗声停了下来。

池云和沈郎魂面对着梅花易数和狂兰无行，琵琶声止，那两人纹丝不动，就如断去引线的木偶。

白素车持刀对池云，低声喝道："退！"

其余四人闻声疾退，隐入树林之中，白素车随之退入树林，失去行踪。

池云、沈郎魂二人不敢大意，凝神静气，注视敌人的一举一动，丝毫不敢分心。

正在这安静、诡秘的时分，一个人影出现在过天绳上，灰衣步履，银发飘拂。

人影出现的同时，一声乍然绝响惊彻天地，峰顶冰雪轰然而下，扑向正要抵达水晶窟的银发人，"啊"的一阵低呼，池云、沈郎魂、梅花易数、狂兰无行唇边溢血，成缊袍伤上加伤，一口鲜血喷在地下，宛郁月旦虽然无伤，也是心头狂跳，只觉天旋地转，"叮当"一声，酒杯与酒瓮相撞，竟然碎了。

一弦之威，竟至如斯！

这一弦，却并非针对青山崖众人，而是针对银发人而去！

灰衣步履的银发人，自然是唐俪辞。

音杀入耳，人人负伤，但这一弦针对的正主泰然自若，毫发无损！

他踏上了水晶窟口的冰地，山巅崩塌的积雪碎冰自他身侧奔涌而过，轰然巨响，却近不了他身周三尺之地，远远望去，就如他一人逆冰雪狂流而上，袖拂万丈狂涛，卷起雪屑千里，而人不动不摇。

踏上水晶窟，唐俪辞负手踏上崩塌滚落的巨石冰块，一步一步，往山巅走去。水晶窟在山腰，而拨弦人在山巅，他一步一步，气韵平和，踏冰而上。

未曾隐没在白雾中的寥寥几人远眺他的背影，很快，那身灰衣在冰雪中已看不清晰，而惊天动地的弦声也未再响起。

梅花易数和狂兰无行忽地动了，两人身影疾退，仿佛有人对他们下了新的指令，然而退至崖边，突然一顿——池云、沈郎魂两人掠目望去——过天绳断！

不知是被方才的雪崩刮断的，还是方才那一声弦响，本来就意在断绳？

青山崖和山下的通道断了，难道这几百人竟要一同死在这里？难道弦声之主今夜上山最根本的用意根本不在战胜，而在全歼吗？断下山之绳，绝所有人的退路，完胜的只有未上青山崖的那一人。

七 ◆ 巅峰之处 ◆

因为你说过，要活得快乐，要心安理得，要不做噩梦，要享受生活，一定要做个好人。只有人心平静、坦然，无愧疚无哀伤，人生才不会充满后悔与不得已，才会不痛苦。我……痛苦过，所以我懂，而你呢？

千丈冰雪成天阙，万里星云照此间。

猫芽峰之顶，别无半分草木，全是一块一块黑色的巨石匍匐在地，白雪轻落其间，掩去了巨石原本狰狞的面目，看起来并不可怖。

巅峰的景色，并非冰冷，而是萧瑟寂寞，没有多余的颜色，没有多余的生命，甚至没有多余的立足之地，只有满目的黑与白。

一个人坐在极高之处冰雪耀然的黑色巨石之上，怀抱着一具黑琵琶。那琵琶极黑极光，半轮明月在极黑的琵琶面上熠熠闪光，不知是由什么材质绘就，而月下红梅艳然，点点就如残血，开遍了整个琵琶面。

唐俪辞踏上最后一块黑岩，眼前是一片细腻光洁的雪地，雪地尽头一块黑色巨石耸立，巨石之上遍布积雪，难掩黑岩狰狞之态。

听闻有人踏上岩石之声，坐在巅峰的人缓缓抬起了头，他面罩黑纱，头戴黑布帽，丝毫看不出本来面目，然而手指如玉，柔润修长，十分漂亮。

"唉……"唐俪辞轻轻叹了口气，"真的……是你。"言下，似早在意料之中，却遗憾未出意料之外。

怀抱黑琵琶的黑衣人一动不动，良久，他慢慢开口，声音却是出奇地低沉动听："想不到受我一掌，掷下水井，再加一桶桐油，你还是死不了。"声音动听，但言下之意，却是怨毒至刻骨铭心，反成了淡漠。

唐俪辞衣袖一拂一抖，负袖在后，背月而立："你曾说过，即使——是只有老鼠能活下去的地方，唯一能活下来的人，一定是我。"他的脸颊在阴影之中，并没有看那黑布盖头的黑衣人，"我没死，那是理所当然。"

"嗯……"黑衣人慢慢地道，"当年我应该先切断你的喉咙，再挖出你的心，然后将你切成八块，分别丢进两口井，倒上两桶桐油。"他说话很好听，开口说了两句，一只灰白色的不知名的夜行鸟儿盘旋了几圈，竟在他身侧落下，歪着头看他，仿佛很是好奇。

"阿眼……"唐俪辞低声道，"我还能叫你一声阿眼吗？"

黑衣人慢慢地道："可以，你叫一声，我杀一个人；你叫两声，我杀两个人，以此类推。"

"阿眼，"唐俪辞道，"我问你一句话，九心丸真的是你……亲手做的？"

黑衣人双目一睁，虽然隔着黑纱，却也知他目中之怒："一条人命，我会记到你那书童身上，告诉他要小心了！"

他声色俱厉，唐俪辞充耳不闻，人在背光之中站立，缓缓重问："九心丸真的是你亲手做的？"

黑衣人琵琶铮然一声响:"当然。"

"为什么?"唐俪辞缓缓转过身来,不知是他的表情一贯如此平静,还是他已把自己的表情调整得很好,月光下他的脸色姝好,别无僵硬痛苦之色,一如以往秀雅平静,"当年我吃药的时候,是你说不好,是你要我戒的,是你说那不能玩那会害人一辈子……是你说我天性不好,控制欲太强,所以我改……是你要我做个好人……所以我就做一个好人——你,欠我一个解释。"他一句一句地说,既不急躁,也不凄厉,语气平缓地一句一句说,说到最后,语气甚至柔和起来,近乎口对耳的轻声细语。

"为什么?"黑衣人竖起琵琶,乱指往上一抹,只听"叮咚"一阵嘈杂的乱响,他五指再一张,乱响倏然戛止,四周刹那寂静如死,"为什么只是为了傅主梅,只是为了你没有登上最高的位置,只是为了一点不乐意,你就想要大家陪你一起死?在这个世界,只有我们彼此是亲人是朋友,你还能逼死方周,拿他的命换你的武功前程?都是为了有权有势不是吗?都是为了表现你是有多么厉害……"他冷笑道,"我早就知道你什么都想要,知道你一定不肯承认有谁比你强——"

他胸口起伏,自行缓了一口气:"不能掌控一切,强迫所有人都跪在你脚下拜你为神,你就要癫狂——你就要毁灭一切——我对自己发誓,自你逼死方周之后,我若要活下去,就先要打败你,做这世上最有权有势的人!"他一字一字地说,"这世上有你没我,有我没你!"

唐俪辞清澈秀丽的双眸微微一合,低声道:"有你没我,有我没你……但是世上争权夺势的方法有千百种。"

"你有方周留下的本钱,你有你争权夺利的天分,你有你浑然天成的运气,你有你看透机会的眼光,我没有。"黑衣人头上的黑头巾在山风中突然被掀起了一角,露出他的额角,若说世上有人连露出额头都能令人感觉是冷艳的,那么眼前这人便是。"我懂的,只有做药。反正这个世界本不是你我的归属,他们是死是活,是老死病死,还是被我毒死,反正统统都要死,有何差别?"

"既然如此,"唐俪辞踏上一步,"钱,你现在不一定比我少,人,你也害死了不少,有了你想要的东西,可以收手了吧?"

"隐退……"黑衣人手指微扣琵琶弦,"现在已不能收手,吃药的人越多,感染的人越多,就需要更多的药,这也是救人。"

"这是借口,"唐俪辞缓步前行,踏上黑衣人所盘踞的黑岩,"还是很差的借口。"

"你想听见什么?"

"掌握数不清的钱,控制数不尽的人,就忍不住想要更多的东西,是不是?"唐俪辞低声问,问到此时,嘴角微微上翘,已含似笑非笑之态。

"反正此时此刻普天之下,在你看来都是一群死人,那么做一群死人的阎罗,尝试一下你从未尝试过的滋味,做一件你从未想过的事,说不定——会活得比从前写意,也比从前自我,是不是?"他的睫毛微微往上一抬,凝视黑岩上的黑衣人,"承认吧……阿眼,你有你的野心,就像我当年……"

"第二,记下沈郎魂之命。"黑衣人低声道,"嘘……不要把我和你相提并论,你做的事和我做的事毫无关联。至于我想做什么,反正谁说话我都不信,包括我自己在内,现在说什么、以后说什么,反正都不是真心话,究竟说的是什么,你又何必这么在意?我要做什么,随我的心意就好，和你无关。"

"是吗？"唐俪辞踏上黑岩之顶，与黑衣人共踞这一块离天最近的狰狞之石，"和我无关，是因为此时此刻，在你眼里，我也是一个死人吗？"

"当然。"黑衣人琵琶一竖，扣弦在手，"踏上这块石头，就不必下去，将你葬在数百丈高峰之巅，算是我对得起你，也对得起过去二十年的情谊。"

唐俪辞负袖冷眉，黑衣人指扣琵琶，两人之间疾风狂吹而过，冰雪随狂风如细沙般缓慢移动，一点一点，自狰狞黑岩上滑落，扑入万丈冰川，坠下无边深渊。

只听唐俪辞轻轻叹了一声："把我葬在这数百丈高峰之巅，算是对得起我，也对得起过去二十年的情谊……你可知道今天为什么我会站在这里阻你大事？你可知道为什么我要出手干预，为什么我要从余泣凤那里抢走药丸，为什么我要引你上碧落宫？为什么我置我最关心在意的钱、名誉和地位于不顾，一定要在这里将你拦住？"

他一字一字地道："因为你说过，要活得快乐，要心安理得，要不做噩梦，要享受生活，一定要做个好人。只有人心平静、坦然，无愧疚无哀伤，人生才不会充满后悔与不得已，才会不痛苦。我……痛苦过，所以我懂，而你呢？"

他再踏上一步："你从来没有走错路，你自己却不懂，所以我来救你——这个世界对我而言，没有任何值得眷恋的，你害死谁我都不在乎，但是你害死你自己——你自己要害死你自己——你日后必定会做噩梦，会痛苦，会后悔，我就一定要救你！一定不让你走到当初我那一步！"

他伸出手,"阿眼,回来吧。"

"哈哈,你越来越会说话,也越来越会装好人了!"黑衣人仰天大笑,黑色布幕飘起,露出一角白皙如玉的肌肤,眉线斜飘,出奇地长。"第三声!既然你说我害死谁你都不在意,那么第三个,我就杀了这个孩子——"他双手一动,竟从挡风的黑琵琶后抱出一个襁褓,那襁褓里的婴孩稚嫩可爱,两眼乌溜,赫然正是凤凤!凤凤被唐俪辞寄养在山下人家,却不知何时给黑衣人掳来了。

唐俪辞目不转睛地看着凤凤,凤凤似是穴道被点,两眼委屈地充满眼泪,却哭不出来,正可怜兮兮地看着唐俪辞,一动不动。

黑衣人掐住凤凤的脖子:"你逼走主梅害死方周,贪图金钱武功,如今更是身为国丈子,坐拥万窍斋珠宝,这样的人,也敢和我谈你痛苦过,你感同身受,所以你要救我——你也配和我说你要救我?哈哈哈哈……天大的笑话!"他双指运劲,"这个孩子,就是你冥顽不灵,不听号令害死的——"

"且慢!"唐俪辞出手急阻。

黑衣人琵琶一横,挡在两人之间:"你再进一步,我便一掌把他拍成肉饼,死得连人形也无!"

唐俪辞的脸色终于有些微变:"他……他是她的孩子,你怎么忍心对他下手?"

黑衣人冷笑:"这是她和别人生的孽种,她既然是我的女人,我杀她的孽种,哪里不对?"

唐俪辞道:"孩子是她的希望,你杀了她的孩子,她必定自尽,你信是不信?"

黑衣人微微一震，唐俪辞飞快地道："且慢，你要以什么换这孩子一命？"他按住黑衣人的手，两人之间只相隔一具琵琶，只听他低声道，"不管你要什么，我都可以给你。"

"你——"黑衣人冷眼看着唐俪辞按着他的那只手，"你这么关心她的孽种做什么？难道你也……"

唐俪辞眉头微蹙，并不回答。

黑衣人忽地大笑起来："哈哈哈哈，连你也迷上了那个贱婢？哈哈哈哈，那贱婢果然是魅力无双，竟然连你都被她迷倒……真是不世奇功，回去我要好好犒劳她，竟然为我立下如此大功，哈哈哈……"

唐俪辞道："你要什么换这孩子一命？"

黑衣人缓缓地放开掐住凤凤咽喉的手指："你自尽，我就饶他不死，说不定……还带回去给那贱婢，她一定感恩戴德，从此对我死心塌地……"

唐俪辞道："不错，你把他带回去，她一定对你感恩戴德，从此死心塌地。"

黑衣人冷冷地看着他："自尽！"

唐俪辞蓦然拂袖："不管你要什么，我都可以给你，除了要我死！要我自尽，不如你当场掐死他。"

黑衣人仰天大笑："哈哈哈……伪善！连你自己都无法自圆其说的伪善！可笑之极！"他一手抱凤凤，一手握琵琶，"不肯死就算了，让我再杀你一次，这一次，绝不让你复生。"

"阿眼，杀人，是你心里想要的结果吗？"唐俪辞振声喝道，"如果我说方周没死，你——"

黑衣人哈哈大笑:"方周没死——方周没死——事到如今,你还敢骗我说方周没死——是你——"他手指唐俪辞的眼睛,"是你将他的尸身浸在冰泉之中,是你让他死不瞑目,是你不让他入土为安,是你要凌虐他的尸身,剖开他的胸口挖出他的心——自你登上猫芽峰,我就派遣人马搜查你唐家国丈府,果然找到方周的尸体。是我亲手将他安葬,是我为他立碑,今天你竟然敢说他还没死——你骗谁?"

"你——"唐俪辞右手按在腹上,仿佛突然而起的疼痛让他不堪忍受,脸色顿时煞白如死。

黑衣人左手横抱凤凰,"铮"的一声琵琶声响:"骗局已破,再说一句,刚才你走的那条绳索已为琵琶声所断,今天除了你,碧落宫鸡犬不留!动手吧!"

"你将他葬在什么地方?"唐俪辞左袖一扬,那张秀雅斯文的脸一旦起了凌厉之色,一双丽眸赫然正如鬼眼,眼白处刹那遍布血丝,眼瞳分外黑,观之令人心头寒战。

"今天你打败我,我就告诉你。"黑衣人低声轻笑,"真是讽刺的好彩头,哈哈哈哈哈……"

"柳眼!今夜我会让你知道,就算是今时今日,我仍然是四个人中最强的——"唐俪辞脸色煞白,半截铜笛斜指地,"我一定有办法救你,也一定有办法救他!"

黑衣人琵琶一动,庞大黑岩之上积雪轰然爆起,化作雪屑簌簌散下,唐俪辞断笛出手,掠起一阵凄凉尖锐的笛音,飞身直扑,却是点向柳眼的双眼!

青山崖。

过天绳断！

池云、沈郎魂倏然变色，然而碧落宫中涌起的云雾在此刻渐渐散去，兰衣亭之顶"嘭"的一声火焰升起，照亮方寸之地，却见兰衣亭顶上不知何时多了一块木牌，上面并未写一字，却悬挂一个小瓶，看那颜色、样式，正是唐俪辞自余家剑庄夺来的九心丸！

遍布碧落宫的面具人顿时起了一阵偌大混乱，白衣女子连连喝止，却阻止不了面具人纷纷涌向兰衣亭下，众人正要纵身而起，面具人中有人喝道："且慢！定有诡计！少安毋躁！宛郁月旦，出来！你这是什么意思？"

飒飒山风之中，有人口齿清晰，缓缓而道："正如大家所见，这就是九心丸。"声音悦耳动听，发话的人却不是宛郁月旦，而是钟春髻。

"在下钟春髻，是雪线子之徒，碧落宫之友。大家身中九心丸之毒，增长了功力，却送了性命，何等不值？若是为了保命，终生受制于人，那又是何等不甘？碧落宫与江湖素无恩怨，自然与大家也并无过节，过天绳断，贵主已不可能踏上青山崖，大家既然并无过节，何不就此罢手，坐下和谈呢？"她声音非常好听，且非碧落宫之人，说得又是头头是道，条理分明，面具人们面面相觑，不禁都静了下来。

"哪里来的贱婢！藏身暗处蛊惑人心！"众蒙面白衣女子却是纷纷叱咤起来。

白雾散去，只见三五成群的白衣女子身周已有青衣人团团围住，正是碧落宫潜伏的人马，虽未动手，但这群年轻女子显然绝非碧落宫众高手之敌，叱咤了几声，眼见形势不妙，渐渐住嘴。

浩浩夜空，朗朗星月之下，只听钟春髻道："我方手中尚有数百粒九心丸，可解各位燃眉之急，服下之后，两年之内不致有后患。不管各位决意与我方是敌是友，这药丸人人皆有一粒，并无任何附带条件，各位少安毋躁，片刻之后便有人奉上药丸。"

她说完之后，两位碧落宫的年轻女婢脚步轻盈，姗姗而出，一位手中端着一大壶清水，一位手中捧着十来个白如雪的瓷碗。两位姑娘年纪尚轻，骤然面对这许多模样古怪的人，都是满脸紧张之色。

"各位请列队服用。"钟春髻继续道，"过天绳断，但碧落宫自有下山之法，各位不必紧张。不过，不知各位是否仔细想过，与其因为九心丸，终生受制于贵主，其实不如以这两年时间请贵主潜心研究，调配解药，使九心丸既能增长功力，又不必蕴含剧毒，岂非两全其美？"

面具人抢在两位女婢面前，碍于药丸不知在何处，不敢明抢。两位女婢满脸紧张，手下功夫却是不凡，清水一碗，药丸一粒，饶是面具人众目睽睽，也没瞧出究竟药丸藏在两人身上何处，只得勉强安分守己，列队等待。其中更有不少人暗想，碧落宫故意不说下山之法，除了赐予九心丸施恩，更有要挟之意，恩威并施，只要我等与其合作，对付尊主，就能"请"尊主调制解药。但这算盘打得精响，风流店之主，哪有那么容易对付，能"请"他调制无毒的九心丸？话虽如此，但若无解药，这条老命未免保不住，就算保住了，也是他人棋子，活着也无味得很，不如一赌……

"各位本来面目如何，我等并无兴趣，如果各位有心，愿意与我等配合，'请'贵主调配解药以解众人之苦，过后请到兰衣亭中详谈；如无意配合，待我方告知下山之法后，自行离去，碧落宫不惹江湖纷争，绝无刁难之意。"钟春髻道，"至于三十六位身着白衣的姐妹，也请留下详谈。言尽于此。"她始终不现身，这番言语，自然不是她自己想得出来的，若非唐俪辞教的，便是宛郁月旦指点的。

"嘿嘿嘿，原来今夜之战早有人掐指算准，宛郁月旦自己不出面，碧落宫照样'超然世外'，派遣钟小丫头出来说话，碧落宫的人一个字不说一个屁不放，就得了此战的胜利，又顺便大作人情，招揽许多帮手。"冷笑的是池云，他受唐俪辞之命在崖边守卫，唐俪辞却没告诉他全盘计划，"该死的白毛狐狸。老子和你打赌，这等大作人情的伎俩，一定是那只狐狸的手笔！"

沈郎魂擦去嘴边被弦音震出的血迹，淡淡地道："嘿，若都是他的计划，非拿药丸和出路要挟众人听他号令不可，如此轻易放过机会，一定是宛郁月旦参与其中。"

池云收起一环渡月："一只老狐狸加一只小狐狸，难怪今夜风流店一败涂地，不过但看那尊主斩断过天绳的手法，无情无义、心狠手辣，根本没有要今夜上山之人活命的意思，咱们虽然没输，但也不算全赢，这些人，都是他的弃子。"

沈郎魂眼望对面山巅，缓缓地道："碧落宫固然大获全胜，今夜之后再度扬名武林，并且结下善缘，拥有了称王的资本，但是真正的胜负并不在此……"

池云"哼"了一声："某只白毛狐狸自称武功天下第一，老子何必为他担心？"

沈郎魂也"哼"了一声："你不担心就不会有这许多废话。"

池云忽地探头到沈郎魂身前一看，沈郎魂淡淡地道："做什么？"

池云瞪眼道:"听你说话越来越像老子,老子看你真是越来越顺眼。"

沈郎魂一顿:"你那未过门的妻子还在树林里,不去叙叙旧情?"

池云转身望树林,"呸"了一声:"今夜不杀白素车,我不姓池!"说罢,他大步而去。

宛郁月旦房中,成缊袍静听外边诸多变化,突然深深吸了一口气:"原来所谓称王之路,也能如此……"

宛郁月旦指间犹自握着那撞碎的酒杯瓷片,瓷片锐利,在他指间割出了血,但他似乎并不觉痛,轻轻叹了口气:"尽力而为,也只能如此而已,局面并非我能掌控,谁知哪一天便会兵戎相见,牺牲自己所不愿牺牲的人。"

成缊袍举杯饮尽:"但你还是执意称王。"

宛郁月旦道:"嗯……但王者之路,世上未必只有一种。"

成缊袍放下茶杯,突然道:"或许有一天,你能开创江湖万古罕见的时代。"

宛郁月旦温柔地微笑,眸色缓缓变得柔和清澈,不知是想起了什么,他说:"也许……但其实我……更期待有人能接我的担子。"

成缊袍凝视着他,看了好一会儿,说:"你真不是个适合称王的人。"王者之心,隐退之意,焉能并存?宛郁月旦要称王天下,所凭借的不是野心,而是勇气。

你真不是个适合称王的人……宛郁月旦没有回应,眼眸微闭,仿佛想起了什么让他无法回应的往事。

门外面具人三五成群低声议论,忽地有一人一言不发,往兰衣亭中奔去。两位姑娘发药完毕,轻声细语地解说如何自冰道退下碧落宫,解说完毕,不少人在原地犹豫,大部分人退入冰道,却仍有六七十人经过考虑,缓缓走入兰衣亭。

"成大侠请留下休息,我尚有要事,这就告辞了。"宛郁月旦站了起来,对成缊袍微笑,"萧大侠就在隔壁,还请成大侠代为照看一二。"

成缊袍颔首,宛郁月旦仔细整理好衣裳,从容且优雅地往兰衣亭走去。

他没让任何人带路,也没让任何人陪伴,行走的样子甚至显得很平静,微略带了一丝慵懒随性。

池云大步踏进树林,却见树林之中人影杳然,不见白素车的人影,连方才一起进入树林的四个白衣女子也都不见,不禁一怔。这树林也就寥寥数十棵大树,五个大活人能躲到哪里去?但确实五个女子便是不见了。

树林外,梅花易数和狂兰无行仍如两具僵尸般立在山崖边,沈郎魂拾起两块石子,随手掷出,"噗噗"两声,竟然尽数打中两人身上的穴道。

他阅历本多,但对于此时眼前情形大惑不解——这分明是两个极强的战力,却是为何不能行动?难道是因为那琵琶声断了?但如此说法不通情理,如果这二人只能受乐声指挥,而风流店的尊主本就打算把他们当作弃子,那岂非带了两个废人到碧落宫来送死?如果不是,那这两人被留在碧落宫的用意是什么?

心念刚转,池云已从树林中出来,满脸疑惑,沈郎魂一看便知树林中也有变故。他淡淡看了池云一眼，指指被他点住穴道的梅花易数和狂兰无行："你如何看？"

池云找不到白素车，脸色不好，冷冷瞟了那两人一眼："谁知道？或许这两人突然耳聋，听不到杀人指令，或者突然中邪，要不然就是雪山太高，站在崖边吓到腿软。"

沈郎魂摇了摇头，此事太难解释，眺望对面山巅："你可还听得见琵琶声？"

池云皱眉："自从白毛狐狸上山，就没再听见那见鬼的琵琶声。"

沈郎魂淡淡地道："虽然听不到琵琶声，我却依稀听到笛声。"

池云凝神静听，然而山头风声响亮，相距数十丈之遥的两座山峰，山巅又在百丈之上，他只听到满耳风声，却没听见笛声："什么笛声？"

沈郎魂微闭眼睛："一阵一阵，就像风吹过笛管发出来的那种啸声。"

池云"呸"了一声："老子什么也没听见，你若能听见，那就是胡吹！少说几百丈远，难道你长了顺风耳？"

"呜——"一声微弱的啸响，池云一句话未说完，蓦然回首，眼角只见一物自云海间一闪而逝，啸声急坠而下，瞬间消失。

"那是什么？"池云失声问道。

沈郎魂双目骤然一睁："断笛！"

池云的身影瞬间抢到崖边："什么？"

沈郎魂冷冷说道："半截断笛，看那下坠的重量，应该是他手上握的那一把铜笛。"

池云仰头看雪峰："难道——"

沈郎魂淡淡地道："能败我于一招之内，你以为那雪峰上拨琵琶的是什么人？你的公子，真的能轻易得胜吗？"

池云变了脸色："这山上乱弹琵琶的疯子，就是——"

沈郎魂面无表情："就是在我脸上刺印，将我妻丢进黄河的那个疯子！"

云海浩淼，星光灿灿，不远处的雪山在月下皎如玉龙，而与山相比，渺小如蚁的人要如何能看穿苍茫云海，得知山巅的变化呢？

"老子要下山！再从那边上去！"池云脸色青铁，重重一摔衣裳下摆，掉头便走。

沈郎魂淡淡地道："你是白痴吗？他引诱那人斩断过天绳，独自上山，用意就是不让你过去，就算你跟着下山的这些人从冰道下去，保管你找不到回来的路！"

池云厉声道："你怎知道回不来？"

沈郎魂闭上眼睛："那是因为昨天夜里，我已从冰道走过一遭了，冰道出口不在猫芽峰下。"

池云一怔，沈郎魂淡淡地道："他要自己一个人上去，会让你找到通道跟着上去吗？他这番心机本是为了防我复仇心切，冲上去送死，不过我虽然确是复仇心切，却比他想象的有耐心。"

池云脸色阴晴不定："那就是说就算他今晚死了，也是活该！算作自杀！"

沈郎魂仍是面无表情："嘿！你认定他必输无疑？我却认为未必。"

池云冷笑："老子只是认定这只狐狸喜欢找死，日后要是被他自己害死，休想老子为他上半炷香烧半张纸钱！"

话说到此，雪峰顶突然又传出隐隐轰鸣之声，不知是什么东西震动了，过了半晌，才见数块大石随山坡滚下，震得冰雪滑落，冰屑飞扬。那石块有半间房屋大小，若是砸上人身，必定血肉模糊！

青山崖上忙碌的众人突然瞧见此景，都是一呆，白衣女子却一起欢呼道"尊主格杀敌人，尊主天下无敌"，当下有人拔剑出击，和碧落宫宫人动起手来。

巨石滚落，声响渐息，除了仍在动手的白衣女子，众人的目光皆呆呆地看着雪峰之巅，心中不由自主地想象在那雪山之上，究竟是藏匿着何等怪物在和唐俪辞动手？惊天动地的落石之威，究竟是谁人引起？一弦杀人的威力，却又为何不再出现？

就如迎合众人的期待，巨石滚落之后，猫芽峰积雪崩塌，萧萧满天的雪屑覆盖了方才巨石滚落留下的痕迹，一切似乎没有留下任何痕迹。

正在众人一口气尚未缓过来，目光尚未自猫芽峰收回之时，突然有人"哎呀"一声，失声道："那是谁？"

池云凝目望去，只见对面雪山半山腰上，有两个黑影缓缓慢慢地移动，看那移动的方法，这两人若非不会武功，就是武功低微。猫芽峰刚刚雪崩，虽然并不是十分严重，足下的冰雪也是极不牢靠，这两人在此时仍要坚持上山，可见绝非偶然出现，那是什么人？

他瞧不见来人模样："姓沈的，你看得清楚吗？"

沈郎魂耳目之力却是胜过常人甚多，凝神细看，沉吟半晌："好像是两个女子……"

"女子？"池云诧异，"怎会是女子？"不会武功的女子，怎会出现在猫芽峰上、碧落宫外?

沈郎魂眉头一蹙:"看来多半是风流店的女子,但风流店又怎会有不会武功的女子……"

池云沉吟:"难道是余家剑庄里面,白毛狐狸说的那个'红姑娘'?但不会武功,半夜三更爬这样的雪山危险得很,难道说她们比我们还急?认定她们的尊主会吃亏吗?"

山巅之上的情形,看来奇怪得紧,只怕是远远超出他们这些人的想象。沈郎魂目光往兰衣亭掠去,宛郁月旦人在亭中,举手示意,不知在说些什么,一眼也未往山巅上看。

当然,他也看不见。

如此镇定的表情,难道是唐俪辞向他保证过什么?

对面雪山上移动的人影极其缓慢地往上爬,虽然看不清楚具体情形,却也知情况危险万分。究竟山巅上的人有何种魔力,能令这许多年轻女子豁出生命而在所不惜?

突然之间,山顶再度传来震动,碎石滚落,一道人影自山巅飞坠而下,众人未来得及震愕,另一道人影随之扑下。数百丈高峰,众目睽睽,人人看得清清楚楚,乃是第一人先行跌下,第二人方才自行跳下。

但雪峰高远,其寒入骨,其风如刀,数百丈的距离,若自山巅坠落,必死无疑。这第二人临空扑下,不知意欲何为,但如此行径,无异于找死。

一瞬之间,看不清这人是谁,心中念头尚未明白,两道人影已相继跌入云海,不见踪影。

"尊主!"众白衣女子失声惊呼。

蓦地,崖底有人影一晃,对面山崖上缓慢移动的黑影处发出一声震响。

沈郎魂倏然失声道:"应天弩!"

随他这一喝,一支银箭破空而来,箭后引着一条暗红色绳索,此箭之力,竟然能穿透数十丈空间的强风密云,不受丝毫影响,直抵青山崖下!

青山崖下白影一晃,有人接过绳索,缚在崖下岩石之上,清喝一声,数道白影掠上绳索,直奔对山而去!

"白素车!"池云怒喝,她竟然潜伏崖底断岩之间,等待时机。这应天弩一击,分明就是有所预谋,事先留下的退路!

沈郎魂出手如电,一把将池云按住:"且慢!应天弩所引的是百毒绳,一沾中毒,毒分百种,除非下毒之人的解药,世上无药可救!"

池云出手更快,一环渡月银光一闪,百毒绳将断!

暗红色绳索一瞬而来,给青山崖的震动却是难以言喻,不少身在兰衣亭的面具人都是浑身一震,心上念头千百。眼见一环渡月银芒闪烁,将要斩断生路,宛郁月旦一拂袖,只听"叮"的一声脆响,他袖中飞出一物竟然后发先至,与一环渡月相互撞击,一环渡月去势一偏,掠过百毒绳,"嗡"的一声打了一个回旋,重回池云手中。

转瞬之间,断绳救绳,宛郁月旦并无武功,袖中发出的不知是什么暗器,竟有如此威力。青山崖顿时一片寂静,只听他温言道:"既然贵主仍有所安排,要请各位回去,碧落宫也不勉强,山风甚大,各位小心。"

此言一出,众皆愕然,原本一只脚踏出兰衣亭之人迟疑片刻,又收了回来。

宛郁月旦不再说话,静立亭中,就如他十分有耐心等待众人离去一般。

"好只会笼络人心的小狐狸！"池云收回一环渡月，心有不忿，"哼！我下山底去看那两人怎么样了，少陪！"他一顿足，心一横，竟不从碧落宫冰道下山，自崖边纵下，攀附岩石冰雪之上，直追而下。

沈郎魂立身崖上，凝视池云白衣消失于云海之中。那坠落云海的，真的就是他那杀妻毁容的仇敌吗？深仇大恨，真的能这样如云烟一般消散？为何郁积心头的愤怒和痛苦却不曾消失，只是如失去治伤的方法一般，沦为今生的不治之症……

"尊主、尊主……"身后白衣女子纵声恸哭，其声之哀，令人心生凄楚。

耳听碧落宫中有人清喝一声"姑娘"，随后"叮当"一声，却是有人横剑自刎，被碧落宫宫人救下。本欲血溅三尺的战场，沦为一片凄婉悲鸣之地。

"宫主。"宛郁月旦身边一人碧衣佩剑，身姿卓然，正是碧落宫下第一人碧涟漪。宛郁月旦一颔首，轻轻一叹，碧影一闪，满场转动，不过片刻，白衣女子已一一被点中穴道。

这些女子天真未泯，年纪轻轻，虽说是别有可怜可悲之处，却也是众多灭门惨案的凶手，众人皆有恻隐之心，却不能轻易释然，何况关于风流店的众多信息，还需从这些女子身上探听。

"此间事已了。碧大哥，这里交于你。"宛郁月旦眼眸微闭，"我要去看看刚才坠山的两人情况如何。"

碧涟漪领命。

钟春髻自兰衣亭中奔了出来，脸色苍白："我……我……"她此时说话，和方才那侃侃而谈的气势浑不相同。

宛郁月旦温言道:"钟姑娘为我带路吧。"

钟春髻看着宛郁月旦微带稚嫩,却仍是温雅从容的脸,突然只感一阵慰藉,一阵温暖,一阵伤心:"我……"

"走吧。"宛郁月旦伸手搭上她的肩,"请带路。"

沈郎魂抬起头来,凝视对面雪山,只见五名白衣女子和两个人影会合,一路继续往山顶攀爬,一路匆匆下山。以此看来,这应天弩引百毒绳之事,并非风流店事先计划,而是仓促之间的应变之法。这几名女子也是追踪尊主而来,但不知山巅究竟发生何事,导致如此变故。

他内心深处自不相信那两人就此死了,若无万全之策,那两人绝不可能跳崖而亡,更何况还有一人是自行跳下,虽说自数百丈悬崖坠之必死,但对那两个人来说,总有不死的方法。

浩瀚云海之下,风云涌动,风啸之夜,狂风吹得山峰岩石崩裂,攀岩而生的松木摇摇欲坠,宛若不得人气的地狱。

一道黑影破云而下,刹那已下坠数十丈之遥,其后一道灰影加速扑下,在黑影离地尚有数十丈之时,一把抓住了黑影。两人相接,坠势加剧,正在此时,灰影腰间"啪"的一声巨响,两条红色腰带震天而起,刹那之间竟冲开二三十丈长,幅面之宽竟在三尺以上,蓦然就如长了一对鲜红色的翅膀。受此腰带之力,加上风啸之威,两人急坠之势趋缓,堪堪落地之时,灰衣人出掌劈空,素白雪地顿时轰然一声,被劈开了一个巨大的凹痕,而刹那冰层迸裂,龟裂出如蜘蛛网般的纹路。受这腰带、狂风和一掌之力,两人安然落地,灰衣人受冰层反震之力,胸口真气激荡,蓦然另一股真力透体而入,震动五脏六腑,他唇角微勾:"你——"

被灰衣人所救的黑衣人面上黑纱虽早已被风刮得不知去向,但衣上蒙头黑布仍在，遮去他大半面孔，正是柳眼。但听他低声轻笑："哈哈哈哈哈哈……哈哈哈哈哈……就像我从前所说，你就是太重感情……太重感情的人，为何会逼走兄弟、害死朋友？我真是不能理解，但是如你这般做法，永远也杀不了我，哈哈哈哈……"

黑衣人以袖遮面，扬长而去，在雪地上几乎不留痕迹。

"呃……"唐俪辞手按胸腹，跪坐雪地之中，唇角溢血，染得那似笑非笑的唇尤为红润鲜艳，"哈哈，在山巅败于我手，你就跳崖自尽……我拼死救你……你就给我一掌……阿眼你……你真是青出于蓝……而……"他低声说到这里，猛然"呃"的一声吐了一口血出来，以手捂唇，指间、雪地尽是血丝，就如那一天，他亲手挖出挚友破碎的心脏，埋入自己腹中。

如今……方周入土为安……他费尽心机所做的一切，意义何在？

而后果……又要如何收拾？

唐俪辞跪坐在雪地之中，满头银发随狂风暴雪飘动，血染半身，腰上艳红飘带迤逦于地，末端在风中猎猎作响，就如一尊殷红煞白的冰像，既秀丽，又狂艳诡异莫测。

龟裂的冰层尽头，"嗒"的一声轻响，有人踏上了这块暴风雪中被毁坏殆尽的雪地，入目瞧见那绵延二三十丈长的艳红飘带，轻轻"啊"了一声："唐公子……"

唐俪辞抬起头来，只见风雪飘摇之中，一人身着暗色裘衣，缓步而来，走到他身边伏下身来："你怎么了？"

月光凄迷，雪地映照着月光，却是比其他地方亮些，只见来人眉目端正、容颜清秀，微微带了一丝倦意，年不过二十岁，乃是一个裘衣绾发不戴首饰的年轻女子。

"阿谁……"唐俪辞唇角微勾,露出一个如他平日般淡雅的微笑,"别来无恙。"

裘衣女子目光转动,看了一眼他腰上所系的艳红飘带,以及身上地上所流的鲜血:"他……他坠崖而下,是你救了他?"

唐俪辞笑笑:"嗯。"

"而你救了他之后,他却打伤了你?"裘衣女子轻轻地问,眉眼之中那层倦意略重三分,"唉……"

"嗯,阿谁姑娘……"唐俪辞自冰雪中站了起来。坠下深渊,身受重伤,但举手投足之间风采依然,丝毫不见踉跄挣扎之态,明珠蒙血,依旧是明珠。

"冰天雪地,寒冷异常,既然他已经无恙回去,姑娘也请回吧,否则若是受寒,岂非我之过?"言罢微笑,笑意盎然。

裘衣女子点了点头,却站着不走:"我的孩子,他……他近来可好?"

"很好。"唐俪辞笑颜依然,毫无半分勉强,"姑娘跟随他身边,他脾气古怪,姑娘小心。"

"他——"裘衣女子缓缓地道,"他我行我素、胡作非为,一旦心之所好,即使夜行千里,横渡百河,他也非做不可。不过……"她眼望唐俪辞身上斑斑血迹,"他不算个特别残忍的人,只不过任性狂妄,或许是受过太大的伤害……这一掌如果他真有杀你之心,你必已死了,只是或许连他自己都不明白……"

"我明白。"唐俪辞柔声道,"阿谁姑娘,请放心回去,风流店九心丸之事我必会解决,今夜请莫说在此遇见了我。"

199

裘衣女子淡淡一笑，笑颜清白："卑微之身，浮萍之人，唐公子何等人物，不必对我如此客气。抚养大恩，阿谁永世不忘。"

行了一礼，她低声道："唐公子身负重任，颇受煎熬，还请珍重。"

唐俪辞微微一笑，本要说话，却终是未说，目送裘衣女子缓步离去。

她是凤凤的娘，是柳眼的婢，也是柳眼心心念念、不想爱又不能不爱的女人，是一个好人。

仰头看了下数百丈的雪峰，他手按胸腹之间，眉心微蹙，随即双袖一抖，腰际所缠的艳红飘带倏然而回，握在手中，不过盈盈一把。

这艳红飘带，乃是洛阳莲花庵最富盛名的菩鹃师太毕生心血，以一种殷红色小虫所吐的丝织就，此丝细于蚕丝百倍，强韧远在蚕丝之上，而刀剑、水火不侵，乃是一件难得的宝物。不过正因此物刀剑难伤，故而无法剪裁成衣，自织成至今仍是一块三尺余宽，四五十丈长的布匹，价值连城。菩鹃师太生平纺织无数，独对此物珍爱倍之，不肯出售。

数年前唐俪辞因故与菩鹃师太相识，菩鹃师太坐化圆寂之时将此物送他，而此次雪山之行唐俪辞思虑周密，早已料到有坠崖之险，所以一早带在身上。

收拾好飘红虫绫，他纵身而起，再上雪山，重伤之身起落之势仍如鹰隼，片刻之间，已上了数十丈之高。

池云自岩壁攀爬而下，虽是惊险万分，但仗着一身武功化险为夷，期间滑下几次，福大命大侥幸未伤。

待他堪堪到达山下，已是天色微明，遍寻山底不见唐俪辞人影，只见雪地崩裂，血迹斑斑，该死的两人踪迹杳然，不要说尸体，连一片衣角都没有留下。

他寻不到人，却见染血的雪地之上留有一行浅浅的足印，依稀是女子所留，心下诧异，沿着足迹追了出去。

池云离去不久，宛郁月旦和钟春髻赶到峰下，绕猫芽峰一周，他们却并未找到这片染有血迹的冰地。转了几圈，宛郁月旦一声轻叹："找不到人，说明坠崖之人未必有事，此地寒冷，还是回去吧。"

钟春髻举目四顾："他们要是摔了下来，挂在山壁之上，不是也……也……"

宛郁月旦柔声道："猫芽峰山势陡峭，罕有坡度，多半是不会的。"

钟春髻低声道："那……那要是他摔得……摔得粉身碎骨，岂不是也找不到……"

宛郁月旦微笑："钟姑娘切莫心乱，宛郁月旦相信，以唐俪辞之能，绝不至于坠崖而亡。"

他说出"切莫心乱"四字，钟春髻颊上生晕，突然之间，不知说什么好，怔怔看着宛郁月旦，这个人的眉目仍是那般精致秀雅，神态仍是那般从容，如果方才是他坠崖，自己又会如何呢？

"那现在该怎么办？"钟春髻轻声问，"顺利收服风流店下六十三人，但是他并没有说收服之后又该如何。"

宛郁月旦道："现在……回宫中说那两人无事，静坐等他回来便是。"

雪峰之巅。

杂乱的雪印，数道溅血的痕迹，冰雪尽去，露出嶙峋岩骨的巨大黑岩，一切的一切，发生得如此短暂，却又似如此遥远。

白素车持刀上山,身后跟随两名白衣女子,踏上峰顶,只见风雪,并无人迹,然而狂风之中隐约有婴孩微弱的哭声,似远似近。她"嗯"了一声,只见在巅峰岩缝之中露出襁褓一角,一个不过数月的婴孩被夹在岩缝之间,冻得满脸青紫,极其微弱地哭着。这孩子若不急救,不消片刻便会毙命。

"白姐姐,这是——"白素车身后的一名白衣女子娇声道,"这是谁的孩子?怎会在此?"

白素车摇头道:"我也不知。不可思议,尊主和唐俪辞决战在此,怎会突然多了一名婴孩?"

白素车身后另一名白衣女子却道:"我知道,这是上山前燕儿姐姐从雪山那户猎人家里夺回来的,好像是尊主非常看重的人。"

"既然是尊主看重的人,白姐姐,杀了他!"那白衣女子娇咤,"唰"的一声拔出剑来,"或者让我一剑斩为两段。"

白素车把那婴孩自岩缝里扯了出来,伸指一触那婴孩的脸,只觉冰冷之极,更胜寒冰。这孩子在如此恶劣的环境中竟然不死,也是一件奇事。

"你要杀他?"

"不错!尊主心中牵挂的人太多,我要他有一日心中只有我一个!"那白衣女子杀气凛凛。

另一人道:"让他在这里自生自灭。既然尊主不在,我们快点回去吧。"

白素车轻轻叹了一口气:"你们……你们还真是被小红调教得很彻底,杀人满门毫不在乎……真的要杀这个孩子?"她右臂将凤凤抱在怀中，"谁先杀了这个孩子，我就教谁一记剑招如何？"

"好！"两名白衣女子娇咤一声，刀剑齐出，如电光流转，直击白素车怀中的凤凤。

"叮当"两声脆响与一声惨叫"啊"混在一起，只见两道白影受创飞出，直坠山崖之下——这两人不是唐俪辞，自也没有会半路打开的飘红虫绫救命，眼看是不能活了。

白素车一招杀两人，拂袖而立，神色不变，仍是那般清灵。她将凤凤抱在怀中，运功攻入他体内，为他解除寒气。

"好一个女中豪杰。"狂风暴雪之中，有人轻轻一笑，"白姑娘，这一击很漂亮。"

白素车蓦然回身，只见身后巨岩之下，不知何时已站了一人，灰袍宽袖，半身染血，然而风姿卓然，袖袍飘扬，丝毫不见憔悴之色，正是唐俪辞。

"唐俪辞……"她断戒刀在手，斜对唐俪辞，没有丝毫畏惧之色，"你要怎的？"

唐俪辞右手轻按腹部："今夜之战，有两件事很奇怪……其一，梅花易数、狂兰无行分明是风流店两大战力，为何不能出手？其二，红姑娘心计过人聪明绝顶，又善引弦摄命之术，为何没有出现在战场上，导致青山崖局面突变之后，风流店无人主持，难以应对？当然，理由可有千百种，不过我想最具可能性的一种……是风流店中有内奸，此人非但卧底风流店，而且地位甚高，能够影响红姑娘战局排布，甚至能对梅花易数和狂兰无行暗下手脚，导致两人没有听令出手。"他面带微笑地看着白素车，"白姑娘智勇双全，自我牺牲之大，真令江湖男儿汗颜。"

萧萧雪峰之上，白素车目不转睛地看着唐俪辞，断戒刀寒芒依旧闪烁，她紧紧握着刀柄，过了许久，轻轻叹了口气。

唐俪辞踏上一步，对她怀中的凤凤伸出手。

白素车将孩子抱还给他，身后晨曦将起，她看着怀抱婴孩的唐俪辞，眼波渐渐变得温柔："你果然……和他不一样。"

"池云还是孩子心性，凡事只看表面。"唐俪辞道，"不过他虽然嘴上恶毒心思简单，却不是个薄情的人。"

白素车幽幽一叹："不管他薄不薄情，我白素车此生，终是不会嫁他。"她拂了拂鬓边飘飞的头发，"当初爹将我许配池云，我真的很不乐意，逃婚之事并非有假……此时人在风流店中，婚姻之事更是无从说起，唐公子不必为池云做说客，今生今世……姻缘之事再也休提。"

唐俪辞上下打量她："芙蓉其外，刚玉为骨，白府能得姑娘此女，真是莫大荣耀。"

白素车柳眉微扬："承蒙家父教导，为江湖正道尽力，纵然落得漫天骂名而死，白素车死而无憾。"她说得淡泊，面上更是丝毫不露遗憾之色，风骨坦荡，尤胜男子。

唐俪辞不再说话，望着白素车的眼睛，忽而微微一勾，那眼线一勾之间流露的是赞赏之笑。

晨曦初起，雪山清灵之气顿生，白素车清清楚楚地看见，心头突而微微一乱。她貌若纤秀，心气却高，行事干练凌厉，为男子所不及，如此被男子深深凝视，却是从未有过。

"当年我逃婚离开白府，在路途上遇到强敌，身受重伤，为小红所救。"她道，"从此加入风流店，主管风流店下三十六名白衣役使。

风流店虽然尊柳眼为主，但真正统管全局之人是小红。尊主为人任性，除了调制九心丸，几乎从不管事。小红之上尚有东、西公主，那两人并非女子，而是练有一种威力强大的奇异武功，练到九层，男化女身，而一旦功成圆满，便又恢复原来形貌，从此驻颜不老。"

"梅花易数、狂兰无行在风流店中地位如何？"唐俪辞沉吟，"另外，七花云行客中剩余的那位一桃三色，可也在风流店中？"

白素车摇了摇头："他们都归小红暗中调遣，平时几乎没看到人，至于一桃三色，我也不知是否被小红网罗，从未见过。"

唐俪辞目光自她脸上移开，望着徒留打斗痕迹的黑色岩石："那就是说，风流店内卧虎藏龙，不能轻举妄动、随便挑衅……而风流店虽然名为柳眼所有，但实际上究竟是谁掌控局面，只怕难说。小红，东、西公主，甚至当中从未露面的人物，都可能是其中的关键。"

白素车柳眉微扬："正是如此。"

唐俪辞看了一阵那雪地，视线缓缓移回白素车的脸上，柔声道："你辛苦了。"

白素车顿了一顿，别过头去："我不辛苦。一旦此间事了，白素车倘若未死，一定刎颈于池云刀下。告辞了！"

她转身而去，起落之间捷若飞鹤。

怀里的凤凤已渐渐暖了，哭了半日累得狠了，趴在唐俪辞的怀中沉沉睡去，满脸都是眼泪的残痕。

唐俪辞轻轻拍了拍他，目视白素车离去的方向，要说心机，池云远远不如他这未婚妻子，否则郎才女貌，本是一对佳偶，可惜、可惜。

朝阳初起，丹红映冰雪，晶莹耀目，唐俪辞怀抱凤凤，纵身而去。

八 ◆ 无间之路 ◆

> 第一次见唐俪辞的时候，她觉得他光彩照人，温雅风流；而如今时隔数月，唐俪辞依然光彩照人，依然温雅从容，甚至已是江湖中名声显赫、地位超然的人物，她却觉得他眉宇之间……除了原有的复杂，更多了抑郁。

不消数日，碧落宫之战已传遍江湖，其中被碧落宫收服的六十三人向师门痛哭流涕，不少人细说被风流店所致的种种非人遭遇，自己是如何惨受蒙骗服下禁药，又是如何无可奈何被迫上山，风流店奸险歹毒，更以女色诱人，乃是江湖继祭血会以来的大敌云云。当然也有人不屑解释，回归本门一派沉默。

成缊袍对中原剑会细述碧落宫一战的实情，于是中原剑会与唐俪辞的梁子轻轻揭过，余泣凤既然是风流店中人，唐俪辞率众杀他自是大智大勇。而碧落宫战败风流店，一时名重江湖，许多人联想起数年前洛阳一战，不免交口称赞碧落宫一向为江湖正道之栋梁，宛郁月旦名声之隆，已不在当年"白发""天眼"之下。

数日之间，往昔神秘莫测的碧落宫现身江湖，已是王者之势。至于何时能回归洛水故地，想必宛郁月旦心中自有安排。

萧奇兰伤势痊愈，称谢而去。

中原剑会邵延屏前往碧落宫，围剿风流店，势若燎原。

"宛郁宫主年少有为，老宫主泉下有知，必定深感欣慰。"邵延屏哈哈说了两句客套话，目光在兰衣亭中转来转去，他深感兴趣的东西却没瞧见，"听说唐公子和宛郁宫主携手共破强敌，却不知唐公子人在何处？"

宛郁月旦手端清茶："唐公子人在客房休息，他身上有伤，恐怕不便打扰。"

邵延屏大为扫兴，只得侃侃说些日后中原剑会要和碧落宫如何合作、可供调配的人手共有多少、风流店的据点可能在何处、不知碧落宫有何计划等话题。

宛郁月旦微笑不答，却说碧落宫此地已不宜久留，正要重返洛水。

邵延屏便道此乃美事，重兴之事不知进程如何。

宛郁月旦道重兴之事唐俪辞已出手相助，正在筹划之中。

邵延屏打个哈哈，说道既然唐公子出手，中原剑会也不能小气，中原剑会不能与唐公子比财力，但如需要人力，剑会当仁不让。

宛郁月旦称谢婉拒，邵延屏坚持要帮，说到最后，是邵延屏以剑会名义赠与碧落宫一块牌匾。

正事谈毕，宛郁月旦请邵延屏入客房休息，邵延屏称谢进入。

过了一炷香时间，他悄悄自房中溜了出来，往左右两边客房中探去。

身为中原剑会理事之人，行事本来不该如此儿戏，但邵延屏大大地叹口气，他承认他就是好奇，他就是不够老成持重、不够稳如泰山，此行若没瞧见唐俪辞一面，回去他恐怕都睡不着了。

能杀余泣凤的人，又能败风流店，尤其从数百丈高山上跳下来都毫发无伤的人，若是瞧不到，岂非枉费他邵延屏今生习剑之目的了？旁人习剑是为强身、惩奸除恶，他之习剑是为猎奇，并且这老毛病数十年不改。

左右客房之中都住有人，不过在他眼中看来，都是二三流的角色，多半就是身中九心丸之毒，又无家可归的那些。至于唐俪辞人在何处，他却始终未曾瞧见。

听宛郁月旦的口风，似乎刻意对唐俪辞的下落有所隐瞒，那就是说唐俪辞并非住在容易找到的地方……邵延屏脑筋转了几圈，往远处最偏僻最不起眼的小屋掠去。

青山崖之后山，有一处寸草不生的沙砾地，此地气候相对冷冽，沙砾地上尚有不少不化的积雪，只是数目不多，也不会结成冰川。沙砾地后，松林之中，有一处松木搭就的小屋，窗户微开，大门紧闭。邵延屏身形一晃，掠到窗外往里一探，只见一人卧在床上，身材颀长，颇为风姿俊朗，心下赞道这唐俪辞果然生得不恶，可惜虽然相貌俊朗，却似乎少了些什么，令他无法有啧啧称奇之感……

猫芽峰外百里之遥，菱州母江之上。

"败敌之后，化明为暗，你果然是万世莫敌的老狐狸。"轻舟之上，沈郎魂淡淡地道，"只是委屈了碧落宫下第一人，不知要假扮你到几时？"

舟中有人微笑道："这假扮之计是宛郁月旦一手谋划，与我何干？"

沈郎魂握钓竿在手，端坐船舷正在钓鱼："哼！"

若有人自远处望来，只见是一人乘舟垂钓，极难想象这船上的两人，正是前些日子让武林翻天覆地的人物。

舟篷之中，唐俪辞怀抱凤凤，背靠篷壁而坐。他的脸色依然很好，然而手按腹部，唇色微白，自受柳眼一掌，腹中便时时剧痛不已。那一掌伤并不重，却似伤及了埋在腹中的方周那一颗心，导致气血紊乱，数日之内，不宜再动真气。而此时此刻，正是追踪风流店的最佳时刻，偏偏池云踪迹杳然，自从跃下青山崖查看唐俪辞的生死，他竟一去不复返，突然之间失踪了。

"池云或许真的被风流店所擒，抑或——说不定已经死了，你作何打算？"沈郎魂手握钓竿，线上分明有鱼儿吞饵，他纹丝不动，不过片刻，那块饵就被鱼吃光，他一甩手腕，收起鱼钩，再挂一块饵料，如此重复。

"死？"舟里唐俪辞柔声道，"我最恨这个字。"

沈郎魂道："就算你恨，也不能保证池云不会撞上柳眼，不会被他一琵琶震死。"

唐俪辞尚未回答，岸边传来马蹄声，骑马之人似乎不愿走得太快，只是缓缓跟在船后，隐身树林之中。

"哈哈！"沈郎魂淡淡地道，"小丫头真是神机妙算，竟然知道你我会在这里路过，又跟上来了。"

唐俪辞轻轻抚摸了下凤凤的肩头，小孩子的肌肤触手柔润细腻，十分可爱："这个……只能说妾有心而君无意了……谈情说爱，也要你情我愿，虽然钟姑娘是个美人，但也是个小孩子。"

沈郎魂嘴角一勾："你是说你嫌她太小了？"

唐俪辞道:"岂敢、岂敢。"

沈郎魂忽问:"你可有妻室?"

唐俪辞微微一笑:"我有情人,却无妻室。"

沈郎魂一怔,唐俪辞说出"我有情人"四字,大出他的意料。

"能得你赏识的女子,不知是何等女子?"

唐俪辞的眼神微微飘了一下,依稀有些恍惚:"她……不说也罢,你的妻子又是什么样的女子?"

"我的妻子,一介农妇,洗衣种地、织布持家的寻常女子,平生心愿,便是为我生个儿子。"沈郎魂淡淡地道,"她是个好妻子。"

唐俪辞轻轻一叹:"平生心愿,便是为你生个儿子,有妻如此,真是你的福气。"他言下似有所指,暧昧不明。

沈郎魂嘴角微微一勾:"你的情人,可是那万鑫钱庄的老板娘?"

唐俪辞笑了起来:"她半生艰辛,若是有唐某这样的情人,岂非命苦之极?"

沈郎魂淡淡一笑:"你倒也有自知之明。"

唐俪辞抱起凤凤,鼻子在婴儿柔嫩的脸颊上轻轻磨蹭,入鼻满是香软的味道,他突然微微启唇,含住凤凤柔软的耳朵,凤凤"咿呀"一声,小小的拳头用力打向他的脸,他闭目受拳,咬住凤凤的耳朵轻轻地笑。

"池云在猫芽峰下失踪,正逢风流店退走之时,不过既然风流店一招之失,在碧落宫留下许多深谙内情的白衣女子,那风流店的据点必定要在短期内迁走,否则宛郁月旦指使邵延屏带人扫荡,岂非全军覆没?所以就算找到了据点,也未必救得到人。"沈郎魂改了话题,再换一个鱼饵,甩入水中,"化明为暗,让碧涟漪代你在碧落宫中享受英雄之名,难道你已知道追寻的方向？"

"这个……是告诉你好呢，还是不告诉你好呢？"唐俪辞放开凤凤，闭目恣意享受微拂的江风，"还是不告诉你比较好。"

沈郎魂微微一哂："你已联络上风流店中卧底之人？"

唐俪辞"哎呀"一声，似笑非笑地睁眼："沈郎魂不愧五万两黄金的身价，果然和池云不同。"

沈郎魂忽地抬腕钓上一尾鱼儿，但见那活鱼在船舷上不住跳跃，"噼啪"作响："卧底之人用什么方法告诉你池云没事？又用什么方法告诉你风流店行动的方向？"

唐俪辞红唇微张，舌尖略略舔在唇间，却道："好一条滑鳞彩翅，想不到这母江之中，竟然有这种绝世美味。"

沈郎魂将那尾活鱼捉住，这尾鱼儿浑身光滑无鳞，犹如鳝鱼，但长得和一般鲤鱼并无差异，只是鱼翅色作五彩，十分漂亮。

"滑鳞彩翅只需弄火烤来，就是美味啊。"

唐俪辞自船篷里掷出一物，沈郎魂伸手接住，只见此物碧绿晶莹，状如圆珠，日光下剔透美丽之极："碧笑火！万窍斋之主，果然身上带的火折子，也是稀罕。"

这颗碧绿圆珠名为"碧笑"，只需猛烈摩擦就能起火，而碧笑之火经风不熄，不生烟雾火焰明亮。虽然碧笑之火有许多好处，但它本身却并非引火之物，乃是一件举世罕见的珠宝。

沈郎魂引燃"碧笑"，那块鹅卵石大小的碧绿珠子腾起二尺来高的火焰，沈郎魂剖开鱼肚，自暗器囊中取出一根三寸来长的银针，串住滑鳞彩翅，慢条斯理地烤着。

鱼香阵阵，缓缓飘入岸边风景如画的树林之中。

钟春髻人在马上，怔怔地看着母江中的那条小船，他就在船上，甚至正在烤鱼。她不明白为何她要从碧落宫中出来，又为何要跟着他的行迹，为何要时时勒马黄昏，只为看他一眼。离开月旦，她心里是不情愿的，但唐俪辞要离去，她放心不下，定要时时刻刻这般看着他，心中才能平静……这是……这是什么感觉？

她低头看自己勒缰的手掌，雪白的手掌中一道红痕，有些疼痛。她心里有些清楚——自己最企盼的情景，是和月旦、唐俪辞在一起，永远也不分离，但……这是可耻的念头，是不可提及的邪念。月旦和唐俪辞，终究是全然不同的人。

正在她望着江上的小船，呆呆地想自己心事的时候，突然树林之中，有人影轻轻一晃。

她蓦地惊觉："什么人？"

不远处一棵大树之后，有人微微倾身，黑衣长袖，黑布为帽，微风吹来，衣袂轻飘。

钟春髻心中一凛："你是谁？"她手腕用劲，此人藏身林中，她丝毫不觉，显然乃是强敌，心中已定退走之计。

"知你心事的朋友……"微风掠过黑衣人质地轻柔的衣袍，他低声道，声音低沉动听，一入耳，就如低声说到了人心里去。

钟春髻喝道："装神弄鬼！你是什么人？"

"我是唐俪辞的朋友。"黑衣人低声道，"我知道你很关心他，他的故事，你可想知道？"

钟春髻一怔："他的故事？"

黑衣人从树后走出，缓缓伸手，拉住梅花儿的缰绳："我是他从小一起长大的朋友，你想知道他的故事，就和我一起走。"

钟春髻一记马鞭往他手上抽去，喝道："放手！你我素不相识，我要如何相信你？"

黑衣人低沉地道："凭我能杀你，却没有杀你。"

言罢，"啪"的一声，那记马鞭重重落在他的手上，他的手其白如玉，马鞭过后一道血痕赫然醒目。

钟春髻一呆，心中微起歉疚之意："你为何要告诉我他的故事？"

黑衣人低声道："只因他要做危险的事，我不愿见他，但又不想他一错再错。我知你很关心他，所以，希望你去阻止他做傻事。"他一边说，一边牵马，不知不觉，钟春髻已被他带入了树林深处，渐渐远离了母江。

"既然你是唐俪辞的朋友，为何不以真面目见我？"钟春髻上下打量这个神秘的黑衣人，眼见他穿着一件宽大无比的黑袍，根本看不见身形如何，头上黑布随风飘动，亦是丝毫看不见本来面目。然而其人武功绝高，一步一牵马，丝毫不露真气，却能屏绝气息，令人无法察觉他的存在。

黑衣人低声道："想见我的真面目，可以。不过你要先答应我，听完唐俪辞的故事，你要帮我阻止他。"

钟春髻好奇心起，暗道我就听他一听，且看这人搞的什么鬼！

"好！你告诉我唐俪辞的故事，我就帮你。不过你要先揭开头罩，让我一看你的真面目。"

黑衣人举袖揭开黑布头罩，阳光之下只见其人唇若朱砂，肤色洁白莹润，眼线斜飘，眉线极长，犹如柳叶，容貌有一种异于常人的沉郁妖魅，令人入目心颤。

钟春鬃呆了一呆，她本来以为这人遮住颜面必定奇丑无比，结果此人非但不丑，竟是生得妖媚非常，那身上的气质不似人间所有，就似鬼魅地狱中生就的奇葩。

"你……"

"我姓柳，叫柳眼。"黑衣人低声道，"是和唐俪辞从小一起长大的朋友。小的时候，他叫我大哥，长大以后，他叫我阿眼。"

"他……他出身何处？"钟春鬃目不转睛地看着黑衣人柳眼，此人相貌非凡，不知何故，她觉得他并非在说谎，"听说他是国丈义子，但并非出身皇家。"

"他出身名门。"柳眼声音低沉，略带沙哑，却是说不出的动听，"少时娇生惯养，脾气极坏。我乃唐家门生，少时与唐俪辞兄弟相称，与我相类者，共有三人。"

钟春鬃听在耳中，心中将信将疑，只听柳眼继续道："长到十岁，在家里一切恶事都已做尽，再无趣味，他便从家里逃了出来，结识歹人恶徒，到处惹是生非。除了杀人，可说世上一切能做的事，不论好坏，都被他做尽了。"

钟春鬃忍不住道："当真？实是令人难以相信……"

柳眼继续低声道："他所做的种种事，我都和他同路，何必骗你？"

钟春鬃越听越奇，如果唐俪辞小时真是这等胡闹，她怎会在江湖上丝毫不曾听过他的名头？

柳眼道："所以我对他说，如果他再这样下去，将是一条不归路，他控制欲太强，不是好事。我要他试着做好事，淡泊名利……有助于排解他心中的恶念。"

钟春髻道："听起来你倒是好人。"

柳眼低沉沙哑道："我救过他的命,我们感情很好,虽然我的话十句他有九句不听,但是这一句,他听了。"

钟春髻眉头扬起："他退出邪道,改作好人了?"

柳眼道："嗯……他从十三岁一直到二十岁,一直遵照我的话,循规蹈矩。不过他天生不是淡泊无欲的人,他内心深处想要的东西太多,他的各种欲望无穷无尽,家里虽然有权有势,在别人眼里早就成为焦点,但是他希望成为万众焦点,所有的称赞、羡慕、迷恋、怨恨、嫉妒、困惑,如此等等,如果没有集中在他身上,他就会焦躁不安,以致癫狂。"柳眼停了下来,"终有一日,他发现尽管他做了种种努力,在旁人心中,仍旧觉得我们兄弟四人中有人比他好,仍旧有人不喜爱他不在意他……他接受不了这种现实,所以他要和我们同归于尽。"

钟春髻失声道："同归于尽?"

柳眼淡淡地道："不错,得不到想要的东西,他就把它毁掉,而且要毁得干干净净、彻彻底底,灰飞烟灭了才甘心,唐俪辞就是这样的人。"

他不等钟春髻疑问,接下去道："然后我们侥幸没死,偶逢奇遇,来到中原。失去了所有的一切,身上没有一个铜板,为了活下去,我们中有一个人出门卖艺,他叫方周。"

钟春髻一怔："'三声方周'?原来周睇楼的不世奇才,竟然是你的兄弟。"

柳眼低声道："方周也是唐俪辞的兄弟,他却从来没有告诉任何人。我以有方周这样的兄弟为荣,而他……我不知道他是什么想法。"

钟春髻道:"原来你们不是中原人士,难怪之前从未听说你们的名号。他……他为何不肯说方周是他的兄弟?"

"方周为人心高气傲,人在周睇楼卖艺,其实他心里极其不情愿,但我们四人在中原毫无立足之地,又无一技之长,方周善弹古筝,唐俪辞逼他出门卖艺。"柳眼道,"方周是宁愿饿死,也不食嗟来之食的人,但他心中有兄弟,唐俪辞逼他卖艺,他就去了。而我和另外一个兄弟,因为不愿方周为己受委屈,私下离去。结果半年之后,我重返周睇楼,却发现唐俪辞逼迫方周修炼'往生谱',意图要方周以命交换,换功给他,以成就他的绝世武功……"

钟春髻变了脸色:"这……这种事怎么可能……"

柳眼道:"我不骗你。"

钟春髻脸色苍白:"之后……之后呢?"

柳眼低声道:"之后方周死了,唐俪辞获得绝世武功。我之所以不愿见他,就是因为他是这样一个忘恩负义、奸邪狠毒的小人,狼子野心、不择手段。"

钟春髻心脏"怦怦"乱跳,听闻唐俪辞的故事,要全盘不信已是不能,而若是要全信,也是有所不能。

"可是……"

"可是他在你们大家面前,还是温文尔雅、谈吐不俗是不是?"柳眼道,"你可知他为何要和风流店作对?为何要查九心丸?这一切本来和他没有丝毫关系,他要追查这件事,目的就是成就他自己的声望名誉,他要掌控武林局势,让自己再度成为万众瞩目的焦点。"他沙哑地道,"这是他骨子里天生的血,他就是这种人。你和他相处的日子不短,难道没有发现他行事不正,专走歪门邪道吗?他要真是一个谦和文雅的君子,岂能想出借碧落宫之力,决战青山崖之计?你要知道要是他计谋不成,赔上的就是碧落宫满宫上下无辜者的性命!他是以别人的命来赌自己的野心!"

不!不!唐俪辞他绝不是这种人!钟春髻心中一片紊乱,眼前人言之凿凿,加上回想唐俪辞一向的手腕也确实如此,她心底升起一片寒意,难道他真的是一个残忍狠毒的伪君子……

"你既然如此了解他,为什么不阻止他?"

"他是我从小一起长大的兄弟,虽然他变了,做了不可原谅的事,但我依然无法面对……"柳眼低声道,"现在他要对付风流店,一旦他战胜风流店,就会回头对付宛郁月旦,因为一旦风流店倒下,碧落宫就是他称王江湖的绊脚石。"他缓缓抬起头,以他那奇异的柳叶眼看了钟春髻一眼,"故事说完了,你要帮我吗?"

"你要我怎么帮?"她低声问,"我……我……"

柳眼露出一丝奇异的微笑:"你希望宛郁月旦和他都留在你身边,永远不分开,是不是?"

她悚然一惊,这人竟把她那一点卑鄙心思瞧得清清楚楚:"你——"

柳眼低沉沙哑地道:"我教你一个办法。只要你在唐俪辞背后这个位置,插下银针,他就会武功全失;而只要你让他喝下这瓶药水……"他自宽大的黑袍内取出一只淡青色的描花小瓶,"他就会失去记忆,而不损他的智力。以唐俪辞现在的声望,要是失去武功和记忆,宛郁月旦必定会庇护他,而你只要常住碧落宫,就能和他们两个在一起,永远也不分开。"

"你这是教我害人!"钟春髻变了脸色,"你当我钟春髻是什么人!"

柳眼低沉地道:"一个想得到爱却不敢爱的女人。如果你不肯帮我,那么以后唐俪辞和宛郁月旦兵戎相见,为夺霸主之位自相残杀,你要如何是好?"

钟春髻咬唇不答,月旦立意要称王武林,而俪辞他……他是汲汲于名利的人,当真不会有称霸之心,当真不会和月旦兵戎相见吗?她……她不知道。

柳眼目注于她,突然一松手,那瓶药水直跌地面,钟春髻脑中刹那一片空白,等她清醒,已将药水接在手中,而柳眼转头便去,就如一阵黑色魅影,无风无形,刹那消失于树林之中。

菱州秀玉牡丹楼。

秀玉牡丹楼是一处茶楼,除了茶品妙绝,楼中的牡丹也是名扬天下,每当牡丹盛开的季节,总有各方游客不远千里前来赏花,秀玉牡丹楼也特地开辟了众多雅室,让客人品茶赏花。

秀玉牡丹楼第三号房。

"青山崖大败,我方折损许多人马,梅花易数、狂兰无行两员大将无缘无故落入碧落宫之手,出战之前,是谁说青山崖有尊主足矣,不必小红在阵?又是什么变故让引弦摄命无效?东公主,你不觉得这其中另有蹊跷吗?是谁有意阻挠或是能力不足,导致我方惨败?"房内眉间若蹙的红姑娘坐在椅中,面对牡丹,缓缓地道,语声虽不高,语意却是凌厉难当。

摆放许多绝品牡丹的房中,一人身肥腰阔,一身绿衣,满头珠翠,端着一盘卤鸡,正在啃鸡爪。闻言这人懒洋洋地抬头,娇声嗲气地道:"哈哈,谁知道这是有人对尊主不满,故意要害他;还是有人吃里爬外,想做那身在曹营心在汉的英雄?素儿你说是不是?"

这长得如母猪一般的翠衣人,便是风流店"东公主"抚翠。当然,抚翠乃是化名,他究竟本名为何,只怕不等到他将神功练成,变回男身的那天,世上谁也不知。

白素车手按刀柄,淡淡地道:"青山崖大败,都是我的错,未曾料到唐俪辞和宛郁月旦如此刁滑难缠,又未料到有人对梅花易数、狂兰无行暗下手脚,以银针之法封住他们几处奇脉,导致临阵不战而败。"

红姑娘身子一阵颤抖:"你……你是说我暗害尊主,故意封住梅花易数和狂兰无行,要让他惨败青山崖吗?简直是胡说八道!"

白素车道:"小红对尊主尽心尽力,一往情深,我只说有人对他们二人下了手脚,却未说是你。"

红姑娘呼吸稍平,一只手牢牢抓住桌上茶杯,茶杯不住地颤抖:"但银针封脉之法是我专长,就算你心里不这么想,难保别人心中不会这么想!风流店中或许出了内奸!"

东公主抚手大笑。

红姑娘冷冷道:"如此说来,我便是内奸了吗?"

东公主伸出油腻腻的手指,在她的脸上蹭了几下:"怎会?小红对尊主那份心,那是天长地久海枯石烂都不会变的,我不相信你相信谁呢?"他"哈哈"干笑了几声,"风流店里龙蛇混杂,可能是奸细的人很多,我早就告诉过尊主,门下收人不可滥,可惜他不听我的。"

"就凭你,也管得到尊主?"红姑娘颤抖的手腕稍止,左手握住右手手腕,"青山崖之事,我不杀唐俪辞、宛郁月旦,誓不罢休!让人恨煞!"她一拂衣袖,"从明日开始,我要彻查究竟谁是风流店中的奸细!"

东公主咬了一口鸡肉:"但我觉得你更合适对上宛郁月旦,家里的事就留给素儿,或者我,或者西美人,如何?"

红姑娘微微一怔:"宛郁月旦?"

东公主一摊手:"你想,两个不会武功的人,一个手无缚鸡之力,一个是睁眼瞎,偏偏两个人都是满身机关、别人碰也碰不得的刺猬,要是对上了手,该是件多好玩的事……哈哈,这个主意告诉尊主,他一定非常有兴致,小红你比我了解他,你说是不是?"他囫囵吞了一块鸡肉,"况且小红应该占上风。"

红姑娘眼波流转:"哦?"

东公主咧唇一笑:"你看得见,他看不见。"

"这事听起来不错。"白素车微微颔首,"尊主应会应允。"

红姑娘手抚身侧檀木桌子,纤秀的手指细细磨蹭那桌上的花纹:"要对付宛郁月旦,需要从长计议,宛郁月旦聪明多智,一个不小心,说不定阴沟里翻船……不过东公主之计,也不是不可行……"

东公主哈哈大笑:"是你的话,一定有好办法。"

"小丫头走了,想必又要到前面的集镇守株待兔。"沈郎魂烤熟了那尾滑鳞彩翅,淡淡地道,"这条鱼,你吃或是我吃?"

船篷内伸出一只手,沈郎魂手持烤鱼,纹丝不动:"出钱来买。"

"哈!"船篷内一声轻笑,"话说十三杀手楼的楼主,有一样非得不可的宝物，你可知道是什么？"

沈郎魂淡淡地道："一样珠宝，春山美人簪。"

唐俪辞道："不错，春山美人簪，虽然是女人的饰品，但簪上有青云珠八颗，贵楼主修炼青云休月式第十层，需要这八颗珠子。"

沈郎魂道："那和这条鱼有什么关系？"

唐俪辞道："你想要你妻子的遗体，他想要春山美人簪，只要各有所需，就有谈判的空间，不是吗？"

沈郎魂眼神一亮："你知道春山美人簪的下落？"

唐俪辞道："哎……"

沈郎魂一挥手，烤鱼入船篷："簪在何处？"

船篷里传来唐俪辞细嚼慢咽的声音："嗯，果然是人间美味，簪？我可有说要告诉你？"

沈郎魂淡淡地道："少说废话！簪在何处？"

船篷里唐俪辞道："春山美人簪，我确实不知道它身在何处，但它最后出现是在南方朱雀玄武台，一位女子发上。"

沈郎魂低声问："谁？"

唐俪辞微笑道："她说她叫西方桃，是一位我平生所见中，难得一见的绝色佳人。"

沈郎魂低沉一笑："能被你说是美人，那必定是很美了，你和这位美人很有交情？"

唐俪辞道："我与她有一斛珠之缘，谈不上交情。当年见春山美人簪在她发上，如今已不知她身在何处，不过日后我会替你留心。"

"一斛珠之缘？是朱雀玄武台花船之会了？"沈郎魂慢慢地道，"听说江南品花大会一年一度，每一年嫦娥生辰那日，江南众青楼派本楼中最受器重的一位清倌参与评比，朱雀玄武台遍请天下名人雅士皇亲国戚前来品花，得胜之人，获千金身价，各位参评之人如对花魁有兴趣，一斛珠之价，可得一面之缘。原来你还是品花老手，失敬、失敬。"

唐俪辞道："不敢。不过我以一斛珠约见西方桃一面，倒不是因为她是美人，而是卖身青楼的女子发髻上戴着稀世珠宝，这种事怎么想都让人觉得有些奇怪。"

沈郎魂淡淡地"哦"了一声："然后呢？"

"然后我刚问了她姓名，花船就突然沉了。"唐俪辞微笑道，"有个蒙面人冲上船来，一掌打碎花船的龙骨，抱上西方桃便跑。"

沈郎魂一怔："怎会有这种事？"

唐俪辞莞尔："事后我给了花船老鸨五千两银子修船，那老鸨好生抱歉，觉得我吃了好大的亏。"

沈郎魂神情淡淡道："哈！你修的是你的面子。那抱走美人的人是谁？"

唐俪辞摇了摇头："来人武功绝高，他约莫以为我约见西方桃，是有非分之想，所以出手英雄救美。不过……"他轻轻地笑了一声，"虽然来人蒙面，但他穿着一双僧鞋。"

沈郎魂"咦"了一声："和尚？"

唐俪辞微笑道："名僧名妓，如何不是千古佳话？何必追根究底，为难佳人佳偶？"

沈郎魂"呸"了一声："总之，春山美人簪的下落就此失去？"

唐俪辞道："日后如有消息，我会告诉你。"

两人静坐船上。又过良久，沈郎魂钓上一尾二尺来长的鲤鱼，刮鳞去肚，剁成小块，在船头起了个陶锅煮汤。

清甜的鱼香味萦绕小船，唐俪辞轻轻抚摸着凤凤的头，目光穿过船篷，望着远方，如果他没有记错，那个和尚是……

"前方十里，就是秀玉镇，可要落脚？"沈郎魂一边往陶锅里放盐，一边问。

唐俪辞道："不，我们再往前二十里，在九封镇落脚。"

正说着，母江之上突见一艘小船逆江而上，一人站立船头，刹那间已进入视线之内。来人紫衣佩剑，遥遥朗声道："风流店抚翠公主，尊请唐公子、沈先生秀玉牡丹楼会面，今夜月升之时，共赏银月牡丹盛开之奇景。"

这人年纪甚轻，相貌秀挺，只是虽然无甚表情，但目光之中总是流露出一股冷冷的恨意。

唐俪辞自船篷中望见，原来是草无芳。

沈郎魂仍然握着那钓竿，不理不睬，纹丝不动，唐俪辞在船篷内微笑："唐俪辞准时赴约。"

草无芳瞪了船中一眼，掉转船头，远远而去。

"原来你我行迹，早在他们监视之中。"沈郎魂淡淡地道，"看来你金蝉脱壳之计不成了。"

唐俪辞缓缓地自船篷内走出来："嗯……金蝉脱壳骗骗中原剑会即可。在九封镇大桂花树后，有一处房屋，装饰华丽，今夜你带着凤凤到屋中落脚。"

沈郎魂淡淡地道："晚上英雄单刀赴会？"

唐俪辞眼神微飘，道："说不定我是不想与你分享银月牡丹盛开的奇景？"

沈郎魂"呸"了一声："去吧，你的兄弟在等你，你的孩子我会看好。"

唐俪辞微微一笑："那不是我的兄弟，这也不是我的孩子。"

沈郎魂充耳不闻，收起钓竿，长长吸了口气，慢慢地吐了出来。天色渐暗，天空已是深蓝，却仍然不见星星。

"你知道吗？其实我经常想不通，像你这样的人，聪明、富有、风流倜傥、有权有势、有心机、有手段，甚至……还有些卑鄙无耻，怎会什么都没有？"

"嗯？"唐俪辞微笑，"如何说？"

沈郎魂道："你没有兄弟，没有孩子，没有老婆，也没有父母，不是吗？说不定……也没有朋友。"

唐俪辞听着，凝视着沈郎魂的脸，他的眸色很深，带着若有所思的神韵，似笑非笑。停滞了很久，他略一点头，随后扬起脸："不错。"

沈郎魂"嘿"了一声，这一扬，是一种相当骄傲的姿态。

秀玉牡丹楼。

"呜呜呜呜呜，呜呜呜呜呜……"

牡丹楼第五号房间，锦榻之上，一个人被五花大绑，嘴上贴有桑皮纸，仍在不住大骂。另一人冷冷站在一旁，手持茶杯，静静喝茶。

一位红衣小婢站在一旁，忍不住掩口而笑："他在说什么？"

喝茶的那人冷冷地道："不外乎'放开你老子'之类的废话。"

红衣小婢"咯咯"轻笑，看着榻上的人："听说和尊主过了几百招，是很厉害的强敌，还听说是白姐姐的未婚夫呢。"

"尊主比他好上百倍。"喝茶的那人白衣素素，佩刀在身，正是白素车，"他不过是个傻瓜。"

红衣小婢道："红姐姐让你看着他，要是他跑了，她必定要和你过不去啦。"

白素车淡淡地道："所以——我不会让他跑的。"

榻上的池云听到这话，反而不作声了，瞪大眼睛冷冷地看着屋梁，一动不动。

红衣小婢端上一碗燕窝，缓步退下。

白素车按刀在手，慢慢走到床沿，看着武功被禁、被五花大绑的池云。

池云冷冷地看了她一眼，闭目闭嘴，就当她是一块石头。

这个人，当年初见面的时候，狂妄自大，风流倜傥，一刀有挡千军万马的气势，不过……就算是当年他风光无限的时候，她也不曾爱上他。

白素车目不转睛地看着池云，她要的是一个比她强的男人，能引导她前进的方向，可惜她自己，已是太强了。

池云……是个武功很高的孩子，她……没有耐心等一个孩子成长为一个强者。

她轻轻地摸了摸贴在池云嘴上的桑皮纸，随后站直身子，直直地望着窗外，不知在想些什么。

她的手指透过桑皮纸，仍然可以感觉到一抹温热。

池云闭着眼睛，白素车究竟是个什么样的女人？他从来没有认真了解过，从前的印象也很模糊，不过就是白玉明的女儿罢了。白玉明的女儿，难道不该是武功低微、徒有美貌的千金小姐，或者扭扭捏捏的大家闺秀？为什么会是这样一个对于背叛家园毫不在乎、人在邪教手握重兵的女子？他池云的老婆怎能是这种样子？不过……如果不是这恶婆娘心机深沉滥杀无辜，这种样子，也比千金小姐或大家闺秀好得多……可恨的是她为什么要加入风流店……

他突然睁开眼睛，白素车并没有如他想象的一样一直看着他，他心中顿时充满不满，她到底在想些什么？

"我心中想的事，如果你能猜到，说不定——我就会嫁给你。"白素车眼望远方，突然冷冷地道，"可惜——你永远也猜不到。"

他在想些什么，她竟然清清楚楚。

池云忽地"呸"了一声，鼓着两颊将嘴上的那块桑皮纸喷开了，低咳道："咳咳……老子真有这么蠢？"

白素车缓缓回头，冷冷地看着榻上的他："你以为呢？"

"老子以为——老子就算蠢得像颗白菜，也比忘恩负义、不知廉耻的女人好上百倍。"池云冷冷地道，"你完全是个人渣！"

白素车一扬手，"啪"的一声给了他一个耳光。

池云怒目以对："臭婆娘！王八蛋！"

白素车手掌再扬："你说一个字，我打你一个耳光，究竟要挨多少个耳光，就看你的嘴巴。"

池云破口大骂："你几时听说池老大受人威胁？臭婆娘！"

白素车脸上毫无表情，"啪"一记耳光重重落在池云的脸上，顿时便起了一阵青紫。

正当池云以为这臭婆娘要再一掌把他打死的时候，白素车突然收手了。

只听门外"咯"的一声轻响，一位青衣女子缓步而入："素素，你在做什么？"

白素车淡淡地道："没什么。"

那青衣女子脚步轻盈，池云勉强睁开肿胀的眼睛，只见来人肤色雪白，容颜清秀，甚是眼熟。过了半晌，他"啊"的一声叫了起来，他想起来这人是谁了！

这青衣女子就是让冰獒侯抛妻弃子的家妓，而在冰獒侯死后，此女为黑衣琵琶客所夺，名叫阿谁。

她就是凤凤的娘亲……

烛光之下，轻盈走近的青衣女子容貌依旧端正，比起红姑娘之愁情、白素车之清灵、钟春髻之秀美都远不及，但她自有一股神态，令观者心安、平静，正是阿谁。

池云瞧了她一眼，转过头去。这女子相貌虽然只是清秀，却具内秀之相，还是少看为妙。

"他已被点了穴道，为何还要将他绑住？"阿谁走近床边，秀眉微蹙，"是他绑的吗？"

白素车淡淡地道："不错。"

阿谁动手将绳索解开："若是见到他，你便说是我解的。"

白素车端起那碗燕窝喝了一口："你一向胆子很大，不要以为尊主一直纵容你，说不定有一天……"

阿谁淡淡一笑："你是在提醒我吗？"

白素车别过头去，冷冷说道："不是提醒，只不过警告而已。倚仗尊主的宠幸，做事如此随意，总有一天谁也保不住你，你会被那群痴迷他的女人撕成碎片。"

阿谁微微一笑："我是不祥之人，撕成碎片说不定对谁都好。对了，我是来通知你，晚上唐公子来赴鸿门宴，抚翠说……要你排兵布阵，杀了唐公子。"

白素车将燕窝放在桌上，淡淡地道："哦？除了小红，东公主也要换个花样试探我——究竟是不是青山崖战败的内奸？"

阿谁眼波流转："也许……"

白素车冷冷问道："你也想试探我是不是内奸？"

阿谁微微一笑："说不定在他们心中，我是内奸的可能性最大，只不过不好说而已。"

"那倒也是，你和我们本就不是一路人。"白素车淡淡地道，"你最好回尊主房里扫地去，省得他回来见不到你，又要乱发脾气。"

阿谁颔首，看了池云一眼，缓步而去。

池云听她离去，忽地"呸"地吐了口口水在地上："白玉明要是听见你说的话，一定气得当场自尽！要杀唐俪辞，他娘的白日做梦！"

白素车神色不变，冷冷说道："我娘贤良淑德，和我全然不同，你生气骂我可以，骂我娘作甚？"

池云为之气结，被她抢白，竟难得无可反驳。

白素车拔出断戒刀，刀光在刃上冷冷地闪烁："为何我便杀不了唐俪辞？要杀人，不一定全凭武功，就像我要杀你……"她将刀刃轻轻放在池云颈上，轻轻划下一条血痕，"那也容易得很。"

池云冷冷地看着她，就如看着一个疯子。

正在此时，门外忽地又发出"咯"的一声轻响，一个人走入房中。

虽然这人是走进来的，但池云没有听到丝毫声息，就如只是眼睛看见这人进来了，耳朵没有半点感应，所听到的声音，只是门开的声音。

白素车回过头去，望着来人。

来人粉色衣裳，衣裳上浅绣桃花，款式雅致，绣纹精美绝伦，一双白色绣鞋明珠为缀，身材高挑纤细，却是一个容貌绝美的年轻女子。

白素车淡淡地道："西公主。"

那穿着粉色衣裳的桃衣女子微微点了点头："唐俪辞今夜必定来救此人，你作何打算？"

白素车举起手中的断戒刀，刀刃染血之后有异样的莹莹绿光："我在此人身上下了'春水碧'，唐俪辞只要摸他一下，就会中毒。然后我会安排十八位白衣围杀，待他杀出重围，我会假意救他，最后再了结他。"

桃衣女子不置可否，明眸微动："听说小红对此人下引弦摄命之术，却不成功？"

白素车道："谁知道她是不是真的已尽全力？不过世上有人对音律天生不通，那也是无可奈何的事。"

桃衣女子接过白素车手中的断戒刀瞧了一眼，突然道："今晚之计，你不必出手。"她淡淡地也颇温婉地道，"我出手就好。"

白素车看了桃衣女子一眼，收回断戒刀，微微躬身："遵公主令。"

桃衣女子负手而去，自她进来到出去，竟看也没看池云一眼。

"这人是谁？"池云却对人家牢牢盯了许久，忍不住问道，"是男人，还是女人？"

白素车奇异地看了他一眼："她有哪一点像男人？"

池云道："她长得和七花云行客里面那个一桃三色一模一样，我和那小子打过一架，当然认得。"

白素车奇道："你说她就是一桃三色？"

池云瞪眼："我认识的一桃三色是个男人，她却是个女人，说不定是同胞兄妹。"

白素车眼色渐渐变得深沉，沉吟道："她……叫西方桃，风流店有东、西公主，东公主抚翠，西公主就是此人……原来她、她就是一桃三色……可是……"

她似是突然之间有了数不清的疑问，却又无法解答，眼神变幻了几次，缓缓地道："这件事，你可千万不能说出去。"言下出指如风，再度点了池云的哑穴。

秀玉牡丹楼品茶的大堂之中，今夜坐着两个女子，一个白衣素髻，一个翠衣珠环，白衣女子秀雅如仙，翠衣女子肥胖如梨，一美一丑显眼之极。其余座位的茶客纷纷侧目，暗自议论。

两人在等唐俪辞，不过出乎意料之外，一直到秀玉牡丹楼中最后一位客人离去，月过中天，唐俪辞也没有来。

红姑娘若有所思地看着桌上早已变冷的茶水，凉凉地笑起来："难道你我都算错了？池云对他来说其实算不上一个诱饵？"她轻轻抿了下嘴唇，"或者——是太明显的诱饵，所以他不敢来？但以唐俪辞的自信，还不至于……"她的话说了一半，忽地一怔，"不对，他必定已经来过了！"

抚翠面前的烤乳猪早已变成了一堆白骨："怎么说？"

红姑娘站了起来:"你我疏忽大意,快上楼看看有何变故……"

抚翠尚未答应,楼上已有人匆匆奔了下来:"红姑娘!今夜并无人夜闯秀玉牡丹楼,但是……但是阿谁不见了,尊主房中桌上留下一封信……"

抚翠一伸手,分明相距尚有两丈,那人忽地眼前一花,手上的信已不见。

抚翠展开信笺,纸是一流的水染雪宣,字却写得不甚好,虽然字骨端正,笔锋运墨却略显不足,正是唐俪辞的字,只见信笺上写道:"清风月明,圆荷落露,芙蓉池下,一逢佳人。旭日融融,红亭十里,相思树下,以人易人。"其下一个"唐"字,倒是写得潇洒。

"我千算万算,只算他前来赴约,却不想他竟然托人暗传书信,把阿谁诱了出去。"红姑娘咬牙,"他如何知道那丫头是……是……"她别过头去,不愿再说下去。

柳眼形貌绝美,别具一种阴沉魅惑的气质,行事随意狂放,时而温柔体贴,时而冰冷淡漠,时而豪放潇洒,时而忧郁深沉,实是令众多涉世未深的年轻女子神魂颠倒,尤其柳眼文采风流,弹琴吟唱,赋诗成曲,更令人如痴如醉。

红姑娘锦绣心机经纶满腹,仍为柳眼倾倒,柳眼却无端端迷上一个非但貌不惊人,而且毫无所长的女子,甚至这女子并非清白之身,乃是他人家妓,身份卑微之极,怎令她不深深嫉恨?

抚翠"哈哈"一笑:"他如何知道那丫头是小柳的心头肉?我看唐俪辞也是那花丛过客,说不定经验多了,看上一眼,就知道小柳和阿谁是什么关系,哈哈哈哈……"

红姑娘脸色一白，暗暗咬牙，低头不语。

抚翠"啧啧"道："可怜一颗女儿心，纵使那人是情敌，为了小柳，你还是要想方设法把她夺回来，其实你心中恨不得她死——真是可悲啊可悲。"

红姑娘低声道："你又不曾……不曾……"

抚翠大笑道："我又不曾迷上过哪个俊俏郎君，不明白你心中的滋味？就算我当年喜欢女人的时候，也是伸手擒来，不从便杀，痛快利落，哪有如此麻烦？"

红姑娘咬了咬唇，避过不答，眉宇间的神色越发阴郁。

"话说那位西美人何处去了？"抚翠一只肥脚踩在椅上，看着红姑娘心烦，便似乎很是开心，"楼上出了如此大的纰漏，她难道没有发觉？哈哈！"

楼梯之处，白素车缓步而下，淡淡地道："阿谁不见了，西公主也不见了，我猜她瞧见阿谁独自出门，心里起疑，所以跟了出去。"

"那就是说——也许，我们并没有满盘皆输。"抚翠笑得越发像一头偷吃了猪肉的肥猪，"说不定还有翻盘的机会。"

红姑娘眉头微蹙，对西方桃追踪出门之事，她却似乎并无信心。

秀玉镇。

芙蓉池。

唐俪辞一人一酒，坐在满塘荷花之畔，浅杯小酌，眼望芙蓉，鼻嗅花香，十分惬意。他端在手上的白瓷小杯光洁无瑕，在月光下闪闪发光，宛若珠玉，而地上的细颈柳腰酒壶浅绘白鹤之形，雅致绝伦。单此两件，就已是绝世罕见的佳品，而他自荷塘中摘了一只莲蓬，一边喝酒，一边剥着莲子，脸上微现醉红，煞是好看。

一人自远方缓步而来："唐公子好兴致。"

唐俪辞摆出了另一只白瓷小杯，微笑道："阿谁姑娘请坐。今夜冒昧相邀，实是出于无奈，还请姑娘见谅。"

阿谁微微一笑："唐公子托人传信，说今夜让我见我那孩子，不知他……"

"他目前不在此处。实不相瞒，请姑娘今夜前来，唐俪辞别有图谋。"唐俪辞为她斟了一杯酒，"这是藕花翠，喝不醉的。"

阿谁席地而坐，满塘荷花在夜色中如仙如梦，清风徐来，清淡微甜的酒香微飘，恍惚之间，似真似幻。

"我明白，唐公子今夜请我来，是为了池云池公子。"她喝了一口藕花翠，这酒入口清甜，毫无酒气，尚有一丝荷花的香苦之味，"你想用我向他交换池公子。"

"不错。"唐俪辞剥开一粒莲子，递在她手中，"所以今晚没有孩子，是我骗了姑娘。"

"他好吗？"阿谁轻轻地问，虽然心下早已预知如此，仍是有些失落，"我已有许久不曾见他，他……他可还记得我？"

"距离姑娘将婴孩交于我，也有五个多月了……"唐俪辞温言道，"他很快便会说话了，只是……只怕他已不记得姑娘……"

"他跟着唐公子，必定比跟着我快活。"阿谁眼望荷塘，清秀的容颜隐染着深涉红尘的倦意，"也比跟着我平安。"

唐俪辞眼眸中缓缓掠过了一丝异样的神色，举起酒杯一饮而尽，目望荷塘。和阿谁满目的倦意不同,他的眼神一向复杂得多,此时更是变幻莫测,他开口道:"如果……"

"如果什么?"阿谁低声问。

"如果有一天,他不幸受我连累,死了呢?"唐俪辞缓缓地问,"你……你可会恨我?"

阿谁摇了摇头:"人在江湖,谁又能保谁一生一世……抚养之恩,永世不忘……我不会恨你,只是如果他死了,我也不必再活下去。"她淡淡地道,"阿谁不祥之身,活在世上的理由,只是想看他平安无忧地长大。虽然我不能亲手将他养育成人,但总有希望,或许在何日何时,会有机缘能在一起……他若死了,我……"她望着荷花,眼神很平静,"活着毫无意义。"

"只要唐俪辞活着,你的孩子就不会死。"唐俪辞自斟一杯,浅呷一口,"阿谁姑娘,你为人清白,虽然半生遭劫,往往身不由己,但总有些人觉得你好,也总有些人希望你永远活着,希望你笑,希望你幸福。"

"谁呢?"阿谁浅浅地微笑,"你说柳眼吗?"

"不。"唐俪辞拾起她喝完酒放在地上的那个白瓷小杯,缓缓倒上半杯藕花翠。

阿谁目不转睛地看着他,只见他举杯饮酒,就着她方才喝酒的地方,红润鲜艳的唇线压着雪白如玉的瓷杯,坚硬细腻的杯壁衬托着他唇的柔软,充满了酒液的香气……

他慢慢喝下那口酒:"我是说我。"

阿谁不答,仍是看着他饮酒的红唇。

过了良久,她轻轻地道:"多谢。"

唐俪辞喝完了酒,却含杯轻轻咬住了那杯壁,他容颜秀丽,齿若编贝,这一轻含……

风过荷花,青叶微摆,两人一时无语。

许久之后,只听"咯"的一声微响,却是唐俪辞口中的白瓷碎去一块,他咬着那块碎瓷,露齿轻轻一笑,唇边割裂,血珠微沁,犹如鲜红的荷露。

他就像一只设了陷阱,伏在陷阱边等候猎物落网的雪白皮毛的狐狸,舔着自己的嘴唇,是那般华贵、慵懒、动人,充满了阴谋的味道。

阿谁"啊"了一声:"怎么了?"

唐俪辞轻轻含着那块碎瓷,慢慢将它放回被他一口咬碎的瓷杯中,横起衣袖一擦嘴角的血珠:"哪位朋友栖息荷塘之中?唐某失敬了。"

原来方才他咬碎瓷杯,却是因为荷塘中有人射出一支极细小的暗器,被他接住,然而坠崖之伤尚未痊愈,真气不调,接住暗器之后微微一震,便咬碎了瓷杯。

风吹荷叶,池塘之中,荷花似有千百,娉娉婷婷,便如千百美人,浑然看不出究竟是谁在里面。

阿谁回过头去,微微一笑:"西公主?"

荷塘深处,一人踏叶而起,风姿美好,缓步往岸边而来,桃衣秀美,衣袂轻飘,人在荷花之中、清波之上,便如神仙,正是风流店西公主西方桃。

等她缓步走到岸边,忽而微微一怔:"是你——"

唐俪辞举起右手,双指之间夹着一支极细的金簪,他也颇为意外:"西方桃姑娘……"

这位西方桃西公主,正是他数年前在朱雀玄武台以一斛珠之价约见一面,刚问及姓名就被一名黑衣蒙面人夺走的花魁。但如果西方桃便是风流店的西公主,那么怎会在朱雀玄武台上被选为花魁千金卖身?而依据白素车所言,风流店西公主乃是因修炼一门奇功,故而男化女身,如果西公主本是男子,更不可能在朱雀玄武台上被选为花魁。

阿谁本是嗅到了一阵熟悉的幽香,有别于荷花,所以知道是西方桃。眼见两人相视讶然,她道:"你们认识?"

"姑娘金簪掷出,并无恶意,容我猜测,是有话要说?"唐俪辞眼见西方桃神情有异,"唐某并未视姑娘为敌,如有话要说,不妨坐下同饮一杯酒?"他自袖中又取了一只白瓷小杯出来,为她一斟。

"阿谁,"西方桃缓缓坐了下来,却不喝酒,"这个人究竟是好人,还是坏人?"

她问出这一句,阿谁微微一笑:"唐公子聪明机智,虽然时常不愿表露他内心真正的心意,却当然是个好人。"

西方桃凝视着唐俪辞:"但你不像以天下为己任的侠士,也不像为救苍生苦难而能以身相殉的圣人,为何要插手江湖中事?为何要与风流店为敌?你心中真正图谋的事,究竟是什么?"

唐俪辞看了西方桃一眼,微微一笑:"我只是想做个好人。"

"说不定——你是值得赌一赌的那个人……"西方桃缓缓道,"你能逼小红炸毁余家剑庄,能助宛郁月旦立万世不灭之功,说不定真的能毁去风流店。"她看向唐俪辞手中的小小金簪,"风流店中,有一个绝大的秘密。"

"什么秘密?"

阿谁忽地微微一震:"西公主,你知道了那扇门后的秘密?"

西方桃不答。

过了好一会儿，她道："唐公子，你可知风流店东西公主，练有'颜如玉'奇功，练到九层，男化女身？"

"我不知道。"唐俪辞微笑道，"世上竟然有如此奇事？"

"但我货真价实是个女人。"西方桃缓缓地道，"七花云行客之一桃三色，本来就是个女人。"

"那为何大家都以为你本是男人？"唐俪辞温和地问，"你一直以来，都是女扮男装？"

"我无意倚仗容貌之美，取得以我本身实力该有的成就。"西方桃淡淡地道，"我很清楚我是个美人，那并非我能选择，但我的实力，应该远在容貌之上。"

"姑娘也是一位女中豪杰。"唐俪辞微笑着看着她，"但究竟七花云行客发生何事，为何姑娘位居'西公主'，而梅花易数、狂兰无行沦为杀人傀儡？"

"因为他们不是女人。"西方桃冷冷说道，"风流店中，有一扇门……那扇门之后究竟有些什么，谁也不知道。风流店表面由柳眼统率，其实掌握风流店中人命运的人有两个，一个是柳眼，他的药丸至关重要；另一个……便在那扇门之后……柳眼什么事也不管，风流店中发号施令的两个人，一个是小红，一个是抚翠。而抚翠——抚翠所表达的，就是那门后之人的意思。"

她面无表情地继续道："那门后面的人和抚翠，都喜欢女人。小红以'引弦摄命'制住梅花易数和狂兰无行，但他们不是美貌之人，所以只能作为杀人傀儡，而我——因为我相貌美丽，深得那门后之人欢心，他授予我'颜如玉'神功,等我男化女身,便要予以凌辱。而我本是女子,根本练不成那功夫,虽是女装,大家却以为我是男子之身。"

"柳眼知情吗?"唐俪辞温言问,"还有那些痴迷柳眼的白衣女子,可也受门后之人凌辱?"

"不,那些女人迷恋柳眼成痴,"西方桃冷冷地道,"她们宁可自杀,也绝不会受门后之人凌辱。风流店中另有红衣役使,是门后之人专宠,红衣役使是他直接指挥,练有迷幻、妖媚之术,以及摄魂阵法。"

"一扇奇怪的门,一个在女人身上寻求成就感的男人。"唐俪辞道,"只怕那躲在门后的人,并不如大家所想的那么神秘可怖,我猜……他一定具有某些缺陷,并且对柳眼非常嫉妒。"

西方桃微微颔首:"风流店内情复杂,要一举铲除绝非易事,并且那些白衣役使、红衣役使,不少出身江湖名门正派,一旦挑落面纱,势必引起更大的恩怨。加之九心丸流毒无穷,除非找到解药,否则所有中毒之人都是风流店潜在的力量。虽然碧落宫在青山崖一战中得胜,却并未动摇风流店的根本。唐公子是聪明人,应当明白接下去应如何做。"

"关键只在九心丸的解药,以及柳眼、门后之人两个人。"唐俪辞微笑,"桃姑娘将此事托付于我,可是有离去之心?"

西方桃沉默了一阵:"卧底风流店,绝非容易之事,我已很累了。"她缓缓地道,"小红早已怀疑到我身上,前些日子我冒险夜闯小红的房间,虽然中了几支毒箭,却取出了几只药瓶。"她自怀中取出三只不同颜色的瓷瓶,"或许其中有解引弦摄命之术的药物,梅花易数、狂兰无行中毒多年,我曾多方设法营救,始终没有结果,唐公子或许能想出尝试之法。兄弟多年，本来不该就此离去，但一桃三色不能殉身风流店之中……"她静静地道，"以我一人之力，拔剑相抗，只会死在红白衣役使乱刀之下，我不想死得毫无价值，所以……一切拜托唐公子了。"

"在风流店卧底数年，姑娘可敬可佩，安然离去，本是最好的结局。"唐俪辞微笑道，"但在离去之前，可否问姑娘一件事？"

"什么事？"西方桃眼波流转，以她容颜，堪称盛艳，目光之中却颇有憔悴之色。

"春山美人簪的下落。"唐俪辞道，"此物关系到一个人的自由之身，姑娘可以开出任何条件，唐俪辞愿交换此物。"

"春山美人簪……"西方桃低声道，"此物不换，暂别了。"

她拂袖而去，背影飘飘，化入黑夜之中。

"西公主居然是卧底风流店多年的一桃三色，世上奇事，真是令人惊叹。"阿谁轻轻叹了一声，"我一直以为她和东公主很有默契，也是那门后之人的心腹。"

唐俪辞微微一笑："阿谁，斗心机的事，你就不必想了。跟我来吧，明日一早，十里红亭，我与柳眼以人易人。"他站了起来，"我有另一件事问你，你知不知道柳眼最近下葬了一个人，造了一座坟？"

"坟？"阿谁眼眸微转，"什么坟？"

"你是最亲近他的人，我想他若葬了一人，除了你，旁人也许都不会留意。"唐俪辞轻声道，"你可曾见过一个蓝色冰棺，其中灌满冰泉，棺中人胸膛被剖，没有心脏？"

"蓝色冰棺……"阿谁凝神细思，"蓝色冰棺……我不记得他曾为谁下葬，也没有见过蓝色冰棺，但他出行青山崖之前，在菩提谷停留了两三日,期间,谁也不许进入打扰。如今风流店已经迁徙,将要搬去何处,我也不清楚。如果他真的葬了一人,若不是葬在风流店花园之中,就是在菩提谷内。"

"菩提谷在何处?"唐俪辞衣袖一振,负后前行。

"飘零眉苑。"阿谁微微蹙眉,"我可以画张地图给你。风流店的据点,本在飘零眉苑,菩提谷是飘零眉苑后的一处山谷。"

"多谢。"唐俪辞一路前行,既不回头,也未再说话。

蓝色冰棺里的人,对他而言,想必非常重要,阿谁跟在唐俪辞身后想着。第一次见唐俪辞的时候,她觉得他光彩照人,温雅风流;而如今时隔数月,唐俪辞依然光彩照人,依然温雅从容,甚至已是江湖中名声显赫、地位超然的人物,她却觉得他眉宇之间……除了原有的复杂,更多了抑郁。

那就像一个人原本有一百件心事,如今变成了一百一十件,虽然多得不多,却负荷得如此沉重……沉重得令一个原本举重若轻、潇洒自如的人,呼吸之间,宛若都带上了窒闷和疲惫。

但只是疲惫,却不见放弃的疲倦,他前行的脚步依然敏捷,并不停留,就像即使有一百件、一百一十件、一百二十件难解的心事,他仍有信心,可以一桩一桩解决,只要坚持努力到最后,一切都会很好。

她跟在他身后,望着他的背影,突然之间,有些佩服,有些心疼,有些难解复杂的情绪……慢慢涌了上来,他曾是一个怎样的人?又将是一个怎样的人?

（九）◆ 蓝色冰棺 ◆

> 有时候看见他养的花，会想到他永远也看不到它开；有时候……解开他打的结，会想到解开了就再也不可能重来……过了很久以后，我开始后悔，后悔的不是我要他练往生谱练换功大法，而是直到他临死的那一刻，我从来……都没有好好和他说过话……

第二天一清早，十里红亭之下，红姑娘、白素车、抚翠带着依旧被五花大绑的池云，与唐俪辞交换阿谁。柳眼依然不见踪影，不知去了何处。以人易人的过程出奇地顺利，虽然风流店在十里红亭埋伏下数十位杀手，然而直至唐俪辞带着池云离去，红姑娘也未找到必杀的绝好机会，只得任其离去。

"唐俪辞，不可小看的对手。"白素车淡淡地道，"如有一天能杀此人，必定很有成就感。"

红姑娘面罩霜寒，一言不发，对唐俪辞恨之入骨。

抚翠却是"哈哈"一笑："交易既成，大家回去吧回去吧，要杀唐俪辞，日后有的是机会。"

白素车回身带头往前走了几步，突然按刀顿住："西公主不别而去，你却似乎心情很好？"

抚翠笑嘻嘻地道："哦？你看出我心情很好？"

白素车一顿之后，迈步前行，并不回答。

红姑娘跟在她身后离去，两人一同登上风流店的白色马车，隐入门帘之后。

抚翠望着离去的白色马车"哧哧"地笑，素儿这丫头，真是越来越令他欣赏了，或许他可以给那人建言，换掉小红那小丫头，让素儿坐小红现在的位置，说不定会更好。小红丫头聪明则聪明，美则美矣，但千不该万不该，她不该是柳眼的人。

当池云被解开捆绑，吐出口中所塞的布条的时候，唐俪辞正喝着茶，面带微笑，以一种平静从容并且温文尔雅的神态看着他。

沈郎魂面无表情地将池云身上的绳索掷在地上，凤凤站在椅上，双手紧握着椅柄，不住地摇晃，兴奋地看着池云。

当一个人被捆成一团的时候，的确有些像一个分不出头尾的球。池云咬牙切齿地看着唐俪辞，唐俪辞报以越发温和的微笑："感觉好些了吗？"

池云"呸"了一声："很差！"他斜眼冷冷地看着唐俪辞，"你感觉如何？"

唐俪辞喝了一口芳香清雅的好茶："感觉不错。"

"那个臭婆娘在我身上下了什么'春水碧'，听说摸一下就会中毒，但看起来是她胡吹大气。"池云动了一下麻木的四肢，摇摇晃晃地站了起来，"像你这种奸诈成性的老狐狸，连九心丸都毒不死你，区区什么'春水碧'算得了什么……"

唐俪辞看着他踉跄站起,唇角微翘:"我没中毒是因为你身上的毒早就解了,并不是白素车胡吹大气,这样你可满意?"

池云哼了一声:"你怎会有解药?"

唐俪辞微笑:"秘密。"

池云再问:"你又怎么知道我身上有毒?"

唐俪辞再喝一口茶:"风流店擅用毒药,偌大肉票在手,怎能不下毒?显而易见……没有在你身上下上三五十种剧毒,已是客气了。"

"这是说臭婆娘还算手下留情了?"池云冷冷地道。

唐俪辞放下茶杯:"如你愿这样想,自是很好,可惜你定要将别人想得十恶不赦,我也是没有办法,唉……池云,上茶。"

池云怒道:"上茶?"

唐俪辞拂了拂衣袖,有些慵懒地支颐:"为你一夜未眠,上茶,过会儿去买几个菜,大家都饿了。"

池云双手双足仍酸痛不已,剧毒虽解,浑身疲惫,闻言咬牙切齿道:"你——"

唐俪辞支颐一挥袖,微笑道:"还不快去?"

池云只得一掉头,恨恨而去。

沈郎魂淡淡地道:"看你的脸色,不好。"

唐俪辞手按腹部,眉间略显疲惫:"无妨,昨夜可有人探查此地?"

沈郎魂道:"有,不过是两个扒银子的小贼,被我丢进衙门里了。"微微一顿,"我还以为昨夜你会硬闯鸿门宴,鲜血淋漓、拖泥带水地回来。"

"硬闯是池云的作风,不是我的。"唐俪辞微笑,"鲜血淋漓、拖泥带水未免狼狈,面对敌人好友,都该面带笑容、温谦恭顺,才会有人请你喝茶。"

沈郎魂淡淡地道:"哈哈,这个……平常不是叫作刁滑吗?"

唐俪辞尚未回答,凤凰突然手舞足蹈,摇晃椅背,眉开眼笑:"咿唔……咿唔咿唔……布叽……"

沈郎魂哈哈一笑:"看起来有人非常了解你。"

唐俪辞眉头略展,似笑非笑。

"话说下一步,打算如何?"

"下一步,我要去飘零眉苑,菩提谷,找一座坟。"唐俪辞道,"此外,柳眼不见踪影,以他现在的心性,必定有所图谋。"

"一座坟,你要找方周的尸骸?"沈郎魂道,"他已被埋进地下,说不定尸体已被什么老鼠、蛆虫吃得面目全非,你还不死心吗?"

"嗯,尚未见到棺材白骨,"唐俪辞微笑,"什么叫作死心?说不定……他会把灌有冰泉的冰棺直接葬下,说不定他下葬之处土质特异,可保身体不坏,世上之事本就是无奇不有。"

沈郎魂看了他一眼,未作回答,慢慢吐出了一口长气。

九封镇集市之上。

池云一身白衣又脏又乱,咬牙切齿东张西望,只看街上何处有卖酒肉。可怜九封镇乃是偏僻小镇,一条青石小街,从头到尾不过二十丈,除了卖鸡杂的小摊,青天白日之下,连个卖馒头的都没有。

他毫不怀疑唐俪辞在整他,事实上也是。

正在他把街逛了两三遍，不知如何回去交差之时，突然瞧见一人。

"咦？"

只见道路之旁，一人紫衣牵马，双眉微蹙，似有满怀不可解的情愁，闻声微微一怔："池云？"

池云"嘿嘿"一笑："姓钟的小丫头，你是来找白毛狐狸精的吧？跟我来。"

于他而言，钟春髻不过是个无趣无聊的小王八，但在此时此刻看来，她却是找不到酒菜的上上借口，池云自是心花怒放。

为何想见的时候，寻得那般辛苦，不想见的时候，转头就能遇上？

钟春髻茫然地看着难得对她面露笑容的池云，其实她此时此刻并不想见唐俪辞，但心中想不见，就真的能够不见吗？也许此别之后，分道扬镳，她就再也见不到他……

那瓶药水在她怀里，已被她的体温温热，轻易不能察觉它的存在，但瓶中之物的冰冷，又岂是温度所能掩盖？

迟疑片刻，她对池云勉强一笑："唐公子近来可好？"

"就算世上的人都死光了，他也不会不好的。"池云凉凉地道，"来吧。"

九封镇华丽宅院之中，沈郎魂和唐俪辞谈话刚至一个段落，突闻门外两个人的脚步声，池云大步回来，身后跟着一人。

池云道："喏，九封镇街上不卖酒菜，不过我带回来一个人，也许你会感兴趣。"

"唐公子。"钟春髻避开了唐俪辞的目光，"我……"

"钟姑娘真是神机妙算，天下之大总是能和我等巧遇。"沈郎魂淡淡地道,"此番有何要事?"

唐俪辞微笑道:"钟姑娘南行与我等同路,不过巧合,沈兄不必介意。"他站了起来,衣袖微摆,"姑娘请坐。"

房中并非只有他坐的这一张椅子,除了凤凰、沈郎魂坐的椅子,尚有三张空椅,但他这么站起一让,让钟春髻心中不由自主地升起备受尊宠之感,情不自禁地坐了下来:"我……我……"她定了定神,"我只是追寻师父的踪迹,恰好和唐公子同路。"

"原来如此,雪线子的踪迹,唐某可以代为寻找。"唐俪辞道,"如有消息,随时通知姑娘如何?"

钟春髻点了点头,却又突然摇了摇头。呆了半晌,她道:"其实我……寻找师父并没有要事,我只是不知道究竟要去哪里……"

自从下了青山崖,她就迷失了方向,从前行走江湖是为了什么,如今竟丝毫不能明了,只觉天地寥廓,星月凄迷,朋友虽多,竟无一个能够谈心解惑。她究竟要往何处去?究竟要做何事?她行走在这天地之间,究竟有何意义?一切的一切,仿佛都成了深不可测的谜……人生,除了一些全然不可能的妄想,毫无意义。

唐俪辞微微一笑:"如果钟姑娘无事,不如与我等同行吧。"

此言一出,池云和沈郎魂同时瞪了他一眼。

钟春髻呆了一下,仿佛唐俪辞此言让她更加迷茫:"唐公子此行要去哪里?"

唐俪辞道:"去寻一具尸首,救一条人命。"

钟春髻低下头来,双颊泛起淡淡的红晕,轻声道:"原来如此……那春髻自然应当全力相助。"

池云口齿一动,沈郎魂一声低咳。池云本要开口骂,他、沈郎魂、唐俪辞都解决不了的事,要你姓钟的小丫头相助有什么用?真不知死活!但沈郎魂既然阻止,他嘴上没说,脸上悻悻的,完全不以为然。唐俪辞要到飘零眉苑菩提谷中找方周的尸体,要这小丫头同路做什么?难道还指望她开山劈石、盗墓掘尸吗?而沈郎魂目不转睛地看着钟春髻,仿佛要从她身上看出一个洞来,对唐俪辞挽留之语,居然没有丝毫讶异。

"不过这里是什么地方?这么偏僻的村镇,怎会有如此一处豪宅?"钟春髻游目四顾,只见房屋装饰华丽,桌椅雕琢精细,浑然一处富贵人家模样,只是不见半个奴仆。

唐俪辞弯腰抱起凤凤:"这里是我一位好友几年前隐居之处。这个小镇,本来风景绝美,有一大片梅林。"

钟春髻眉头微蹙:"但如今并没有看见梅林。"

唐俪辞道:"那是因为他放了一把火将梅林尽数烧了,大火将此处房屋半毁,而我后来翻修成如今的样子。"

钟春髻纷乱的心头一震:"是那位写诗的朋友吗?"她心中想的却是,是那位在你身上下毒将你投入水井再放了一把火的朋友吗?待你如此狠毒,为何说起来你却没有丝毫怨怼?难道当年之事,真是你错得无可辩驳?

"嗯……"唐俪辞将怀里的凤凤转交给池云,"我每年来这里一次,可惜从未再见过他。"

钟春髻低声道:"原来如此。"

池云接过凤凤,桌上本来留着半碗米汤,他坐了下来一口一口熟练地喂着凤凤。

钟春髻看得有些发愣，沈郎魂面无表情地看着她，唐俪辞微现疲惫之色，她一颗心本已乱极，此时更是犹如惊鹿一般猛跳，一时只想把怀里揣的那瓶药水丢出去。

忽地，唐俪辞倚袖支颐，微微闭上了眼睛，一动不动。她心中刹那涌起千万分怜惜，这个人、这个人不管过去如何，不管将来如何，在她眼前之时总是揪住她一颗心，令她情不自禁，令她有各种各样奇异的想象，真的……真的能放他远去，此后再也寻不到理由相见吗？

"钟姑娘走遍大江南北，可知祈魂山在何处？"唐俪辞支颐闭目，却并未睡去，只是养神。阿谁给的地图上有山名为"祈魂"，飘零眉苑便在此山中。

钟春髻一怔："祈魂山？祈魂山是武夷山中一处丘陵，其处深山环绕，人迹罕至，唐公子何以得知世上有祈魂山？"

"听姑娘所言，世上真有此山……"唐俪辞道，"姑娘果然学识渊博。"

钟春髻摇了摇头："不，祈魂山是一处怪山，我也未曾去过，但听师父说过，那是坟葬圣地，山后有白色怪土，挖土造坟，其坟坚不可摧，人下葬之后可保尸身数十年不坏。"她低声道，"师父把师娘的遗骨……就葬在祈魂山上。"

唐俪辞"啊"了一声："真有此事？"

钟春髻点了点头："只是地点只有师父知道，那地方偏僻隐秘，少有人迹，非武林中人，极少有人会知晓祈魂山的好处。"

"如此说来，倒是非去闯一闯不可了？"沈郎魂淡淡地道，"明日就走吧。"

钟春髻心神略定:"风流店的事,难道唐公子就此不管了?"

唐俪辞微微睁开眼睛,微笑道:"风流店的事,自有人操心,一时三刻尚不会起什么变化。"

此后钟春髻给三人做了顿可口的饭菜。青山崖战后几人都未好好休息,松懈下来,都感疲惫,各自入房调息。

唐俪辞房中。

"我有一件事,必须说明。"深夜时分,唐俪辞调息初成,仍坐在床上,沈郎魂一句话自窗外传入,语气一如平时,"风流店之主,黑衣琵琶客柳眼,既然你杀不了,日后我杀。"

唐俪辞睁开眼睛:"这是警告?"

沈郎魂淡淡地道:"没有,只是说明立场。"

唐俪辞低声一叹:"他是我的朋友。"

沈郎魂人在窗外,脸颊上的红色蛇印出奇地鲜明:"我并未说你不能拿他当朋友,只是——不到他把你害死的那天,你就不知道什么叫死心吗?"

唐俪辞不答,沈郎魂背身离去:"在那之前,我会杀了他。"

唐俪辞抬眼看着沈郎魂的背影,眼神幽离奇异,低声道:"如有一天,他能回头……"

沈郎魂遥遥地答:"如果他掐死的是你深爱的女人,杀的是你父母兄长,毒的是你师尊朋友,你会怎样?"

唐俪辞无语,沈郎魂离去。

"阿俪,"另一人的声音自另一扇窗传来,"十恶不赦的混账,你何必对他那么好？"

唐俪辞并不看身后的窗户："我很少有朋友。"

池云"呸"了一声："难道姓沈的和老子不算你的朋友？"

唐俪辞道："不算。"

池云愕然："什么……"

唐俪辞轻轻吐出一口气，一手支榻，缓缓转过身来："你们……都不知道我在想些什么，不是吗？"

"老子的确不知道你在想些什么，不过虽然老子不知道你在想些什么，但老子会关心你，柳混账和你一样奸诈歹毒，但就算他知道你在想些什么，他只会更想要你死。老子觉得你脑子有毛病，根本搞不清楚什么叫作朋友！"池云冷冷地说道。

唐俪辞目不转睛地看着池云，池云怒目回视，不过有些时候池云觉得他那双眼睛在笑，有些时候觉得他那双眼睛在哭。

过了好一会儿，只见唐俪辞缓缓收起了支在榻上的那只手，双手缓缓抱住了自己，低喃道："我只是想要一个可以谈心的朋友……"

池云茫然，浑然不解地看着唐俪辞，谈心是什么玩意儿？

唐俪辞很快放开了自己，摇了摇头，对池云微笑道："去休息吧，被点了几日的穴道，中毒初解，你该好好养息。"

池云皱着眉头，唐俪辞温言道："去吧。"

池云怒目瞪了他一眼，拂袖而去。

不管他怎么样努力要做一个循规蹈矩的好人，他始终……其实是很难相处的。

唐俪辞坐在榻上，凝视着自己的双足，窗外月影，皎如霜玉，映着他的影子,在地上出奇地清晰、出奇地黑。

第二日,唐俪辞在九封镇买了一个乳娘,将凤凤暂寄在她家中,一行四人,往武夷山而去。

武夷山脉。

连绵不绝的深山,山虽不高,林木茂盛,更多的是虫蛇蚊子、藤蔓毒草,比之白雪皑皑的猫芽峰是难走得多,有时竟须得池云持刀开道,砍上半日也走不了多远。在密林中走了几日,无可奈何,几人只得纵身上林梢行走,然而林上奔走,消耗体力甚大,茫茫树海不知祈魂山在何处。

"既然祈魂山后有白色怪土,入葬后其坟难摧,想必这种白色怪土十分坚硬。"唐俪辞一边在树上奔走,一边道,"而既然雪线子肯把亡妻葬在祈魂山,想必祈魂山有许多奇花异葩,有什么奇花专生坚硬岩石之上?"

沈郎魂与池云皱眉,要谈武功,两人自是好手,要谈花卉,全然一窍不通。

钟春髻道:"有一种岩梅,专生岩石之上,不过师父喜欢白色,尤其喜欢玉兰那样的大花,小小岩梅,只怕并非师父所好。"

唐俪辞平掠上一棵大树:"说不定祈魂山另有奇花……说不定祈魂山奇异的土质花木,就是风流店选择作为据点的原因……难道是因为制作九心丸的原料,生长在祈魂山?"

沈郎魂淡淡地道:"或有可能。"

唐俪辞忽地停下,池云猝不及防,差点一头撞上:"怎么?"

唐俪辞一拂袖:"看。"

几人只见绵延的群山之中,突然出现一处凹谷,繁茂的树木藤蔓,在此处渐渐趋于平缓,山谷之中,坟冢处处,不见雪白怪土,只见青灰碑石。这是何时、何人葬身于此?葬于土中的人,又曾有过怎样的人生故事?

四人静立树梢,纵观山谷中的许多坟冢,是谁先发现此地?又是谁在此地葬下第一个人?

唐俪辞看了一阵,飘然落地,只见山谷中地上开满花朵,却非奇异品种,乃是寻常黄花,抬起头来,坟冢之中,修竹深处,有一处庭院。

沈郎魂的视线在坟冢之间移动,只见坟冢上的姓名大多不曾听闻,应当都是几十年前,甚至几百年前的江湖名家,甚至有些坟冢连姓名都没有留下。

不管在世之时造下多大的功业或孽业,人总免不了一死,而当后人面对坟冢之时,又有几人记得?那些功,何等虚无;那些过,何等缥缈,虽然终究是虚无缥缈的一生,人却永远免不了汲汲营营,追求自己所放不开的东西。唐俪辞缓步走过坟冢之间,脚步并不停留,走向竹林之中的庭院。

那是一座灰黑色的庭院,大门紧闭,灰色墙粉显露一种黯淡的颜色,和寻常门户并不相同,扑鼻有一种沉闷的香气。

沈郎魂人在唐俪辞身后:"古怪的味道。"

唐俪辞推开黑色大门,"嘎吱"一声,门内无人,早已人去楼空。

"嘿嘿,风流店的老巢,这种墙粉,是忘尘花烧成的草木灰。"池云冷冷地道,"这东西是第一流的迷魂药,当年老子在这药下差点吃了暗亏。"

沈郎魂手抚灰墙,硬生生抠下一块,墙粉簌簌而下,沉闷之感更为明显:"这就可以解释,为什么风流店中的女子个个偏激野蛮,并且对她们那位尊主痴迷得犹如中了邪术。"

池云凉凉地道:"那是因为她们本来就中了邪术。"

唐俪辞踏入大堂之中,只见风流店内灰色墙粉,其内却摆设的白色桌椅,这种摆设和寻常人家并不相同。

桌上银色烛台,白烛为灯,水晶酒壶,银器为杯,有些杯中尚留着半杯暗红色的酒水。

"忘尘花……那就是说,所有身处其中的人,都可能受这种药的影响……"他端起桌上遗留的精美银杯,略略一晃,低声道,"这种器具……这种酒……你……"

"古里古怪的图画,白毛狐狸,这画的可不就是你,哈哈哈……"池云大步走入堂内,只见一条长廊,两侧悬挂图画,却并非山水笔墨,而是不知使用何种颜料绘就的人像。

一幅是四位衣着奇异的少年人在一间装饰奇异的房内,两人倚门而立,两人坐在桌上;一幅是白骨森森,骷髅成堆,血池残肢之中,一位骷髅人站在骷髅残骨之巅,手持一颗头骨而泣。

池云仔细看了一阵,两幅画画得十分相似,只是第一幅画里面四位少年仅有三位面貌清晰,另一位却不绘五官,竟是一张空脸。显然第一幅画中四人之一是唐俪辞,而第二幅画画的骷髅人多半就是柳眼自己。这位风流店之主倒是多才多艺,不但会弹那鬼琵琶杀人,这画画的技法可也胜过他池老大太多。

唐俪辞的目光自两幅画上一掠而过，并未多说什么。钟春髻的目光在那幅四人共聚图上停住："唐公子的画像怎会在风流店之中？"

池云凉凉地道："因为风流店的疯子是他的朋友，哈哈，好朋友。"

钟春髻皱了皱眉："好朋友？"

沈郎魂忽地插了一句，也是凉凉的："不错，毕生好友。"

钟春髻凝目在那幅画上看了一阵，隐隐约约觉得图中似乎有哪里相当眼熟，一时之间却想不起来，重复了一遍："好朋友？"为何唐俪辞会和十恶不赦的风流店之主是好朋友？

"这是方周。"唐俪辞本已走过，见三人迟迟不动，回头轻轻一指图中一人，"'三声方周'。"

池云仔细端详，只见图中那人一头凌乱的长发，眉眼尤其黑亮，目光之中隐隐约约含有一股凌厉，虽然只是一幅画，却有桀骜冷漠之气。

"这就是你一心一意要找的死人？"钟春髻心中微微一震，原来他找的是他的好友，却为何要到风流店中来找好友的尸身？难道他与风流店为敌，其实是因为好友之仇？

"他是个外表冷漠、内心温柔的人。"唐俪辞的目光终于缓缓停在那幅画上，"他比我大三岁，一向自认大哥，虽然外表冷漠仿佛很难相处，但其实很会照顾人……宁可苦在心里，也绝对不会对任何人示弱。"他本来只掠了那幅画一眼，此时却目不转睛地看了很久，微微一笑，"等他醒来，你们就知道我所言不差。"

池云咳嗽了一声，沈郎魂微微一叹，只有钟春髻疑惑不解："他不是过世了吗？"

唐俪辞分明说，他是来寻一具尸身，既然是尸身，怎会醒来？

"他会醒来的。"唐俪辞走过长廊，三人不约而同地紧跟而上。

飘零眉苑看起来并不阴森可怖，然而唐俪辞令人有些不放心。穿过长廊，又是一间布置白色桌椅的房间，其中的桌椅更为精致，雕刻的花纹繁复，墙上也挂着图画，画的却是外面山谷中的黄花。此间房甚大，共有四个门，分别通向四条走廊，格局从未见过。

沈郎魂瞳孔微缩："各人不要分散。"

池云按刀在手，四处走廊，引起两人高度戒备，即使房中无人，也很可能留有陷阱。

"池云，你和钟姑娘在这里等候。"唐俪辞缓缓将四个入口看了一遍，"我和沈郎魂入内一探。"

钟春髻道："我看还是听沈大哥的，四个人不要分散的好。"

唐俪辞微微一笑："如果其中陷阱困得住唐俪辞和沈郎魂，那么四人同入一样出不来，你们两人留在此地，如果一顿饭后我们还未出来，你们便动手拆屋，切莫闯入。"

池云冷冷说道："去吧，世上哪有什么陷阱能困得住你唐俪辞唐老狐狸？你若出不来，我便走了。"

唐俪辞一转身："如此甚好。"

沈郎魂眼望走廊入口："你们若要拆屋，最好寻一些泥水，将墙泼湿了再拆。"

池云"呸"了一声："你当老子是第一天闯江湖？"

沈郎魂不再理他，淡淡地道："先往哪边走？"

唐俪辞眼望东边的入口，温和地微笑："东西南北，我们从东边开始。"

两人的身影没入东边的入口,其实那入口装饰华丽,并未有阴森之感,在钟春髻眼中却是惊心动魄。

池云极其不耐地倚墙抱胸,白毛狐狸要这丫头和他们同行,真不知道打的什么算盘,和她同路有什么好处?除了碍手碍脚,就是讨厌之至,尤其她的师父是那为老不尊的老色鬼,更是倒扣十分!

钟春髻呆呆地站在房间正中,她不知道唐俪辞邀她同行,是不是察觉到她心中的邪念;或是察觉了她曾经听过黑衣人柳眼一席话,而后收了他一瓶药水;又或是对她不曾有丝毫怀疑,是对她有所好感,所以才……

寂静无声的房间,突然自墙壁发出了轻微的"咯"的一声微响。

池云倏然回头,一环渡月已在指间,只见那幅黄花图画莫名自墙上跌落,"啪"的一声在地上摔得四分五裂。

钟春髻脸色苍白,右手按剑,这房里并没有人,那幅画是怎么掉下来的?光天化日朗朗乾坤,难道还会有鬼不成?

沈郎魂和唐俪辞走入东方走廊,走廊墙上本有白色纸灯,又开有圆形透光之孔,并不黑暗。

走不过多时,便看见一扇扇的门,沈郎魂轻轻一推,门开了,是一间女子闺房。

"风流店中这许多女人,看来就住在这里,不过,不是下葬的好地方。"唐俪辞五指在墙上轻轻下拉,"仍是忘尘花的灰烬。这些女子日日夜夜,受这种药物影响,或许本来只是对柳眼心存好感,时日一久也会变成刻骨铭心的相思。不过……柳眼他并不知道忘尘花的功效,风流店中必定有另一位用毒高手。"

两人并肩前行,每一间房门都打开探察,虽说为寻方周的尸身,但也是为探查风流店的底细。

查过数十间房间,走廊尽头忽地一暗,眼前开阔,光线骤减,竟是一间甚大的空房,地上列着白色蜡烛,成柳叶之形一直延续到远处,而房间尽头是一扇绘金大门。

两人相视一眼,沈郎魂淡淡地问:"如何?"

唐俪辞微微一笑:"退。"

两人自原路返回,另寻入口。

回到方才的房间,唐俪辞忽地一顿,沈郎魂掠目一看,只见房中空空如也,刚才在这里等待的两人踪迹杳然,竟而不见了!

"怎么回事?"沈郎魂脸色微变,"怎会如此?"

只见房间和方才并无两样,只是活生生两个人不见了,以池云的武功,绝不可能未发出丝毫声息,就被人擒拿!

唐俪辞眼眸微动,目光自墙上一一游过:"刚才似乎有个什么东西跌下的声音。"

"但这里并没有什么东西摔碎。"沈郎魂伏地细听,"没有脚步声,但十步之内有人。"

唐俪辞凝视那幅黄色花朵的图画:"这屋里的东西很简单,有人,不可能不见踪影,所以——"

沈郎魂站起身来,淡淡地道:"有人,必定在墙壁之后。"

唐俪辞一扬手,"砰"的一声大响,挂着黄花图画的墙壁应声崩塌,露出一个大洞,只见洞口对面果然有人,"当当当"的一连串金铁震动之声,刀光如雪照面而来!

唐俪辞横袖拂刀，刀光过，他额边发丝随风而起，一柄银环飞刀夹在他双指之间。

"咦？你们怎会从墙壁那边回来？"池云自唐俪辞打穿的洞口窜了过来，"哎——"

沈郎魂淡淡地接话道："这个房间，和墙壁那边怎会一模一样？"

钟春髻随之穿洞而入，面有惊异之色："怎会如此？"

"这个房间本是圆形，从中一分为二，各有四个门，两边布置一模一样。"唐俪辞道，"人一踏进房间，两侧重量不一，房屋就开始转动，它转得很慢，令人不易察觉，转过之后，房间四个门所对的就不是原来的通道，而自通道回来的，也不是原来那个房间了。"他屈指轻敲了下墙壁，"不过这墙壁如此之薄，这种机关算不上什么高明之术，与其说用来设陷阱，不如说是游戏之用。如此看来，飘零眉苑是一座充满机关的迷宫。"

"哈哈，对你来说是游戏，对别人来说，说不定仍是致命陷阱。"沈郎魂道，"此地已经无人，但既然你我找得到此地，必定别人也找得到，风流店倾巢而去，岂会不留下些礼物？毒药、幻术、阵法，都是风流店专长。"

唐俪辞微微一笑："可那也是七花云行客的专长，你不觉得或许不是巧合？"

沈郎魂淡淡地道："这种事你想即可，我只想如何杀人就好。"

"现在怎么办？出去，还是继续深入？"池云不耐烦地问。

唐俪辞一扬手，"咚"的一声，池云那柄一环渡月钉在东方大门之上："你说我会走吗？"他含着浅浅的笑意，又朝东方的那扇门走了过去。

四人一起踏入走廊,这条走廊和方才唐俪辞沈郎魂所走的完全不同,一片黑暗,扑鼻而来一股潮湿的霉味。

钟春髻低声道:"这里好像很久没人走过了。"

唐俪辞以金丝为线,吊起那颗"碧笑",点燃火焰:"池云。"

池云"哼"了一声,将那金丝挂在一环渡月刀尖上,朝前而行。

只见火光所照,走廊两侧布满青苔,不住地滴水,依稀许久未有人通行。

走不多时,池云"嗯"了一声,沈郎魂凝目望去,只见不远之处的地上一片黑黝黝的,不知是什么事物,池云高举银刀,钟春髻一声低呼,火光之下,那是一具只余骨骸的尸首,衣裳尚未全坏,看得出是一个男子,紫色衣袍,黑色纹边,尸首旁边掉着一把形状古怪的刀,刀成鱼形,刀身刻有鱼鳞之纹。

"哎?鱼跃龙门?"池云看着那柄刀诧然道,"这人难道是七花云行客之一的'龙潜鱼飞'?"

沈郎魂拾起那柄鱼形刀,略略一抖:"龙潜鱼飞多年不见于江湖,竟然是死在这里。奇了,以他的武功,怎会死在这里?"

唐俪辞双指一扯地上那件紫衣,衣裳随着动作破裂:"尸体在这里很久了,恐怕不是这两年的事。风流店虽然是这几年才借由九心丸在江湖活动,但飘零眉苑必定建在那之前,龙潜鱼飞的死,应该和飘零眉苑原本的主人有关。"

"这里难道不是风流店的那个疯子建的?"池云有些意外,"你是说这座阴森古怪的迷宫早就有了?"

唐俪辞站起身来,微微一笑:"借由地下水力,因重量不同而能转动的房子，八条通往不同目标的走廊，岂是短短数年之间就能建好的？这个地方至少建了十年以上，只是那些桌椅摆设是这几年新换的而已。"他往走廊深处继续前行，"何况……我正在猜测一件事……走吧，这条路如此潮湿，应该已在地底，再走出去，应当是飘零眉苑的后山。"

"也就是你要找的地方？"沈郎魂道，"如果这条路通往后山，就是一条出路，那所有的埋伏陷阱，必定都在这条路上，你真是选了一条好路。"

火光在唐俪辞身前摇晃："我不过选了一条最直接的路……"

火光映照之下，走到这条走廊的尽头，是两扇门。

风流店似乎特别喜爱门，四面八方，无处不可看见门，而每一扇门几乎都是一样的，令人充满迷幻的错觉。

沈郎魂细看了下这两扇门："左边，右边？"

唐俪辞目不转睛地看着那两扇门，慢慢地道："我要拆了中间这堵墙。"

池云和沈郎魂同时一怔，从未听过世上有人面对两扇门之时，选择的是拆掉中间这堵墙，他竟要左、右两边同时走？

"拆墙？"池云一脸的不可思议。

唐俪辞眼帘微闭，复又睁开："你们让开。"

他踏前一步，右掌伸出，按在两门中间的砖壁上，潜运功力。

"你疯了？这砖墙和刚才房间里的假墙全不一样，你以为你是铁打金刚，真的能把这砖墙一掌震塌吗？"池云失声道，"以人力拆掉隔在中间的墙完全不可能！"

沈郎魂眉头紧皱，拆墙，实在是一个非常疯狂的想法。

唐俪辞掌下一震，三人只听"咯"的一声脆响，双门中间的砖墙裂开一道颇深的裂纹。池云忽地住嘴，抢在前头双手一拉，一下便把双门之间的一大块砖石给掰了下来。

这是隔山震力之法，若非唐俪辞身怀方周的换功大法，常人绝无可能将这种掌力运用到这种地步。沈郎魂出手相助，也一下自裂缝中掰下一大片砖石。唐俪辞伸手再按："只需在墙上开一道缺口，我就能知道他的尸身究竟在不在对面通道之中。"

钟春髻忍不住颤声道："可是……这样你会累死的，何苦……何苦为了一个已经过世的人，如此糟蹋自己？"

"他没有死。"唐俪辞温言道，"每个人执着的东西不尽相同，我要我好友的命，钟姑娘你若把刚才的话再说一遍，我就把你从这里扔出去，你信是不信？"

他的语气很平静，语调很温柔，池云、沈郎魂沉默，钟春髻竟有些发起抖来，她当然信，唐俪辞说出口的话，她怎敢不信？世上又有几人敢说不信？

在她颤抖之时，只听墙砖再度发出一声脆响，墙中再现裂纹，这一次池云、沈郎魂一起出手，把墙中的碎砖拽了出来。

此时已见双门之后。门后一无他物，仍旧是空旷潮湿的走廊，众人转入右边走廊，跟在唐俪辞身后，慢慢在两条走廊中间的砖墙上打开一条可以观看隔壁走廊情况的缝隙出来。

其实要观察两条走廊的情况，本可四人分为两组行动，但如此一来，两组分头行动，越走越远，若是遇到危险，绝对无法互相救援。

唐俪辞出掌开砖，是不愿四人分散，却又不想放弃隔壁走廊存在的希望，这番心意，自是人人能够理解。

四人在双门后的走廊里走了约莫十丈，唐俪辞已发出八掌，第八掌运劲之下，"咯噔"一声，自两条通道中间裂出一个空隙。

沈郎魂"咦"了一声："暗弩？"

只见在墙壁之间，簇簇黑色短箭自砖缝之间指向双面走廊。

池云以短刀轻轻一拨，"嗖"的一声锐响，一支黑色短箭应声而出，钉入对面砖墙，入砖三分！

"哦，如果从这里开始，这面墙都是这种黑色短箭，那这两条路完全是死路。"池云皱眉，他一扬手，一环渡月往前射入黑黝黝的通道，只听极其遥远的"咚"的一声微响，两侧的走廊没有丝毫动静。

钟春髻望着眼前无边无尽的黑暗，以及黑暗中不可预知的恐怖，心中不由自主地萌生退意，她遇到过许多江湖阵法，但眼前这个无疑是她最恐惧的一种。

沈郎魂身躯一矮，幽魂一般掠进黑暗之中，骤然"噼啪"爆响，两侧走廊就如下了一阵暴雨，沈郎魂仰身急退，池云一环渡月及时出手，只听"叮当"震响，一环渡月竟然被黑色短箭连续撞击，钉到对面墙壁之上！

如果踏入走廊的不是沈郎魂，想必也已被钉在对面砖墙之上了。沈郎魂死里逃生，脸上神色丝毫未变，自地上拾起一支黑色短箭："这是'铁甲百万兵'，破城怪客的拿手好戏，难道消失多年的破城怪客，也是七花云行客之一？"

池云瞪着被钉在墙上的一环渡月，他腰间飞刀只剩两柄，平生行事，敌人未见而飞刀只余两柄的情形，实是少见。

"听说'铁甲百万兵'无坚不摧,见血封喉,并且一发都在数百支以上,被它打死的人就像刺猬一样,这是两条死路。"

"嗒"的一声轻响,唐俪辞轻轻将袖中一物贴地滚了过去,只见光彩莹莹,却是一颗拇指大小颜色均匀的夜明珠,滚过之后,珠光所照,只见走廊遥远的深处,又是一扇门。

白色描金的大门和飘零眉苑中所有的门一模一样,乃是翻新的。池云的那柄一环渡月就插在门上,而银刀刃宽身重,钉入门上之时略略拉了条缝隙出来,众人凝目望去,隐隐约约,在门口似有火光闪烁。

人去楼空的风流店地底深处,怎会有火焰?

"'铁甲百万兵'是重型暗器,你看这墙里埋的机关,精钢为骨,直达地下,明珠和暗器通过都不会触发机关,那触发之处必定在地下,并且……需要相当的重量。"唐俪辞细看墙里的机关,"这和那个房间一样,想必出自同一人之手,或者就是破城怪客本人,或者是有人得了他的机关之术,盗用了他的手法。要'破铁甲百万兵',需要一柄神兵利器。"

"神兵利器?"沈郎魂不用兵器,池云的银刀虽然厉害,却不以锋锐见长。

钟春髻手腕一翻,一柄粉色刀刃的匕首握在手中:"不知小桃红如何?"

唐俪辞微微一笑:"很好了……"他接过小桃红,以刃尖轻挑墙中第一支黑色短箭的机簧,墙中精钢所制的机关,卡着层层叠叠的黑色短箭,不计其数,"这种机关,墙内和地下拉成一种平衡,无论是哪一方失去平衡,都会射出短箭,所以人通过走廊就会射出短箭。如果将这种机关这样切断——"

他用小桃红轻轻切断第一支黑色短箭之下的一条铁线,只听"铮"的一声厉响,那短箭仍然应声射出,只是第二支短箭未再顺势排上:"仍然不能解决问题,所以……"他轻轻伏下身,"要切在这里……"小桃红的刀刃沿着那短箭的位置缓缓向下,直至墙角,唐俪辞匕首插入墙角逢内,运劲一划,只闻"咯"的一声微响,第二第三支短箭仍在弦上,却未射出。

"我明白了,这扣住短箭的力道不管太轻太重,都会触发短箭,切在墙角,余下一部分机关重量之力,才能将短箭拉住。"沈郎魂忽道,"要将这条路上所有的机关都斩断,必须要有踏雪无痕的轻功身法,以及稳定的出手速度。"

唐俪辞横匕微笑:"你是想说……这个人就是你吗?"

沈郎魂不答,过了一会儿,他淡淡地道:"你说过——我们身上只有一条命,而你身上有两条。"

"啪"的一声轻响,唐俪辞的手落在沈郎魂的肩上:"你已试过一次,证明你不能踏雪无痕,不是吗?"

沈郎魂淡淡地道:"我去,最多重伤,但不会死。"旁人说这话自是毫无分量,而在他说来自然不同。

池云口齿欲动,他不以轻功见长,但——他话尚未出口,唐俪辞轻轻一笑:"那就请沈兄辛苦了。"

沈郎魂尚未回答,骤然灰影一闪,其势如奔雷闪电,刹那之间已掠入通道之中。钟春髻失声惊呼,沈郎魂和池云神色骤变。唐俪辞口是心非,嘴上刚刚说到请沈郎魂出手,话音未落人已奔出,让人措手不及!

一顿一怔之间,只见夜明珠映照之下,唐俪辞身影如灰雁平掠,渡水不起波澜,伴随一阵金铁交鸣之声,瞬间已到那扇大门之前。

"唐公子!"钟春髻情切关心,直奔他身后,两侧砖墙一无动静,果然"铁甲百万兵"已经被破。

沈郎魂、池云随后而来。池云忍不住骂道:"踏雪无痕、乘萍渡水,日后若是遇到江河湖海,船也不必坐了。"

沈郎魂淡淡地道:"好功夫!"

唐俪辞眼望那扇大门:"我说过我武功高强,天下第一。"

池云拔下门上的一环渡月:"说这话你可是认真的?"

沈郎魂忽地插了一句:"因为你要方周换功给你,而他死了,所以——你必须是天下第一?"

唐俪辞微微一笑,并不回答,伸手打开了那扇门。

灰尘遍布雪白的门,白色描金大门打开的时候,簌簌灰尘自上撒下,虽说此门已被翻新,但至少也是三四年前的事了。

四人一起往门内看去。大门内是一个硕大的坑道,坑底深处有火焰跳跃,如果不慎跌落,必定惨受火焚,而在火焰之中,一条被火烧得通红透亮的锁链之桥直通对岸。

坑道对岸,又是一扇白色描金的门。

而这个充满火焰的大坑之旁尚有许多扇门,或开或闭,阴森可怖,想必飘零眉苑许多通道都通往这个坑道。

钟春髻身子微微发抖,她和寻常女子一样,怕黑,而这个房间的黑,是在半开半闭的大门之后,在明亮跳跃的火焰之后,那更是恐怖之极。

池云注目而视那条锁链桥:"这座桥未免太窄,看起来就是为了烤肉专门做的。"

沈郎魂淡淡地道:"不错。"

火焰之中的那座桥只有一臂之宽,最多容一人通过,两侧铁链交错,并非扶持之用,而是增强锁链的热力,人如果走在桥上,必定惨受火红的锁链炙烤,只怕尚未走上十步,就被烤得皮开肉绽,要不然就是跌落火坑。

而火坑的对岸,静静摆着一口棺材,水晶而制,晶莹透彻,在火光下隐隐约约流露出淡蓝色的光彩。

"这口棺材——"钟春髻失声道,"这就是蓝色冰棺?"

池云丝毫不停,直接往锁链之桥掠去,足未落锁链,一环渡月已出手,"叮"的一声斩在烧红的铁索之上,正要借力跃起,然而银刀落下,触及铁索骤然一软,竟无法借力。

池云身子一沉,然而毕竟临敌经验丰富之极,一个小翻身"啪"的一声足踢银刀,借势而回,但那柄一环渡月受热粘在铁索之上,却是回不来了,转眼之间,渐渐融化。

"这铁索不是平常之物。"沈郎魂冷冷地看着对岸的冰棺,"看来,看轻了这条铁索枉死在火中的人不少。不过这口冰棺必定是最近几日才放在那里,他自国丈府夺走方周的尸身,明知你必定会追来,将它当作诱饵引你跳火坑。"

唐俪辞将小桃红还给钟春髻,灼热的空气中他的衣角略略扬起,在火光中有些卷曲,他目不转睛地看着对岸的蓝色冰棺,一瞬之间,双眸闪过的神色似哭似笑:"就算是火坑,也……"他喃喃自语,"他一向很了解我。"

另外三人站在一旁，看着唐俪辞对着那冰棺自言自语，不知说了些什么，面面相觑。

钟春髻拉住池云的衣袖，低声道："他能不能不过去？那……那锁链……"

池云将她甩开，冷冷说道："他如果想过去，你能拦得住？"

钟春髻道："那……那已是个死人不是吗？就算他从这里过去，也已经救不了他，何必过去？"她又拉住池云的衣袖，"我觉得过了铁索也会有更险恶的机关，把他拦住……"

池云冷冷地看着她扯住他衣袖的手："放手！"

钟春髻悚然放手，她心神不宁，觉得唐俪辞如果踏上铁索一定会遇上比"铁甲百万兵"更可怕的危险。但她人微言轻，无法阻止，惶恐之下，怀中一物微微一晃，她探手入怀，紧紧握住了那瓶药水。

"烈火锁链桥，如果你练有阴冷真气，使用碗水凝冰之法，或许可以暂时抵住这种高热。"沈郎魂沉吟，"或者，有能够抵御下边火焰的东西，另搭一座桥。"

唐俪辞背对着沈郎魂，似乎充耳不闻，身形一动便要往锁链桥上掠去。

沈郎魂眼明手快，一把按下唐俪辞："且慢！莫冲动……"一句话未说完，唐俪辞出手如电，"唰"一声反扣住沈郎魂的手腕，沈郎魂甩手急退，一阵剧痛，毫厘之差唐俪辞就卸了他的手腕关节——刹那间他明白，冰棺置于火坑之旁，无论是什么样的冰棺，也必是会融化的，所以……唐俪辞失了冷静。不过本来唐俪辞就不冷静，他做事一向凭借面带微笑的狂妄，而从来不是冷静！抬眼只见唐俪辞跃身上桥，踏

267

足炽热火红的铁索,下落之时铁索微微一晃,他的衣裳发髻顿时起火。

钟春髻掩口惊呼,脸色苍白。池云身形旋动,沈郎魂一把将他抓住,双目光彩骤闪:"就算你上得桥去,又能如何?下来!"

说话之间,唐俪辞全身着火,数个起落奔过铁索桥,直达对岸。

对岸,满地水迹,纵然在熊熊火焰炙烤之下,也未干涸。火焰在他衣角跳跃,因为人在火中的时间不长,衣裳上的火趋缓,然而并不熄灭,仍旧静静地燃烧着。唐俪辞望着地上的冰棺,一动不动。

那是一口坚冰制成的棺材,晶莹剔透,隐约泛着蓝光,不过……在这火坑高温之旁,它已融化得仅余极薄极薄的一层,满地水迹就是由此而来。这棺材化成的水和寻常清水不同,极难蒸发,非常黏稠。

"狐狸!"

"唐俪辞!"

"唐公子!"

对岸缥缈的呼声传来,声音焦灼,池云的声音尤其响亮:"你找死啊!还不灭火!姓唐的疯子!"

蓝色冰棺里……什么都没有。

"哈……呵呵……"唐俪辞低声而笑,一向复杂纷繁的眼神,此时是清清楚楚地狂热、欢喜、愤怒与自我欣赏,"果然——"

这口在烈火旁融化的蓝色冰棺,不是唐俪辞用来放方周尸体的那一口,而是以其他材质仿制的伪棺。方周自然不在这棺材里,火焰在肩头袖角燃烧,唐俪辞衣袍一振,周身蔓延的火焰熄去,纵然是池云三人人在对岸,也嗅到了皮肉烧焦的味道。

钟春髻满头冷汗,脸色惨白,右手紧紧握住胸口的衣襟。她不理解所谓生死至交、兄弟情义，不明白为什么一个活人要为一个死人赴汤蹈火，但是她知道再这样下去，唐俪辞一定会被这针对他而设的种种机关害死，为了一具不可能复活的尸体，值得吗？值得吗？

"伤得重吗？"池云遥遥叫道，"找到人没有？"

沈郎魂忽地振声大喝："小心！火焰蛇！火焰蛇！"

钟春髻呻吟一声，身子摇摇欲坠，踉跄两步退在身旁土墙之上。火焰蛇，乃是由伤人夺命的银环蛇，周身涂上剧毒，腹中被埋下烈性火药所成，这种东西一向只在武林逸事中听说过，但见对岸鳞光闪烁，数十条泛着银光的火焰蛇自火坑之旁的土墙游出，径直爬向浑身烟气未散的唐俪辞。

"砰"的一声大响，对岸尘土骤起，水迹飞溅，夹带火光弥散，火药之气遍布四野，正如炸起了一团烈焰，随即硝烟火焰散尽。

三人瞪大眼睛，只见对岸土墙炸开了一个大坑，数十条火焰蛇不翼而飞，唐俪辞双手鲜血淋漓，遍布毒蛇所咬的细小伤口，条条毒蛇被捏碎头骨掷入火坑之中，饶是他出手如电，其中一条火焰蛇仍是触手爆炸，被他掷到土墙上炸开一个大洞。随着爆炸剧烈震动土墙，头顶一道铁闸骤然落下，其下有六道尖锐矛头，"当"的一声直砸入地，毫厘之差未能伤人。唐俪辞蓦然回首，满身血污披头散发，双手遍布毒蛇獠牙，被囚闸门之后，只一双眼睛光彩爆现，犹如饮血的厉兽，但见他略略仰头，一咬嘴唇，却是抿唇浅笑，轻描淡写地朝对岸柔声道："小桃红。"

钟春髻呆在当场，池云伸手夺过她手中的小桃红，扬手掷了过去，但见刀刃飞掠高空，"啪"的一声，唐俪辞扬手接住，刃光尚在半空，只见小桃红犀利的粉光乍然画圆，铁闸轰然倒塌，坠下火坑。唐俪辞一刃得手，不再停留，身形如雁过浮云，踏过仍旧炽热骇人的铁索桥，恍若无事一般回到三人面前。

沈郎魂出手如电，刹那点了他双手六处穴道，"当"的一声小桃红应声落地。

池云一把抓起唐俪辞的手，骇然只见一双原本雪白修长的手，手掌有些地方起了水泡，手背遍布伤口，有些伤口中尚留毒蛇獠牙，略带青紫，处处流血，惨不忍睹。

"你——"他一时之间竟不知该说什么，怒气在胸口涌动，心头却满是酸楚，"你疯了。"

除了双手、肩头，唐俪辞衣裳烧毁多处，身上遍受火伤，尤以双足双腿伤势最重，一头银发烧去许多，混合着血污灰烬披在肩头，却是变得黑了些，倒是一张脸虽然被火熏黑，却是安然无事。

钟春髻浑然傻了，眼泪夺眶而出，滑落面颊，她捂住了脸……

沈郎魂手上不停，自怀中掏出金疮药粉，连衣裳带伤口一起涂上，但唐俪辞双手上的毒创却不是他所能治。

"你可有什么不适？"他沉声问道。

唐俪辞抬起双手："不要紧。"

池云微略揭开他领口衣裳，只见衣内肌肤红肿，全是火伤："被几十条剧毒无比的火焰蛇咬到，你竟然说不要紧？你以为你是什么做的？你以为你真是无所不能死不了的妖魔鬼怪吗？"

唐俪辞柔声道："连九心丸都毒不死我，区区火焰蛇算什么？莫怕，手上都是皮肉之伤。"

"满身火创，如无对症之药，只怕后果堪虑。"沈郎魂淡淡地道，

"就此离开吧，无法再找下去了。"

池云正待说话，唐俪辞望着自己满身血污，眼眸微微一动，平静地道："也可……不过离开之前，先让我在此休息片刻，池云去带件衣裳进来。"

他们身上各自背着包裹，入门之前都丢在门外以防阻碍行动，未带在身上。

"我马上回来。"池云应声而去。

唐俪辞就地坐下，闭目调息，运功逼毒。

钟春髻站在一边，呆呆地看着他，小桃红掉在一旁，她也不拾起，就这么目不转睛地看着唐俪辞。

沈郎魂自怀里取出一柄极细小的银刀，慢慢割开唐俪辞手上的蛇伤，取出獠牙，挤压毒血，略略一数，他一双手上留下二十八个牙印，换作旁人，只怕早已毙命。

"对岸没有方周？"沈郎魂一边为唐俪辞疗伤，一边淡淡地问。

唐俪辞眼望对岸，轻轻一笑："没有。"

顿了一顿，沈郎魂道："身上的伤痛吗？"

唐俪辞手指一动，抚了抚头发，浓稠的血液顺发而下，滴落在遍布伤痕的胸口上："这个……莫非沈郎魂没有受过比区区火焚更重的伤？"

沈郎魂一怔，随即淡淡一笑："你身为千国舅，生平不走江湖，岂能和沈郎魂相提并论？"

唐俪辞对满身创伤并不多瞧，淡淡看着火坑之中的火焰："火烧蛇咬不算什么……我……"他的话音戛然而止，终是没有说下去，改口道，

"方周练'往生谱'换功于我,那换功之痛,才是真的很痛。"

"唐公子。"钟春鬈忽地低声问道,"你……你年少之时,未成为干国舅之前,是个什么样的人?"

"三声方周"换功给唐俪辞的事她早就知道,但那个人说唐俪辞无情无义,以朋友性命换取绝世武功,他若真是这样的人,又何必千里迢迢来到这里,受机关毒蛇之苦,执意要找到方周的尸体?他当然不是那个人所说的那种奸险小人,但……但是……但是问题不是他无情无义,而是重情重义——他太过重情重义,重得快要害死他自己……那要如何是好、如何是好?

唐俪辞抬眸看了她一眼:"从前?年少之时?"他微微一笑,"年少时我很有钱,至今仍是如此。"

钟春鬈愕然,她千想万想,如何也想不出来他会说出这一句——话里的意思,是他根本没想要和她讨论往事,他要做的事不必向她交代,更不必与她探讨,她只需跟在他身后就行了,就算他跳火坑送死,也与她全然无关。

一个男人拒绝关心之时,怎能拒绝得如此残忍?

她惨然一笑,好一句"年少时我很有钱",真是说得坦白,说得傲气,说得丝毫不把人放在眼里……

正在这时,池云带着一件灰袍回来,唐俪辞将那灰袍套在衣裳之外,却没有站起来的意思。他轻轻吁了口气,望着对岸残破的假棺:"你们说若我就这样走了,日后他会不会怪我……"

"他已经死了,如果世上真的有鬼,他该看见你为他如此拼命,自然不会怪你。"池云难得说两句话安慰人,听起来却不怎么可信。

沈郎魂皱眉："你想怎样？"

"我想在这里过一夜，就算找不到方周的尸体，对我自己也是个交代。"唐俪辞轻声道，"让我陪他一夜，可否？"低声细气地说话，这种如灰烬般的虚柔，是否代表了一种希望幻灭的感悟？

池云和沈郎魂相视一眼，钟春髻一动不动地站在一旁，神情木然。

沈郎魂略一沉吟："我去外边山谷寻些药草。"

池云瞪着唐俪辞，居然破天荒地叹了口气："老子真是拿你没办法。反正天也黑了，姓沈的你去找药顺便打些野味回来，过夜便过夜，吃喝不能省。"

这一夜，便在默默无语中伴随篝火度过，唐俪辞没有说话，他重伤在身，不说话也并不奇怪，但谁都知他是不想说话。

唐俪辞不说话，池云倒地便睡，谁也知他对唐俪辞送死之举几万个不满。

沈郎魂拿根树枝轻拨篝火，眼角余光却是看着钟春髻，那目光淡淡的，不知在想些什么。

钟春髻目不转睛地看着唐俪辞的背影，一整夜也一言不发。

过了良久，池云发出鼾声，钟春髻闭目睡去，沈郎魂静听四周无声，盘膝调息，以代睡眠，未过多时，已入忘我之境。

就在三人睡去之时，唐俪辞睁开眼睛，缓缓站了起来，微微有些摇晃的身影，转身往火坑之旁那些大门走去，悄然无声地消失在门后的黑暗之中。

唐俪辞走后，钟春髻睁开眼睛，眼中有泪缓缓而下。

果然……他不死心。

没有找到他要找的东西，他绝不肯走。

一具朋友的尸体，真的有如此重要，重要得就算另赔上一具尸体，也无所谓吗？你……你可知看你如此，我……我们心中有多么难受多么痛苦，你在追求一种不可能寻到的东西，找到他的尸体，难道你就会好过一些，难道他就真的会复活吗？其实在你心里，对方周之死的负罪感或许比谁都重，只是谁也不明白，或者连你自己也不明白。

而在找他的这条路上，分明遍布着数不清的机关暗器、毒药血刃，像你这么聪明、这么懂得算计的人，怎能不清楚？不能让你再这样下去，他们任由你任性妄为，那是他们以为懂得你的兄弟情义，可是我……我只要你的命，不要你的义。

钟春髻探手入怀，怀中那一瓶药水突然间变得冰冷异常，犹如锋芒在内。她紧紧地抓住那瓶药水，茫然飘浮的内心之中，平生第一次有了一个鲜明清晰的决定。

一夜渐渐过去，钟春髻静静地坐在火堆旁，静静地等待。

一道微带踉跄的人影如去时一般，悄然走了回来，来去朦胧无声，就如飘移的只是一道暗影。

钟春髻轻轻地站了起来。池云眼眸一睁，唐俪辞的脚步他未听见，但钟春髻站起的声音他却听见了。

"你……一夜未睡？"她轻轻迎向唐俪辞，"找到他了吗？"

唐俪辞脸上的血污灰烬已经抹去，身上的各处伤口已被扎好，残破的衣裳也已撕碎丢弃，显然昨夜一路之上，他不但寻遍风流店中所有房间和机关，并且收拾了自己的伤势。

看见钟春髻迎面而来，他显得有些讶异："没有……"他一句话未说完，钟春髻骤然欺身而上，直扑入他的怀里。唐俪辞猝不及防，这一扑若是敌人，他自是有几十种法子一下扭断来人的脖子，但这扑来的是雪线子的爱徒，年纪轻轻生平从未做过坏事的小姑娘。他右手一抬，硬生生忍下杀人之招，蓦地背脊一阵剧痛，他一挥手把钟春髻摔了出去，唇齿一张，却是一笑："你——"

"砰"的一声大响，钟春髻被他掷出去十步之遥，结结实实地落地，摔得浑身疼痛，却未受伤。她爬起身来，眼泪夺眶而出，凄然看了唐俪辞一眼，转身狂奔而去。

池云一跃而起，脸色大变："臭婆娘！她疯了！少爷——"

唐俪辞背心要穴中针，真气沸腾欲散，震喝一声，双掌平推，毕生真力尽并双掌之中，往眼前土墙而去！

池云侧身急闪，沈郎魂倏然睁眼，满脸震愕，只听轰然惊天动地的响声，土崩石裂，尘烟狂涌，石砾土块打在人身疼痛之极，一道阳光映射而入——那面土墙竟然穿了。

门外是一片阳光，新鲜气流直卷而入，气尽力竭的唐俪辞往前跌下，池云和沈郎魂双双将他扶住。三人抬起头来，只见土墙外的景色明媚古怪，满地雪白沙石，沙石上生满暗红如血的藤蔓，藤蔓上开着雪白的花朵，花和沙石混在一处，一眼望去，竟不知何为鲜花，何为沙土。或许这世间鲜花和沙石瓦砾本就没有区别，所谓美丑净秽，不过是一种桎梏，一种玄念。

"出路？"池云有些傻眼，刹那间他已忘了钟春髻突袭唐俪辞这件事，也浑然忘记追究为何她要刺这一针，洞外奇异的景色霎时耀花了人眼。

"菩提谷……"唐俪辞身子一挣，他看见了雪白沙石和暗红藤蔓之中有一座墓碑。

池云和沈郎魂不防他散功之后仍有如此大的力气，竟被他一下挣脱，只见他三步两步踉跄而奔，方才在地底看不见，此时踏在雪白沙石之上的是步步血印，直至墓碑之前。

那个墓碑，写的是"先人廖文契之墓"。

唐俪辞"扑通"一声在墓前跪落，一向只带微笑的脸上布满失望。他很少、极少在脸上流露出真实的情感，但此时此刻的失望之色是如此简单纯粹，简单纯粹到那是一个孩子的表情，一个不懂得掩饰任何情绪的孩子才会有的……失望。

层层伪装之下，算计谋略之下，财富名利之下，奸诈狠毒之下，此时此刻，唐俪辞不过是个非常任性，也非常失望的、很想哭的孩子。

池云轻轻走到他身边，手掌搭到他的肩上："少爷。"

"嗯，什么事？"唐俪辞抬起头来，那脸上的神色一瞬间已带了笑，语调温和平静，与平时一般无二。

仿佛刚才跌落墓前、几乎哭了出来的人不是他，只不过是池云一恍眼的错觉。

池云呆呆地看着他的微笑，一时之间，竟不知该说什么好。

沈郎魂一边站着，默然无语。

唐俪辞缓缓站了起来，早晨明媚的阳光之下，昨日新换的衣裳上昨夜的血已经干涸，成了斑驳蜿蜒的图案；慢慢渗出的今晨的鲜血在图案周边慢慢地洇色，就如朵朵嗜血的花在盛开，放眼望去，这雪白沙石的山谷中……坟冢尚有许多。

他一边往最近的坟头走去,一边低声道:"池云,你有没有过……永远失去一个人的感觉?"

池云张口结舌,憋了半晌,硬生生地道:"没有。"

唐俪辞摇摇晃晃地往前走,背后那一针落下的伤口不住地冒出血来,就如在背后渐渐地开了朵红花。只听他喃喃道:"其实……他死的那一天,我虽然挖出了他的心,但心里……并没有什么感觉……"

沈郎魂默默地看着他的背影,耳边依稀听见了妻子落进黄河的那一道落水声,而他被点穴道,只能眼睁睁地看着她沉没波涛之中,那一刻的痛苦……足令他在生死之间来回十次,而最痛苦的是,自己最后并没有死。

"我一点也没感觉到他已经死了,一切都和平常一样,只是少了一个人。住在周睇楼的时候,只是找不到东西了,才会想起他已经死了,所以永远问不到那样东西到底被他收在哪里;有时候看见他养的花,会想到他永远也看不到它开;有时候……解开他打的结,会想到解开了就再也不可能重来……过了很久以后,我开始后悔,后悔的不是我要他练'往生谱'练换功大法,而是直到他临死的那一刻,我从来……都没有好好和他说过话,有些话该说的不该说的,在那时候都应该说了,我知道他想听……想知道我心里的打算,可是我……什么也没有说。"唐俪辞喃喃着,"在我心里,我是想救他的,可是我没有告诉他……然后一天一天、一年一年……每年都会想起有些事还没有对他说,都会想起其实可以为他做的事还有很多,为何当初没有做?可是不管现在我想了什么,他却永远不会知道,也永远不会再回来了。"

池云默默地听着,他心中有一个念头,有一种隐隐约约的萌动,虽然他说不清是什么,但感觉……和唐俪辞说的很像,于是听得他鼻子酸楚,竟有些想哭了。

"两年以后,我才明白,这种感觉……就是死……"唐俪辞轻轻地道,"他死了,烟消云散,他留下的所有痕迹,一件衣裳、一行文字、一个绳结……都变成了'死'。可是……"他低声道,"可是像方周这样的人,怎么能就这样死了呢?他的抱负还没有实现,他和我计划过很多事,计划过很美好的未来,我答应过他永远不背叛朋友,我答应过他、答应过阿眼改邪归正,做个好人,一切……都没有实现。"

他走过的地方,就留下血印,但他脚步不停,径直走向了第二座坟,继续低声道:"他死的时候,我什么也没说,他也什么都没说。我不知道他心里是不是怪我,是不是因为他像从前那样纵容我,所以就算心里很失望,仍然什么也没有说……"

他的声音顿住了,脚步也顿住了。

池云第一次看见唐俪辞的眼里涌起了光亮,只听他轻声道:"我……我……"顿了好一会儿,他才继续说下去,"我不知道他是不是曾经很失望……"

话说到此,第二个墓碑已在眼前,碑上的名字,仍不是方周。唐俪辞转身往第三座坟而去,受火焚蛇咬之身、散功之伤,他的脚步依然不停,仿佛追日的夸父,永远……也不停歇。

"找吧,既然地底那口冰棺是假的,那么或许柳眼会把真的冰棺连同方周一起葬下,等寻到了坟冢,把人挖出来,你再将心还他,他就能够复生了。"沈郎魂终是淡淡地说了一句。

池云长长地吐出一口气来:"不错,既然冰棺尚未找到,还是有希望的。"

唐俪辞往第三座坟去,头也不回,轻轻一笑:"你们真好。"

池云与沈郎魂面面相觑,他们已经明白,为何钟春髻要在唐俪辞背上刺这一针——因为,如果没有让他彻底失去能力,这个人永远不会放弃任何东西、任何希望、任何可能……那结果,很有可能就是死……他会把菩提谷中所有的坟都翻出来细看,会将飘零眉苑夷为平地,直至他死为止。

疯狂的心性、孩子气的幻想、我行我素的顽固、不可理喻的执着……

"方周若是醒了,我让他给你们弹琴,他弹的琴……真的是天下第一……"唐俪辞一边往第三座坟走去,一边脸上渐渐带起了微笑,"他如果醒过来,阿眼就不会恨我,我会告诉方周我是在想办法救他,他会告诉阿眼我没有害死兄弟,那样……兄弟就仍然是兄弟,我……就会为从前的事道歉。"

第三座坟,依然不是方周的名字。

唐俪辞踉跄地往第四座坟而去,这谷中,共有三十六座坟。

他可以再希望三十三次。

"鸿雁东来,紫云散处,谁在何处,候谁归路?

"红衫一梦,黄粱几多惆,酒销青云一笑度。

"何日归来,竹边佳处,等听清耳,问君茹苦。

"苍烟袅袅,红颜几多负,何在长亭十里诉……"

不知何时,唐俪辞低声唱起了一首不知名的歌,低沉的歌声萦绕整个菩提谷,低声一句,已传入人心扉深处,如云生山谷,雾泛涟漪,动荡的并非只有人心，还有整个山谷都为这歌而风云变幻，气象更迭。

池云和沈郎魂痴痴地听着，心中本来涌动的酸楚凄凉渐渐被低沉的歌声化去，悲伤、欢喜、追忆、思念、痛苦、悔恨、寂寞……种种思绪慢慢化为共同的一种……歌里的那种……悲伤着等候的心情。

"昨夜消磨，逢君情可，当时蹉跎，如今几何？"

"霜经白露，凤栖旧秋梧，明珠蒙尘仍明珠……"

第一次听唐俪辞唱歌，谁也不知他会唱歌，菩提谷中草木萧萧，风吹树动，阳光也似淡了颜色，卷入风中的只是那首歌，山谷中有生命的，只是那首歌。

第十七座坟。

"兄弟方周之墓。"

（第一部完）